# ひとりぼっちの異世界攻略

life.12
眠れる聖女の
リバース・バベル



五示正司
author ◆ Shoji Goji
イラスト ◆ 榎丸さく
illustrator ◆ Saku Enomaru

無尽の魔力のまま、無限に増え続ける闇を無惨に斬り払う。
完全に消滅させ、無にしなければ終焉はない。
遥
Haruka

ファレリア
Faleria
そして真っ裸のエロい
素敵バディーの聖女さんは
必死に懇願するように、
闇に抗い斬られようとしている。
実体のないその魂ごと闇の本体と共に
消滅しようと願っている……
うん、全くどいつもこいつも
我儘放題な異世界だ。

まだ悪夢を見ているのだろうか。
聖座(サンクチュアリ)と呼ばれる教皇の間の中心に在り、
一際高い教皇専用の豪奢な聖遺物の椅子から
教皇が蹴り飛ばされて
無様に転げ落ちる。
そう、たった一人の子供が高みから睥睨する。
まるでそこに君臨する覇者のように笑い、
何もかもがわからぬままに黒い恐怖が歩み寄る……
そう、神の敵だと我らが運命(さだめ)し者が。

# ひとりぼっちの異世界攻略

## life.12 眠れる聖女のリバース・バベル

Lonely Attack
on the Different World
life.12 Reverse Babel of the Sleeping Saint

五示正司
author — Shoji Goji
イラスト — 榎丸さく
illustrator — Saku Enomaru

## CHARACTER

### アンジェリカ
Angelica

「最果ての迷宮」の元迷宮皇。遥のスキルで『使役』された。別名・甲冑委員長。

### 遥
Haruka

異世界召喚された高校生。クラスで唯一、神様に“チートスキル”を貰えなかった。

### ネフェルティリ
Nefertiri

元迷宮皇。教国に操られ殺戮兵器と化していたが遥の魔道具で解放。別名・踊りっ娘。

### 委員長
Iincyo

遥のクラスの学級委員長。集団を率いる才能がある。遥とは小学校からの知り合い。

### アリアンナ
Arianna

教国の王女。教会のシスターでもあり、教皇と対立する派閥に所属。別名・シスターっ娘。

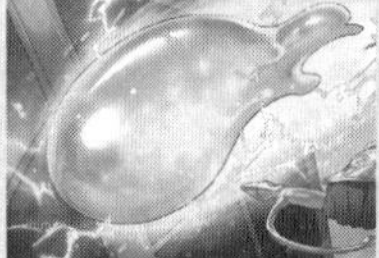

### スライム・エンペラー
Slime Emperor

元迷宮王。『捕食』した敵のスキルを習得できる。遥のスキルで『使役』された。

## STORY

神父に変装して教国への潜入を果たした遥。独裁者と化した教皇を討つべく敵の本拠地・大聖堂がある聖都を目指すが、道中で教国兵に襲われる少女を救出する。

その正体は故郷を奴隷狩りに襲撃され、小田（オタA）に助けられた獣人族の少女・姉兎っ娘。連れ去られた妹を奪還すべく教国に潜入した姉兎っ娘に遥も助力。妹が囚われていた要塞都市イーストゲートを攻略し、姉妹は再会を果たした。

こうして騒動を起こしながら進んだ遥は教導騎士団の団長に捕捉される。しかし遥は剣の戦いで教国最強格の団長を圧倒。教皇の暴挙を内心で憂う団長との和解に成功した。

ついに聖都にたどり着いた遥は大聖堂の調査を開始。その本質が巨大迷宮を封印するために存在する「規格外の魔道具」であると見抜く。さらなる情報を得るため、遥は大聖堂へと潜入するのであった。

## 副委員長A
FukuiincyoA

クラスメイト。馬鹿な事をする男子たちに睨みをきかせるクールビューティー。

## 副委員長B
FukuiincyoB

クラスメイト。校内の「良い人ランキング」1位のほんわか系女子。職業は『大賢者』。

## 副委員長C
FukuiincyoC

クラスメイト。大人の女性に憧れる元気なちびっこ。クラスのマスコット的存在。

## 姉兎っ娘
Aneusagikko

兎の獣人。奴隷狩りに攫われた妹狼っ娘を救出すべく教国に潜入。命の恩人の遥に忠誠を誓う。

## 妹狼っ娘
Imotookamikko

狼の獣人で姉兎っ娘の妹。奴隷狩りによって教国へ連れ去られた。命の恩人の遥に忠誠を誓う。

## レイテシア
Raytessier

教国の教導騎士。教皇派から孤児院を奪還し、子供達の世話をしている。別名・保母騎士っ娘。

## イレイリーア
Erailia

ヴィズムレグゼロの妹でエルフ。辺境産の茸の力で重い病から快復。別名・妹エルフっ娘。

## シャリセレス
Shariceres

ディオレール王国王女。偽迷宮の罠による"半裸ワッショイ"がトラウマになる。別名・王女っ娘。

## セレス
Ceres

シャリセレス王女の専属メイド。王女の影武者も務める。別名・メイドっ娘。

## 尾行っ娘
Bikokko

調査や偵察を家業とするシノー族の長の娘。「絶対不可視」と称される一流の密偵。

## メロトーサム
Merotosam

辺境オムイの領主。「辺境王」「軍神」などの異名を持つ英雄にして無敗の剣士。

## メリエール
Meriel

辺境オムイの領主の娘。遥に名前を覚えてもらえず「メリメリ」という渾名が定着。

黒く広がる天空には星々が瞬き、腕の中では黒い髪が風に靡き揺れ乱れている。そんな少しだけ風が強い夜空を駆けて、大聖堂の直上へと落下する。その天頂に開いた穴こそが、礼拝堂の天窓の採光用設備。

そして、これこそが偽装された魔力の集積装置だ。

「いや、此処までできたら自分で着地できるよね？」（イヤイヤ！）

駄々を捏ねる踊りっ娘さんを両手に抱えたまま、大聖堂の天頂から貫く鏡張りのような筒状の深い深い穴を魔糸を伝って懸垂降下――うん、やっぱり此処に魔力が集中している。直前の直上から見た画を、日中の探索結果と照らし合わせて脳内に地図を描きあげていく。此処が大聖堂の中心点、だけれど果たしてこれが本当に神を祀るための設計なんだろうか。

「通路の先　人の気配、居ます」

大聖堂の周辺と、この中央の穴だけで凄い魔力濃度の落差。それ以前にこの街の外の歪な魔力の不自然な乱れと偏在。

そんな歪みの中心地点。そして、この扉の先の通路にある気配は、神父とは違う騎士の姿。おそらくは警備兵なんだと思うんだけど……うん、でもまだ抱っこなの？

「いや、扉通れないから降りようね……って、よくあの狭い穴をそれで通れたよね!?」

（ドヤッ！）

そう、だけど此処からは敵地への潜入。確かにこの柔らかな張りのある弾力に満ち溢れた素敵なお尻の感触を手放すのは惜しいんだけど、流石(さすが)にこの狭い穴の底では……ギリ立位なら……うん、ジトられてるから駄目らしい？

　どうやら対面か背面かは悩まなくっても良いようだ。うん、だって滅茶(めちゃ)悩ましい魅惑の曲線(ヒップライン)なんだよ？　なのに、撫(な)でるのも駄目らしい!!

「まあ、それにしても……懐かしいんだよ」

　一瞬で克明に記憶が蘇(よみがえ)る、それは焙煎(ばいせん)された香ばしい深入りのほろ苦い芳香(フレグランス)だった。うん、だって――これって珈琲(コーヒー)の香りだよ。

# 夜の教会の暗いところにいたら空気読んでほしいものだ？

113日目　深夜　教国　大聖堂　警備兵詰め所

普段使われることのない天窓掃除用の通路から、禍々しい黒い影。だが神父服だ、如何なる理由があろうとも大聖堂内で神父に逆らえばただではすまない。仮令それが規則であっても神職者は絶対の権威。

「そ、そこの神父……様？　えっと、深夜に何をされてるのですか……って、シスターは立入禁止区画ですよ！」「そうそう、神父なんだけど、このシスターさんは重大な理由があってここまで来て貰って俺が同伴して監督してるから問題ないんだよ？　うん、保護者だから何をなさってるかは何ていうか何かをなさってたんだけど……礼拝堂から怪しい影が見えたって言うから確認に来てたんだよ？　きっと？」

その衣装は多少細身だが正規の神父服。ただ、それ以上に仕立ての良さと生地の高級感で一介の神父ではないのが一目でわかる。そして凄まじい美貌のシスターを同伴して何かをなさっていたらしい……って言うかシスター服がエロい!!

「規則ですので申し訳ありませんが、許可証のご提出をお願いします」

これだけで侵入者はわかる、部外者なら失くしたか忘れたというからだ。

「持ってないよ？　うん、許可もなにも許可証なんて無いんだよ？　うん、無許可？」

持っていない——当然だ、許可証なんて無いのだから。だが外部には許可証が必要と流布されていて侵入者は必ず引っかかる。そして、本物の神父なら許可証なんて無いと答え、標(しる)しの指輪を携帯していない時は無許可と答える。これは絶対に侵入者が口にしない言葉だからこそ間違いない。だが、不携帯なら最終チェックが必要で、すぐに用意して差し出す。

「神父様、こちらをどうぞ。すぐに仮の指輪をご用意します……」「おおっ、気が利くねー！　良い警備係で警備もばっちりなんだよ、善き哉(かな)善き哉？　ぷうはぁーっ、苦い！　もう一杯ある？　いやー、本当に仕事に真摯で紳士な良い警備係さんなんだよ」

　間違いないようだ。神父だけが修行で口にする焦苦黒茶の濃いやつ。それは神父ですら口を曲げ、神父でなければ吐き出し咽(むせ)返る。このお茶を美味(おい)しそうに飲み干すほどの高位な修行をされた神父となれば司教クラス。そして司教様とは言え、普通「もう一杯」とはいえないものだ。しかも、お代わりまで嬉(うれ)しそうに飲んでいる。

「これはとんでもない方かもしれない」「ああ、この苦行をどれほど修練すればあんな美味しそうな顔で飲めるというのか……」

　それは、嘗(かつ)て神が口にされていたと伝承される飲み物。であるが故に神に仕えるもの全てが神へと近づくために修行として口にする。その苦行とも呼ばれる焦苦黒茶を、こんなにも美味しそうに味わうが如(ごと)く飲まれるとは。

「し、失礼いたしました！　こちらは仮の許可指輪でございます」「シスター様の分もご

用意しましたのでお使いください。ご返却は何処の詰め所でも警備の者でも構いません、お呼び止め失礼致しました」

何故だか全く神父に見えない神父様は、とても徳の高い立派な方だったようだ。普通なら規則とは言え焦苦黒茶を飲ませれば嫌な顔をし、飲んで見せるや否やよくて嫌味で下手をすると殴られかねないというのに。それが謝罪すると、警備業務を全うしたと労いのお言葉まで頂くとは。

しかし、お褒めの言葉に有った「珈琲通」とは如何なる意味であったのだろう。やはり高位の神父様になられると言葉遣いも深いようだ。

## 異世界最大の危機は男子高校生のラ○ドール所有疑惑だった!?　致命的だな!

113日目　深夜　教国　大聖堂

初めての良い警備兵さんで思わず褒め讃えて絶賛してしまった。そう、ようやくちゃんと神父服を見て神父と理解し、深夜だからと熱い珈琲までくれる気遣いのできる良い警備員さんだったんだよ？

「うん、深夜に濃い珈琲とはなかなかわかっている警備兵さんで、あえて難を言うならば煮立てずドリップしてくれた方が雑味が出なくて好みなんだけどトルコ珈琲風も偶には乙だったんだよ？　うん、しっかりと目が覚めたよ」

しかも、サービスでペアリングをくれて踊りっ娘さんが御機嫌だ。なかなか心憎い演出だったけど、できれば40個位くれると助かるんだよ？　うん、何故だかそれを言うと俺の好感度さんが被害を受けそうだから我慢したけど。

「でも、ここって何階なんだろう、造りが難解でわかり難いから『地図』が混乱？」

だから歩き回る。内部に入り『空間把握』で『地図』を描き、歩いて正確に計測すればその誤差で隠し部屋や隠し通路だって見つけられる。そして、入ったからには出口を探すのも重要だ。うん、出口知らないし？

「あっ、1階と2階の間に1・5階とか有るんだ？　だから階層表示がわからないし、現在の階がつかめないんだよ。全く迷宮と言い大聖堂と言い階層表示くらい書いとけよ、案内板とかないと侵入者さんがお困りで潜入した人への配慮が足りないんだよ？」

下の階だからか倉庫も武具ばかりで、どれも安っぽい物ばかりだ。

「おおー、珈琲豆の在庫に結構上質な紙の束。地味にレアアイテムより嬉しいから拾っておこう！」

どうやら食いしん坊なのに、眠りっ娘さんは珈琲には興味ないらしい？　どうやら下層は侵入者対策で、通路の要所要所に詰め所があって一々迂回するのが面倒だ。

だけど片っ端から調べて回る。時々魔力の流れが強い壁があるから、逐一調べて「智慧」さんの解析にお任せする。

魔力が集まった大聖堂。だけど魔力は薄い。そして中には魔力探知の魔法も掛かっていそうだから、余り放出系の魔法は使いたくない。だから『影の外套（がいとう）　SpE・DeX30％アップ　影鴉（かげがらす）　影分身　影操作実体化　影魔法　影韜（かげひそみ）　気配遮断』の影韜（かげひそみ）で影に潜り込んで、こっそり詰め所を通り抜ける。

「これってメイドっ娘がやってたけど、確かに魔力も漏れないんだけど移動は遅いしMP消費も大きくて使いにくいよ？　うん、今度やり方を習っておこうかな？」（コクコク）

姿を消し、外部に気配も魔力も漏らさないんだけど踊りっ娘さんまで一緒だから結構MP消費が辛（つら）い。うん、MPも辛いんだけど、暗い場所で抱き寄せた柔らかな感触が男子高校生には滅茶（めちゃ）辛いよ！　危うく影の中で押し倒して、闇の中で男子高校生（ワルプルギス）の夜が始まるところだった……真っ暗っていうのも新鮮そうだな!!

「影韜（かげひそみ）はやっぱり魔力を漏らさないんだ、メイドっ娘の気配って全く感知できなかったし？　でも、使えるんだけど使えないんだよ……影の中の移動が鈍いし、影に潜る際のMP消費でかいよ、これって？」「普通は　お一人様限定　他の人は潜れない。だから余計に使いにくい、です」

それで踊りっ娘さんを抱きしめ、掌握魔法で一体化して密着してからじゃないと潜れなかったのか。そのせいで俺はお尻を撫（な）でた手を抓（つね）られたのだから、全く使えない魔法だ。

だが、痛かったけど素晴らしいお尻だった！　そして羅神眼で真っ暗でも普通に見えるから、案外と完全な暗闇って唆（そそ）るものがある。うん、影魔法も研究だな、智慧さんが！

そして、また倉庫と階段。倉庫には落とし物が多いし、しっかり調べたけど食料と武具ばかり。あとは余り出来が良いとはいえない攻撃や防御用の戦闘用魔道具が幾つか。

「うわー、材料の無駄遣い！　禁書にする前に『ハァウ トゥウ 魔道具！』を読んで勉強しろよ……全く、こんなんでも辺境で作れれば救えた命だってあったのに」

まあ要らないけど、置いとくと使われても面倒だし材料にはなる。そう、落ちているものを拾い、有効活用するのもぼったくり道を極めんとする者の使命だ。

そうして階段の警報器を飛び越え、警報器もこっそり拾いながら上の階へ。そしてまた探索して落とし物を拾う繰り返し。

「うん、迷宮より面倒だし、しかも迷宮のほうが儲(もう)かるんだよ？」

そうやって何階か上っては階層を調べ、地図化(マップ)していると違和感があった。下の階と、この階の間に空間がある。その出入り口を魔糸さんで探しながら、壁を調査していくと行き止まりの壁に隙間があった。

「ここって、さっき来た所じゃん！　面倒だ、二度手間だよ!!」

石壁の僅かな隙間の中にある鍵部分と対となる形のカード状の鉄板を差し込むと開く仕組みのようで、魔糸で解錠する。すると石壁がずれ、人一人が横になれば辛うじて通れるほどの隙間……これってデブは無理そう……って、うわっ、踊りっ娘さんの素晴らしきお山がもにゅっと潰れながら形を変えて、むにゅっと通り抜けてぽよんっと復元したよ！

そう、実に素晴らしい隠し扉だったが、副Bさんだったら石壁がヤバかったな？　だって、あの弾力だと石ごとき逆に押し潰しかねない恐ろしい圧力兵器なのだ！　見たいな!!

「封印札　宝箱　罠（わな）？　多分ゴースト、です。護（まも）ってるか、封じ込めてる」

　厳重に魔法陣が描かれ、大量に札が貼られた長い箱。確かに泥棒への罠にしては大仰だし、厳重に封印されているのに僅かだけど魔力が漏れ出している？

「いや、でも泥棒さんとは最大限リスクを避けて安全確実をモットーとし、怪しきには近付かない手堅いご職業なんだよ？　だから、これは泥棒除（よ）けかもしれないけど……冒険者なら挑みそうだから無意味だな？」

　冒険者だって命が懸かっているのだから、最大限リスクを避け安全確実を求める。だけど泥棒さんとは違い、冒険者は危険と命を天秤（てんびん）にかける。そう、無駄なリスクは避けるが価値のあるリスクならば受け入れる者こそが冒険者。そう、俺は無職？

「うりゃあっ！　うりゃっ！　ええいっ！　うりりりりぃー！」（グゴワアアアアッ！ゲギャアアアアッ……）「そう、俺は泥棒さんじゃないけど冒険者でもない無職のニートで、そして無駄なリスクは避けるけど価値のあるリスクも避けて一方的にぼったくるお大尽様な内職屋さんなのだー！」

　箱の中に封じられているのなら、箱を開ける前に殺（や）れば良いじゃないの？　そう俺の魂（ゴースト）に語りかけてきたのはMさんだったのか、いつも危機一髪な黒髭（くろひげ）さんだったのか——まあ、刺してみた？

「いや、だって中から闇の気配がするんだよ？　うん、世界樹（ユグドラシル）の杖（つえ）は形も大きさも変えられるから、薄く鋭い杭にして鍵穴から刺してみた？　滅多刺し？　穴に入れるのは得意で大好きなんだよ？　うん、勝ったな」（ジト――――）「いや、どう見たって罠だったじゃん！　開けないよ、そんなもん！　しかも御札で封印してるのに開けたら封印解けちゃうのに何でわざわざ開けちゃってから戦う必要が有るの？　うん、危ないんだよ？」

安全管理の理念が理解できないのだろうか、その瞳の深いジトは清冽な水の底で光に輝く碧黄玉のように凄烈なジトを放っている……ジトいな？

「いや、常識じゃん。うん、出したら危ないから封印してるのに開けてどうするの？　しかもゴースト系は回避力が高いし、浮遊系も多いんだよ？　それって絶対に箱の中で殺った方が確実だし、最初からもうフラグ間違い無しだよね？　全く俺達の居たところではこんなの一般常識なんだよ？　いやマジで女子さん達に聞いたらわかるよ、女子さん達もみんな黒髭のおっさんを樽に封印したまま、剣を順番に突き刺して遊んでたんだよ？　本当だって、みんなやってるんだよ？　絶対？」「それ　本当に!?」

神剣を持ってるからゴースト系とは相性が良い。寧ろゴースト系が神剣に滅多刺しされて、あそこまで粘るって凄くない!?　そんなやつの封印解いちゃ駄目だよ!!

「絶対にそっちの方が非常識だよ……全く異世界人の常識の無さには困ったもので、『出しちゃ駄目』ってわざわざ封印してあるんだよ？」「……？」

そして、お宝だ。宝箱の罠だったら凄いお宝が隠されてそうだけど、ただゴーストか何かが封印されていたならドロップだけ。

「何が出るかな、超わくわくー……と見せかけてもう一撃？」（ギギィャアアアアーッ‼）

異世界恐るべし。そう、ゴーストが死んだフリだよ！

「ちょ、死霊の死んだふりって、死んでるから死霊なんだから既成概念を超えちゃって死の概念が滅茶謎になってるんだよ！」

まあ、今度こそ気配がないから死んでる、っていうか消えてる？

「うん、手強い敵だった……誰だか知らないけど？　いや、まだ開けてないからわからないんだよ？　さあ、気配も消えたし開けてみよう。御開帳でーす……と、見せかけて更に一撃的な？」（ゴヴォヲグゲギギェエエエッ⁉）

うん、中々に押すなよ押すなよ的な天丼の読める、良いゴーストさんのようだ。思わず殺さずに箱ごと持って帰ろうかと思ったら、箱が輝き蓋が開いた……うん、もう一回くらいはいけるかと期待してたのに残念だ？

「くっ、惜しいゴーストさんを亡くしてしまったけど、亡くなってるから死霊なんだよ？」

（ジトー……）

まあ、これ以上やると既にジトが凄い事になっているし危険だろう。でも、後もう一回はいけると思って振ってたのに……惜しいな？

「箱の中には……な、なんと魔石があああっ！って、まあ今倒したから魔石は有るよね？」（ウンウン）

うん、だって魔石残さなかったら魔物じゃなくて、それただの黒髭さんなんだよ？

「首飾りと冠に……その下に布を被せられた大きいものが？　うん、捲っちゃうよー（ピラッ）……えーっと……うん？」

元通り元通り。うん、布の上に落ちていたから首飾りと冠がゴーストだった何かのドロップなのだろう。

「えっと、何か見えたのは忘れて鑑定っと……おぉ『合魂の首飾り：【魂と肉体を引き合わせ一体にする（1回限定)】』って、これは装備品？　合コン中だったの？　王様ゲームしたいなら魔の森でゴブが相手してくれるよ？　冠は『魔導の冠　InT50%アップ　魔導術補正（特大）　魔術札作製　魔法陣作製　魔導技師』ってこれ地味に良い、魔道士の内職ゴーストさんだったの！　しまった、内職話で話があったかも知れないのに！」

謎が増えた。先ずあの首飾りと布の下のものの組み合わせだ。

「合魂？　れっつぱーりーで封印しちゃったの!?」

しかし、危機的状況だ。おそらく致命傷の上から塩を揉み込まれ、粉をふられて煮え立った油でカラッと揚げられちゃう程の損害を好感度さんが被り唐揚げさんが完成されそうなほどの危険物だった！　うん、おっきい。しかも、これは布の上から見ても中々の素晴らしい造形美。

「って、なんで箱の中に美人さんの死体!?って言うか人形さん？」

うん、これは持ってるだけで好感度虚無化兵器の愛らしいお人形さん？　うん、やばいな……ぴらっ？

# 夫婦喧嘩は小狸ですら齧るかどうか怪しいが押しかけ夫婦で居候らしい。

113日目　深夜　教国　大聖堂

硬いが柔らかい（もみもみ？）、冷たく石のようだが生っぽい。（さわさわ？）

「うむ、これは良いものだ！って違うんだよ、検分して見聞を広める学術的男子高校生の保健体育的な死体か人形かの見分なんだよ？　うん、真裸だな（もみもみ？）」

わからない、眠っているようで死んでるみたいで人形のようだが美人さんだ。わかっている事は、このままでは俺の異性の好感度が重力崩壊で超新星爆発を起こすかマイナス好感度化するかの危険な状況で、このままだと不味いので服でも着せようかと思ったら掛けられてた布がローブみたいだ？

「この『聖結界の天衣』で今迄ずっと守られていたみたいなんだよ……これ凄いな？　うん、いわゆる聖遺物ってやつ？　だからあのゴーストは結界が切れるのを長い年月待ち続けていた……ら、黒髭危機連発されてしまったの？　数奇だな？」

今はローブからは微かな魔力だけを感じるから、多分その結界は世界樹の杖で壊されたのだろう。そしてローブ以外は朽ち果ててしまっているみたいで、僅かに布の残骸らしきものが散らばっている。そそくさと服を着せ付けながら悩む。なんだか予備のエロシスター服がとってもお似合いな素敵バディーな美人さんで悩ましいスタイルだけど、そっちで悩んでるんじゃなくて今後のことだ。

①落ちてたから拾う↓Ａ死体だった場合↓美少女死体愛好猟奇的男子高校生認定！
②落ちてたから拾う↓Ｂ人形だった場合↓美少女人形愛好病気的男子高校生認定‼
③置いていく↓死体遺棄？

　何かの謂(いわ)れがあるのなら、拾うと不味い。っていうか、持って帰ったら俺の世間的評価が絶対にヤバいよ！

「ちょ、真っ当な冤罪(えんざい)でも人形偏愛症(ピグマリオンコンプレックス)で危ないけど、究極冤罪な人形さんへの性嗜好異常(アガルマトフィリア)がもっとヤバいんだよ！」

　だからといって死体性愛嗜好(ネクロフィリア)でも充分に致命的な破壊的の冤罪力を持っているようだが、恐らくどの選択肢を選んでも俺の好感度さんは虚数空間にお引っ越しの実在感虚無確定な危険進路(コース)だろう？

　だけど丁重に箱から出して、安全を確認した上でアイテム袋にしまう。だって、こんなにぽろぽろと泣いている踊りっ娘(こ)さんを見て、放っておくなんてできないから。お持ち帰り＆所持の時点で好感度さんの存在の可能性すら消滅しそうだが、きっと俺の好感度さんなら無理数空間だろうが複素2次元空間だろうが泣いてる娘の為(ため)なら頑張ってくれるんだよ？　まあ、何をどう頑張るかはわからないけど、好感度さんにお任せだ？　頑張れ？

　そうして落ち着くまで踊りっ娘さんの頭を撫(な)で続ける。思い出せないけれど、何かとっても大事なもので掛け替えのない何かだったらしい……ならば誹謗(ひぼう)中傷や非難殺到や鉄球制裁くらい我慢しよう。うん、大丈夫。割と慣れてる！

「推測では、この身体にゴーストが合魂したかったけど拒否られてたみたいで、無理矢理合コンしようとは巫山戯たゴーストだったんだよ？　全く俺だって合コンに参加した事も、それ以前に呼ばれた事もないっていうのに……ぐはぁっ！　まさかの時間差精神攻撃の罠だっただと――っ!!」

これは恐るべき罠だ。トラップリングですら無効化できないとは、合コン恐るべし！

「でも、王様ゲームはしたんだよ？　ゴブ・キング達と？　そうそう、ボコったらエンペラーまで出てきて死にかけたんだよ……懐かしいけど、ただの嫌な思い出だった!?」

うん、まあリアル合コンで魔物が出てくるのと較べれば、異世界で魔物と戦うほうが案外健全なのかも？　うん、エンペラークラスはヤバそうだな!!

「だから、無理に思い出さなくていいし、きっと覚えて無くても懐かしくて大事なものだったことが大切なんだよ？　大丈夫、俺も大体色々よく忘れてるけど困った事ないから、覚えて無くても何とか成るもので本当に大事なのは想いなんだよ？　多分？」

そう、俺がいた国では言われていた……うん、なんて名前だったたっけ？　確か名前があったんだよ？

「確か秘の出国で丸マークの……丸秘国？　いや、赤丸だった気が……火の玉国？　まあ、大事だったたって想いがあれば良いんだよ。名前や歴史なんかより、その想いがずっと大切なんだから良いんだよ？（ぽんぽんぽんぽんぽんぽんぽん……）」

　雷神さん国(Rising Sun)だったっけ？　ようやく泣き止(や)み、潤んだ赤い目でクレープを食べているけど、ぽんぽんは未(ま)だ必要らしい？　個人的にはクリーム餡(あん)は邪道認定なのだが、古(いにしえ)からの言い伝えでも泣く娘と美人な娘と踊りっ娘さんには勝てないとも言う。そう、だいたい全部勝てないと言い伝えられてるからしょうがない、異世界でも覆らない恐怖の階級制度(ヒエラルキー)の「女子供＞男子高校生＞おっさん」の非情な図式は変わらないようだ。この悲しみは最下層のおっさん八つ当たり(ボコる)しかないな！

「さて、今日は踊りっ娘さんがあれだから、ここ迄(まで)にしたいのに……下から辿(たど)っているから見逃すことはないはずなのに、隠し通路の入り口部分が未(いま)だ見つからないって何処(どこ)まで続いてるのかな？」

　もう、踊りっ娘さんも普通に振る舞ってクレープのお代わりを食べてるけど、失った記憶に結び付いた自己の感情に動揺しているはずだ。お口の周りが白いクリームだらけだけど、きっと動揺のせいだろう？　うん、クレープのクリームを舐(な)め取る淫猥(いんわい)で妖艶な舌使いも、きっと動揺してるせいなのだろう――エロいな!?

「まあ、なんか大聖堂って聞いてからソワソワしてたもんね？」

　だから甲冑(かっちゅう)委員長さんもスライムさんも大聖堂への同行を踊りっ娘さんに譲った。きっと踊りっ娘さんの様子に何かを感じとっていた……って、未だ食べるの？　晩御飯めっちゃ食べて狂暴なおっさん泣かしてたよね？

「太……いや、違うよ！　冷たいお茶でもどうぞ？　美味(おい)しいよ？」(プンプン！)

出口を探しながら倉庫を見付けては落とし物を拾い、各階の地図を描き上げながら登っていく。するとまた隠し部屋があった。そこには罠しか無く、魔法の罠は全て無効化したけれど——まだ、物理罠が残されている。

「えーっと、つまり箱を開けると蓋に埋まった玉（ボール）が移動して行って転がり落ちて、後ろの積み木が倒れて、その先に有る天秤（シーソー）が傾いて紐（ひも）が引っ張られて天井の籠の鉄球が降り注いで、軽くなった籠が滑車で巻き上がって、その先の紐が緩んで天井からギロチンが落ちてきて、落ちたギロチンが床の溝のロープを切って両側の壁からロープで固定されていた弓が矢を放つっていうか一斉発射？　で、終わり？　ああー、切れ目が隠されてるから床も崩れるんだ？」

そう言えば下に入り口のない空間があったけど、あそこも罠部屋だったんだ。

「って、これってただ箱の蓋の玉を押さえとけば良いだけなんだけど……何かこう……見たいよね、発動する所って？」（コクコク！）

そう、それこそが罠なのだろう。だけど流石（さすが）に床が崩れるとバレる。この部屋には結界が張ってあるけど、下まではわからないのだから。だが、ここまで周到に用意されて罠が発動しないままと言うのは何となく欲求不満（フラストレーション）な生殺しな、ついやっちゃいそうな仕掛け（ギミック）こそが罠だったよ!!

「ああー、めっちゃ気になる！　まあ、見ただけでわかる子供騙（だま）しだし、男子高校生（おとな）がこんな幼稚な罠に引っかかるとかそれこそ問題だよ。うん、男子高校生の沽券（こけん）に関わるし無視（スルー）だな？　ふっ、こんなのはお子様用な子供騙しなんだよ！」

　そして強い心で誘惑を押し殺し、手が滑りたがるのを我慢して蓋の玉を押さえたまま箱を開くと……吃驚箱（びっくりばこ）だった！

「いや、吃驚はしないいんだけどさー……撥条（バネ）の玩具（おもちゃ）が飛び跳ねるだけだし？　それは問題ないんだよ……うん？」

　問題は飛び跳ねた撥条（バネ）仕掛けの吃驚玩具が、天井の籠に当たって鉄球が降ってきて、避（よ）けた所にギロチンが降ってきて、飛び退（すさ）ると左右から無数の矢が飛んできて、右手の世界樹（ユグドラシル）の杖と左手の世界樹（ユグドラシル）の杖になっている影王剣（レプリカント・グレートソード）を高速回転させて払い落とす……けど、結局床が抜けて落下中だ。うん、まあ……まじムカ着火？

「くっそぉ、騙された！　なんかドヤ顔で玉押さえてた俺が凄く可哀想（かわいそう）な卑劣な罠だったよ!?　マジ許しがたい相手の尊厳（プライド）を攻撃する罠だったんだよ!!　あぁー、ムカつく、マジムカでプンプン丸が激おこでカム着火大噴火で悔しさ超新星（スーパーノヴァ）でビッグバンテラ怒サンシャインヴィーナスバベルキレキレマスターだよ!!」

　やはり、下にあった広大な空間の隠し部屋は罠部屋だった。暗く湿った広い室内には濃い魔素が充満し、その奥で巨大な何かが重く蠢（うごめ）く気配。

「これは獣人っ娘姉妹置いてきて良かったよ……迷宮王級のかなり強い気配だよね？」

　死を想わせる濃い瘴気（しょうき）が地面を満たし、立ち込めて深い霧になっていく。恐らく即死級の猛毒で室内は満たされ、濃霧に満ちた部屋は広いが巨大な何かと戦うには狭い。

深呼吸——だって、毒効かないし？　全身を魔力で満たし、呼吸で練られる練気を循環させ気功と魔力で身体を錬成してゆく。そして身体に纏う。膨大な魔力と能力で身体も空間も軋みをあげ、時間の流れを掌握し捻じ伏せるように思考は加速し、深く深く時間遅延の世界に沈み込む。

世界は色を変え、鮮やかさを失い蒼いモノクロームな世界が重たく流れる。そんな狂騒する内なる力と、外から纏われた強大で膨大な力が拮抗しながら鬩ぎ合い身体が軋みをあげる。

影王剣で世界樹の杖の力が倍になった所に、護神の肩連盾剣が加わり、強奪のグローブや呪毒の大剣とか、さっきの魔導の冠なんかを試しに入れたせいで以前よりも格段に能力が強化されすぎて溢れる力が暴走しかかり身体と空間が荒れ狂う魔力の奔流に軋んでいる。

そして制御できない凶悪な力が暴走し発現すると、闇の中で迷宮王……僅かな怯え？　ズルズルと異様な擦過音が石の床を削る。巨大な影が闇から現れ、その瞳を輝かせる蛇の王バジリスク。迷宮王級の威圧感を放ち、強固な鱗に身を包みし竜の如き巨大な蜥蜴。

「でも、2対の翼に8本の足を持ち雄鶏の鶏冠を付けた異形な鶏っぽい蜥蜴な蛇の王？」

既視感を感じていたら、巨大鶏さんが膨大なMPを勝手に奪って顕現してバジリスクを滅多打ちでボコる。鶏足で大蜥蜴に爪を立てて摑むと鋭い嘴で突き、鋭い刃を持った翼で滅多打ちに乱打する！　うん、この壮絶な雰囲気は——夫婦喧嘩だ！

「しかし異世界で鶏（コカトリス）のデンプシーロールが見られるとは、見事な∞（むげん）を描く羽と嘴と鶏足の連打の嵐（コンビネーションブロー）……その姿は鶏のように突（つつ）き、鶏のように舞い、鶏のように鳴く。うん鶏だな？」

　コケコケ、シューシューと会話なのか鳴き声なのか互いに叫び合う。俺は踊りっ娘さんと隅っこに座って、桃とクリームのクレープを食べながら観戦する。鶏（コカ）さんが滅茶（めちゃ）オコだから、きっと旦那（バジリスク）を捜していたのだろう。そして迷宮の底で迷宮王になってしまい捜しにいけなくなった。まあ蜥蜴（バジ）さんも教会に囚（とら）われていたのだろうけど一方的に怒られボコられ謝っているようにすら見える。

「うん、夫婦喧嘩はコボも食わないし、ビッチなら齧（かじ）るかもしれないけど俺は齧らないんだよ？」（コクコク）

　永い永い戦いの末に、和解し抱き合う鶏と蜥蜴の夫婦。

「うん、良い話っぽいけど蛇の王と女王なのにそれでいいの？　いや、良いんなら別に良いんだけど、何となくちゃんと蛇さんなのに王じゃない蛇（ヒュド）さんの立場をもう少し慮（おもんぱか）ってみたりしない？　なんで鶏と蜥蜴の夫婦が蛇の王位に納まっちゃうかなー？　いや、別に良いんだけどね？」（コケ？　シュシュー？）

　そして申し訳なさそうにゆっくり近寄ってきたバジリスクが頭を下げて、長い蛇舌を伸ばす？　握手？　舌を絡めるのは嫌だよ！

「いや、美人と舌を絡めるのは大好きなんだけど、蛇の王っておっさんで蜥蜴って嫌だし、奥(コカ)さんの前で何考えてるの!?」

　すると舐めるのかと思いきや、首飾りに舌先を触れさせて……ま、まさかっ！　縮み薄れ霞(かす)んでゆくバジリスクは、幻影のように薄れながら首飾りに吸い込まれていった。って、ちょっと待て――っ！

「なんで勝手に住み着くの！　しかも彼女いない歴を年齢分だけ日々更新中な男子高校生の首飾りに夫婦で住むなよ！　現状3匹しか入れないのになんで入っちゃうの、これでもう満員じゃん!?　しかも夫婦で入っちゃったら、除け者(のもの)な独り者の蛇(ヒュド)さんも可哀想だし俺も可哀想だよ！　しまった、独身専用って書いとくべきだったのか!!」

　まさか装備品の中で夫婦仲睦(むつ)まじくイチャつかれるなんて予想外の想定外で、意外性抜群すぎてまったくの無警戒だったんだよ！

　そう、嘗(かつ)て本の中で漫画の中でアニメや映画でどれだけのバジリスクを見てきただろう。

「或(あ)る者は鼬(いたち)に追い払われ、或る者は魔剣に首を落とされ、また或る者は眼鏡な魔法使いくんに殺(や)られ、そして或る者は己(おの)が毒に殺されていった。うん、誰も押しかけ居候とかしてなかったよ!?　なんなの、奥(コカ)さんに怒られ強制押しかけ居候しちゃう蛇の王って！　あれ、でもこれで蛇の王と女王揃(コンプリート)えちゃって蛇王国なの？　うん、勝手に人の装備品の中で立国しないでくれるかな、初めて聞いたよその展開って？」

　らぶらぶ夫婦の除け者で、王と女王と三人きりの蛇(ヒュド)さんの立場って……『蛇使いの首飾り：【7つ入る】ＩｎＴ40％アップ　蛇複製（3匹／3匹・身体から魔力で複製）

毒作製　鱗硬化　+DEF』。うん、満蛇のようだ？

「早急にミスリル化して蛇枠増やしてあげないと可哀想だな……って、なんで俺ってトップ蛇ブリーダーになってるの!?って言うか蛇さんにまで彼女できたら俺の立場どうなるの？　うん、装備がらぶらぶリア充って蛇さんが可哀想じゃなくなっても、それは俺がずっと可哀想だよ!!」

　くっ、異世界は魔物までリア充だったのか。恐るべし異世界の罠！

## やはり迷宮皇と深夜に頑張るのは戦闘だったらしい！　激しいな？

113日目　深夜　教国　聖都　狂暴なおっさんの家

　そしておっさんの家まで戻り、眠れる美女な眠りっ娘さんをベッドに寝かせる。流石にずっとアイテム袋のままじゃいけない気もするけど、アイテム袋の中は時間が停止するのか極端に遅い。もしくは魔力が満ち溢れる関係で劣化させせないのか謎は多いけど、新鮮な鮮度が保たれる。だから、どっちが良いかわからないけど、今はじっと踊りっ娘さんが手を握り寄り添っている。

「うん、思い出せなくっても一緒にいてあげればそれで良いんだよ？　でも、動かない美少女の身体と男子高校生が一緒だと凄く危ない気がするんだよ!?」

永い永遠の時間の中で薄れていった記憶なんて関係なしに、時を超えても想《おも》いは残っていた。うん、何故《なぜ》かエロい知識ははっきり残っていたし？　そう、どうやら記憶域とは複雑怪奇な仕組《システム》みのようだ。

結局、あの罠《わな》部屋に出口が有った。大聖堂の外の庭園の岩の下に繋《つな》がっていて、出られなくて通背梃子《てこ》の原理で岩を動かしたら勢い余って通背転がる岩《ローリングストーン》で大聖堂に直撃し警報が鳴り響いたので脱兎《だっと》の如《ごと》く草原を駆ける狼《ステッピンウルフ》のように逃げ、ワイルドで行って《BornToBeWild》みた？　うん、岩《ロック》だったんだよ？

そして、結構大きな岩が超高速で転がり直撃しても、大聖堂は壊れるどころか傷一つつかなかった……うん、あれ自体が聖遺物。つまり魔道具だ。

隠し通路の出口には、ちゃんとアイテム袋から出して代わりの岩を置いて隠しておいた。

「あれだと外から力押しだと難しそうだな？」

うん、お気に入りの愛用大岩《メテオ》なんだよ？

そう、目下の問題は眠れる美女《スリーピングビューティー》さんな眠りっ娘さんをベッドに寝かせたせいで、起きてる美女《おどりっこ》さんを襲えなくなってしまった。

夢と希望と冒険に何かを膨らませ熱く昂《たか》ぶる男子高校生さんも起きてるけど、寝かしつけておこう。きっと眠りっ娘《スリーピングビューティー》さんと募る想いを語り明かすのだろう……うん、台所で寝よう。

結局、調査のために偵察に行ったのに謎が増えた。居候《バジリスク》まで増えた？　そして暴走の原因は、装備だけでなくゴーストと黒髭危機一髪して戯れた時にＬｖが上がっていたようだ。

「これでまた調整がややこしくなったよ？」

最適値の算出と制御を智慧さんに再演算して貰い、早急に使いこなす必要がある。今の状態なら虚実一発で戦闘不能になりかねない、きっとこのままでは持久戦も厳しいだろう。

「毎度おなじみで日々常々の茶飯事とは言え、毎回毎回大事の前の小事件で不祥事も起こしてないのに困ったものだな？」

装備を外した今は、体感的にはなんの差異も感じない。ならばＬｖアップは不安定要素では有るが主要因ではなく、だとすれば装備か能力か装備効果の多重干渉。類推はできていたけど『世界樹の杖』を２本にして見た結果、可能性の域を出なかった解析予測が一気に解明され論理が明確化された。

「えっと、強化効果が50％と20％と30％の装備を３つ持つと足せば１００％で2倍だけど、実際の効果は大きい方から１５０％×１２０％×１３０％で２・３４倍に掛け合わされていると？　でも、それだと負荷が……そういう事か？　碌でも無いな!?」

負荷は２・３４倍の効果とは別に、50％＋20％＋30％＝１００％の反動が加算され３・３４倍になっているようだ。つまり％の大きいものを多く持つのが最適解で、数合わせに入れていくと負荷が高まる程には伸びないらしい？

「うーん、複数有るなら10％や20％は切り捨てた方が良いのかもしれないけど、でも良い装備って複数の効果があるから外し難いし入れ替えは難しいんだよ？」

どのみち迷宮皇が出る可能性が僅かでもあるなら、自壊しようが制御を失おうが全部ありったけ詰め込むしかない。詰め込みきったって全然足りはしないのだから。

違いはやらずに殺られるか、やって壊れるか。ただそれだけで、殺られると死ぬけど、壊れる分には治るかもしれない。そう、生きている限り生えてくる可能性だってある。だから爆運で強引に生き延びられる可能性が繋げるなら、無茶はするだけの価値がある。

「だって、迷宮皇って……う——ん？」

そう、装備強化の微々たる誤差なんて無いにも等しい。迷宮皇に殺されないで勝つ可能性なんて、元々が小数点以下が天文物理学的規模な0が大々的に大名行列で大行進だ。それでも俺は死んでいない、つまり俺の死亡率は完全なる0……まあ、もしかするとちょびっと偶に死んで『窮魂の指輪』の『救命』や大賢者の『蘇生』効果で生き返ってる可能性もあるけどちゃんと生きている。つまり俺は確率論なら不死で、結果論なら無敵。うん、大丈夫そうだ！

「だから、きっとどれほど可能性が小さくても。それが、どんなに僅かであったとしても……うん、俺の好感度さんよりは大きいはずだ！　だからきっとなんとかなる。だって好感度さんだって頑張ってるはずなんだよ……うん、頑張ってると良いな？」

ちなみに迷宮皇さんとの訓練結果は100％ボコられた。つまり、きっと俺は追い詰められもう駄目だって言う絶体絶命な状態よりも、もうちょっとヤバくて無理目くらいでやっと本気出すタイプなやれば出来る子の限界までやらないバージョンなのだろう？

「しかし、苦労して罠におちょくられてムカついて異世界迷宮王の夫婦喧嘩(げんか)まで見せられた割に、宝箱の中身は杖にヴェールにロンググローブとかアクセサリー何かの詰め合わせって……滅茶(めちゃ)良い装備なんだろうけど、デザインや寸法から言って眠れる美女(スリーピングビューティー)さんの持ち物なんだよね？」

だから、それは俺がどうこうして良いものではないだろう。そう思って全部踊りっ娘さんに預けた。うん、だってずっと裸のままで寝かせていると、俺の好感度さんがガリガリ削られてる気がするんだよ？

「ああー、思い出しただけでムカつく！　あの撥条(バネ)仕掛けの吃驚玩具(びっくりおもちゃ)のあっかんべーな柄を思い出しただけで激ムカつくから持って帰って来てみたらミスリル製だったよ……うん、どうりでよく跳んだんだよ……その熱意こそが吃驚だよ!?」

ちゃっかり蛇装備になってる『バジリスク　魔眼（猛毒、各種状態異常）　毒術（物理魔法破壊、各種猛毒、状態異常、武器装備破壊）　体液（完全解毒、石化、各種猛毒、状態異常）　飛翔(ひしょう)　補助（小）』は、奥(コカ)さんの『コカトリス　魔眼（石化）　呪術（石化、各種猛毒、状態異常）　体液（完全解毒、石化、各種猛毒、状態異常）　飛翔補助（小）』の毒バージョンのようだ。

「毒の魔眼で、各種状態異常付与か……滅茶、既視感だな？」

そう、また感度上昇の効果が増えてしまったようだ。

「しかし毒で物理魔法破壊効果って、それって戦ったら滅茶ヤバかったんだよ!?」

確かに伝承でも「その毒は非常に強力で、匂いにより他の蛇を殺し、息に含まれた毒は石を砕き、見ただけで死を齎す力を持っている」と言われていた伝説の魔獣。だが、蛇の王は蜥蜴だった？

「まったく旧約聖書の『エレミヤ書』や『詩篇』では、バジリスクとは救世主によって倒される悪魔の象徴と言われていると言うのに、奥さんと夫婦喧嘩でボコられて言い成りに居候とは嘆かわしい限りなんだよ？」

そして、『英知の頭冠：【5つ入る】　InT・MiN40％アップ　制御（特大）　魔導（特大）』に複合してみた『魔導の冠　InT50％アップ　魔導術補正（特大）　魔術札作製　魔法陣作製　魔導技師』も試してみたいけど、する事が多過ぎるし後回し。

「あと、『魔術札作製』とか『魔法陣作製』も気になるけど、『魔導技師』の補正補助能力なのかな？　まあ、内職の助けになりそうな素敵な技能に違いないっぽい？」

そう、この異世界の内職は需要は過酷で要求は高度で、技能がいくつあっても足りはしないのだから……うん、主に女子高生からの下着の作製要望とか？

「まあ、さっさと済ませて寝よう。しかし、せめて称号だけでも伏せ字に出来ないもんかな？　全く何で本人には『隠蔽』が出来ないんだろう？　全く使えないよ、だって最も隠蔽したいのは自分に対してなんだよ……ステータス？」

NAME：遥　種族：人族　Lv26　Job：--

HP：633　MP：730
ViT：529　PoW：552　SpE：731　DeX：623　MiN：670　InT：747
LuK：MaX（限界突破）
SP：2774
武技：「杖極（じょうきょく） Lv3」「魔纏（まてん） LvMaX」「虚実 LvMaX」「瞳術 Lv4」「乱撃 Lv7」
「限界突破 Lv5」「武仙術 Lv2」
魔法：「止壊 Lv3」「転移 Lv9」「重力 Lv9」「掌握 Lv9」「複合魔術 Lv8」
「錬金術 Lv9」「空間魔法 Lv7」「仙術 Lv6」
スキル：「健康 LvMaX」「敏感 LvMaX」「操身 LvMaX」「歩術 Lv9」「使役 Lv9」
「気配探知 Lv8」「魔力制御 LvMaX」「気配遮断 Lv9」「隠密（おんみつ） Lv9」「隠蔽 LvMaX」
「無心 Lv9」「物理無効 Lv7」「魔力吸収 Lv8」「再生 LvMaX」「空歩 Lv8」
「羅神眼 Lv8」「淫技 Lv9」「房中術 Lv5」
称号：「ひきこもり Lv8」「にーと Lv8」「ぼっち Lv8」「大賢者 Lv2」「剣王 Lv3」
「錬金術師 Lv8」「性王 Lv8」
Unknown：「智慧 Lv7」「器用貧乏 Lv9」「木偶（でく）の坊 LvMaX」
装備：「世界樹の杖（ユグドラシル）」「影王剣（レプリカント・グレートソード）」「布の服？」「皮のグローブ？」「皮のブーツ？」
「マント？」「羅神眼」「窮魂の指輪」「アイテム袋」
「獣魔王の腕輪　PoW+84%　SpE+79%　ViT+46%」「魔術師のブレスレット」

「黒帽子」「英知の頭冠」「万薬のアンクレット」「禍福のイヤーカフ」「護神の肩連盾剣(イージス)」「魔術師のブレスレット」「魔吹矢(ブロウガン)」

なんかスッキリ? と思ったら武技だけで「躱避(たひ) Lv9」「瞬身 LvMaX」「浮身 Lv9」「金剛拳 Lv8」、魔法は「疾駆 Lv8」「瞬速 Lv9」と一気に能力(スキル)が6個も失(な)くなってる。

恐らくそれらが複合されたものが「武仙術 Lv2」で、体技や魔力の補助スキルが仙術に昇華されたのだろう?

「考えられる原因は『仙術』と『房中術』で毎晩頑張ってたから、もしかして『もう迷宮皇2人と組んず解(ほぐ)れつ毎晩延々と仙術まで使って戦ってるし、それもう『武仙』で良いんじゃね?』って判断されちゃったのかな? うん、それで良いの、異世界スキルって!?」

まあ、如何(いか)に毎晩の迷宮皇さん達(たち)との闘争が過酷かという証明なのだろう。うん、確かに全能力に全魔力を注ぎ込み、男子高校生の蓄積された奔流もあらん限りに注ぎ込み、ありとあらゆるものを絞り出し注入して頑張って戦って、それはもう毎晩烈風烈火の如き苛烈で過酷な男子高校生的死闘を繰り広げているんだよ?

「うん、確かに異世界に来て一番頑張ってるのは……間違いないな? まあ、その相手が異世界最強の迷宮皇さん達だから、あれは戦闘だと判断されてスキルＬｖまで滅茶上がりしちゃったの!?」

身体能力(ステータス)的には身体錬成時の驚異的な伸びはなくなったが、ＨＰとＶ・ｉＴと自壊に耐えるための項目がちゃんと上がってくれている。身体を壊してるＰｏＷやＳｐＥも上がっているけど、制御系のＩｎＴの上がりも良いし悪くはなっていないはずだ。

「確かに、そういう意味ならば毎晩々々迷宮皇さん2人を何度も何度も倒し、幾度となく連戦して超俺って頑張ってるんだよ……だって、男子高校生だもの？」

多分、『影王剣（レプリカント・グレートソード）』を外せば一気に楽になるけど、それは目下最大兵器の『世界樹（ユグドラシル）の杖』が2本ないし2倍になるその能力は絶大。ただ、当然その反動も莫大（ばくだい）で激大で絶大に超痛い？

「うん、『魔導の冠　ＩｎＴ50％アップ　魔導術補正（特大）　魔術札作製　魔法陣作製魔導技師』による制御能力上昇で智慧さんに頑張ってもらおう！　うん、任せた!!」

実際、バジリスクさんはヤバかった。踊りっ娘さんもいたから苦戦しようとも勝てたけど、その戦いで武器装備が破壊されていたら危険だったし、その後が最悪な展開だった。

「それに、眠れる美女（スリーピングビューティー）さんが目覚めた時に——味方だとは限らないんだよねー？」

あれほど上位のゴーストを阻む力を持っているならば、それは絶対に只者（ただもの）ではない。その証拠に肉体美（ボディーライン）が只事（ただごと）ではなかったんだよ！　うん、異世界ってマジ凄いんだよ？

# 先行き心配になるから莫迦とかオタとかを将来設計に組み入れないで欲しいものだ。

## 114日目　朝　オムイの街　孤児院

朝起きたら同じ質問です。もう、毎朝の恒例でどの子もどの子もおんなじ質問。

「「「お兄ちゃんやお姉ちゃんはまだ帰ってこないのー？」」」

毎朝の質問、毎日毎日みんなが帰りを待ってます。おっきい子はわかるけど、ちっちゃい子はわからなくて毎日聞いてきます。

「みんないい子にしてたら、すぐ戻ってくるからねー」「はーい、いい子にするー♪」

もう、みんな安心しています。最初は明日もご飯が食べられるのか、こんな美味しくて立派なご飯を食べていいのかって不安で怖がってたけど、今ではずっと食べられるよって言ってあげられます。

孤児院にはムリムリ院長先生がいてくれます。辺境の孤児の子達も絶対大丈夫だよって言って優しくしてくれます。

私達がずっと聞いていた辺境は怖いっていうのは本当で、辺境の子達のお父さんやお母さんは魔物に殺されてしまったそうです。でも、大丈夫なんだって。いっぱいいっぱい襲ってきた怖い魔物達はお兄さん達やお姉さん達が襲って敵討ちをしてくれたんだそうです。

　そして私達と同じように綺麗な孤児院を作ってもらって、美味しいご飯をいっぱい貰ったそうです。遥お兄さんもお父さんとお母さんがいないけれど、ずっと良い子にして大きくなったら遥お兄さんみたいになれるんだそうです。だからみんな頑張ってます。

「さあ、いい子におかたづけしようね」「「「は――い♪」」」

　王都でも私達に意地悪していた貴族様のお屋敷はみんな壊していました。いっしょうけんめいにお仕事しても怒鳴って、ほんのちょっとしかお金をくれなかった商店もみんな潰されていました。そして「ぼったくってきたお金はみんなのものだからいっぱいお食べー」って毎日毎日ごちそうを作ってもらいました。

　あれからずっと夢の中みたいで、みんなで「実はお腹が空きすぎて私達は死んじゃって、ここは天国なんじゃないかなー」ってずっと話し合ってました。

　辺境に来るのも怖かったです。王様や王女様が大丈夫だよって言ってくれたけど、それでもお兄ちゃんやお姉ちゃんと一緒に行きたかったんです。でも我儘なんて言ったら嫌われちゃうかもしれなくって、みんな不安で泣いてました。そしたら私達一人ずつに「一緒に来るかい？」って聞いてくれました。嬉しかったです、そしてみんないっぱい泣いて一緒に辺境まで連れてきてもらいました。

　大っきい子は毎日孤児院の学校で勉強して、街に働きに行きます。お兄ちゃんには「子供は遊ぶのが仕事」って叱られるけど、街の人は働きに行くとすっごく喜んでくれて、いっぱい褒めてくれてとっても優しくしてくれます。
お手当も沢山もらって、お菓子もみんなから貰って、みんなが頭を撫でてくれるんです。
だからみんな嬉しくって働きに行きます。ギルドのお姉さんはいっぱい褒めてくれます、
雑貨屋さんのお姉さんはいっつもぎゅーって抱きしめてくれます、武器屋さんのおじさん
も頭を撫でてみんなにお菓子をいっぱいくれます。どこに行っても街の人が優しくて、偉
い領主様まで会う度に撫でてくれて辺境はすっごく良いところです。
だけどやっぱり寂しいんです。街にも宿屋さんにもお兄ちゃんもお姉ちゃんもいなくっ
て、街の人も寂しそうです。大人の人も「まだ帰ってこないのかい」って聞いてくるから、
みんなが待ってるみたいです。
「遥お兄ちゃん達はね、みんなをこまらせる悪者といっつも戦ってるの。み一んな、やっ
つけちゃうからこの街はみんな幸せそうに笑ってるでしょ？　今も遠くの街で悪者と戦っ
て遠くの街の人達までみ一んな幸せにしてるのよ、王都にだって来てくれたでしょ？」
ムリムリ院長先生も保母のお姉さん達もそう言って聞かせてくれるけど、やっぱり
ちょっとだけ寂しいです。
「「「大きくなったら冒険者になって、遥お兄ちゃん達に付いていくー！」」」
街中のお店から「大きくなったら働きにおいで、自分だけのお部屋もお給料もいっぱい
用意するからね」って言ってもらえます。だけど、みんな冒険者になりたいのは大きく
なって強くなって、遥お兄さんやお姉さん達みたいになりたいから。莫迦のお兄ちゃん達

や、オタのお兄ちゃん達みたいになりたいから。だからみんなでギルドの冒険者のおじさん達や、受付のお姉さん達からも訓練してもらってるんです。

でも、冒険者のおじさん達もお姉さん達も「みんなが大きくなるまでに悪い魔物はみーんなやっつけちゃうから、遥お兄ちゃん達みたいにいっぱいお勉強して立派なお店屋さんになりなさい」って言われちゃいます。

「「「だったら、遥お兄ちゃんみたいに美味しいご飯とお菓子を作る人になるー！」」」

辺境のご飯はとっても美味しいです。そして、孤児院のご飯だって美味しくっていっぱい食べて良いんです。

だけど、今でも遥お兄ちゃんに作ってもらったご飯は美味しくって涙が出てきちゃいます。あの生まれて初めて食べた美味しいご飯……あの日からずっとずっと夢みたいで、食べたら思い出して涙がぽろぽろ出てきます。

「「「だったら、明日帰ってくるかな？　明後日かなー？」」」「お兄ちゃんが帰ってくるまでにいっぱいお勉強して、お利口になってびっくりさせようね」「「「うん、いっぱい勉強するー！」」」

いっぱい褒めてもらって、いっぱいお菓子をもらって、いっぱい優しくされて。ずっと、ひもじくて寒くって元気もなくっていっつも泣いてたちっちゃい子達は、今では元気いっぱいです。私もみんなも背がにょきにょき伸びてびっくりです！　ちょっと前までずっとお腹が空いてて力も出なくってふらふらして怒鳴られてたのに、今ではみんなが見違えるように元気いっぱいです。

お姉ちゃん達はいっつもかわいいかわいいって言ってくれて、いっぱい綺麗なお洋服を持ってきてきて着せてくれます。「汚してても破ってもいいからねー」って言って、新品のお洋服を持ってきてきて着せてくれます。今では院長先生も保母のお姉さん達もきてくれて、撫でてくれます。今では院長先生も保母のお姉さん達もきてくれて、毎日ずっと幸せです。

今ではもう寒くてひもじかったあの頃が夢だった気がするくらいで……それでもやっぱりさみしーなーって思っちゃいます。

街は今日も賑やかでみんな優しくて、みんな笑顔で笑ってます。だけど笑い声がちょっぴり足りないんです。

いつも笑い声の中心にはお兄ちゃんとお姉ちゃん達がいて、みんなそれを見て笑ってる。それがないだけで、ぽっかりと寂しさが出てきちゃいます。走って逃げ回るお兄ちゃんと追っかけるお姉ちゃん達の大騒ぎがない大通りは、ちょっぴり静かです。

いっつもギルドのお姉さんと掲示板の前でさわいでる朝のにぎやかさがなくって、毎日お客さんがいっぱいの雑貨屋さんでも、みんな「茸弁当が食べたい」って寂しそうです。

武器屋さんも食堂も屋台も服屋さんも、みんなみんなちょっとだけ寂しそう。宿屋のお姉ちゃんもずっと寂しそうです。

「「「お兄ちゃんやお姉ちゃんはまだ帰ってこないのー？」」」

そしてまたおんなじ質問、ちっちゃい子もおっきい子も大人の人もみんなが同じ質問。

「みんないい子にしてたらすぐ戻ってきますからねー?」「「「はーい、いい子にするー♪」」」「「「まだかなー、まだかなー♪」」」

今日も美味しいご飯をいっぱい食べて、いっぱいお勉強をしていっぱい褒められました。一生懸命働いて、いっぱいいっぱい褒められて撫でてもらって優しくされました。頑張って訓練して、お菓子をいっぱいもらいました。

毎晩お風呂に入れて、綺麗なお洋服が着られてあったかいお布団があります。そしてきっと明日も幸せなんだって思いながら。くたくたになってベッドに入ります。だからもう怖い夢も悲しい夢もみません。だって毎日がずっと夢みたいだから。きっと明日も良い日だって思えるから、だからもういっぱい眠っても怖くないんです。

でも、朝が来て目が覚めたら、きっとまた私も言うんだろうな――「お兄ちゃんやお姉ちゃんはまだ帰ってこないのー?」って。まだかなー?

## 現実ではと侮っていたのに驚異の異世界バディと組み合わさったら驚嘆の凶器だった。

114日目　朝　教国　聖都　狂暴なおっさんの家

窓から差し込む朝日の眩しさに目を覚ます。そして庭に出て、ゆっくりと身体をストレッチで伸ばしラジオ体操から太極拳に移る。

装備もなしのラフな私服で、純粋に身体だけの状態で調整していくラジオ体操。その途中からは獣人っ娘姉妹が参加中だけど、チビTシャツにショートパンツにニーソというラフなのか何なのかわからない格好で——やはり異世界JCは危険だな！

「「おはようございます♪」」「あっ、おっはー？」

そう、けしからん膨らみが揺れ、素晴らしき尻尾と共に丸みが弾む！　そして絶対領域さんが潑剌とムッチリ肉感的な御発育が素晴らしくて目のやり場に困るよ！

上を見れば兎耳が揺れ、下を見れば狼尻尾がモフモフモフ！　だが、これをモフると女子中学生さんおさわり疑惑で俺の好感度さんが誤認逮捕され、勾留されたまま裁判スルーで冤罪執行の無期懲役な好感度さん封印の危機だ！

「こ、これは純粋な動物好きのモフリストな男子高校生さんへの悪辣な罠！」「おは」

そして太極拳の途中からは踊りっ娘さんも参加で、これまた体操着にブルマというあざとさで、たわわなゼッケンには「ねふぇ」の文字が揺れ……しかも文字が丸く伸びてる!?

「「ふっふはあぁ、ふっふっはあぁ♪」」

体を動かし感覚を摑み調整していく同調作業。脳内と身体の誤差を減らし、同調させて意識と身体の一体化を目指す繰り返し。身体が軽く、力が漲る——これが『武仙術』の効果なのか、息をし背筋を伸ばすだけで気が練られ循環して練気功状態に入る。うん、欲求不満が原因だったらどうしよう？

「ひっひっふうぅ、ひっひっふう」「ちょ、それはＪＣが覚えたら駄目な呼吸法!!」

　体中をくまなく冷たい熱が燃え広がる感覚。冴え渡るように力が循環し、魔力と混じり合い更に練り上げられていく。

「でも、やっぱり武仙になっても『通背拳』はスキル化しないから、やっぱあれ違うんだよ！　うん、まあ太極拳だってスキル化していないけど、神道夢想流杖術がスキル化しないのは最初から自信があったんだよ……あれは、やっぱり狙撃が不味かったんだよ？　うん、しないよねー、杖術で狙撃って？」「ふっふはあぁ、ふっふっはあぁ♪」

　型を一通り流し、徐々に速度を上げて行く。精確に動作を繰り返し、同調させて意識下に覚え込ませる。そして練武を済ませて身体も馴染み、装備を身に着けて軽く手合わせ。まあ、まだ危ないから体技のみで、世界樹の杖と影王剣は無しだ。

「いきます！」「とおぉー!!」

　獣人ならではの超高速な移動からの同時攻撃。跳躍すると見せかけて超低空を弾丸のように飛来する兎っ娘の兎拳を右手でいなし、躍動しフェイントを織り交ぜながら超高速で駆け回り襲撃する狼っ娘の狼拳を左手で捌き通背デコピンで弾いていく。

　しなやかで鋭いけど、動きがまだ直線的で予備動作も読みやすい。上下と左右の連撃を回転と螺旋で受けながら流し、２人の体勢を崩してはデコピンを見舞う。獣人族はなまじ身体能力が高いために、身体を操るという意識が低い。だから流して倒す、だって……触ると事案なんだよ、ＪＣって？

「しかし、実に挑発的（JC）でけしからん案件（バディー）。さすがは獣人さんだけあって肉感的な肢体が跳ね躍り襲い掛かってくるんだけど、俺が襲い掛かると事案なんだよ？　不条理だな？」

そして本番。自然体で脱力し、ただ優雅に風流に佇（たたず）む踊りっ娘さん。その肢体は妖艶さを纏（まと）いながらも、一切の隙のない自然体のブルマ姿！

「って、その格好こそが不自然極まりないんだよ！」「弱点はブルマ　絶対勝つ！」

そして静かに緩やかに水が流れる自然さで——一瞬で目の前に踏み込み、その長い手脚を柔らかにしならせて鞭（むち）の如（ごと）く振るい槍（やり）の如く突く連撃！

「おお——っ！」「見事です!!」「いや、これ当たると大事（おおごと）なんだよ!?」

通背拳と見せかけて螺旋勁（らせんけい）の円運動を加え、打突（インパクト）の瞬間に合わせた震脚。その打ち上げる力と、沈勁による自重の打ち下ろす力を合力し、攻撃に再加速を加える超高等技術！

うん、剣と魔法の世界は何処（どこ）に行ったの!?

「ちょ、これって受けたら漫画みたいに吹っ飛ぶやつだよね!?」「ブルマに　不可能　ありません!!」

だから、そっと衝撃を受け流す。全身の各部位で螺旋を描き、踊りっ娘さんの拳に掌（てのひら）を添え纏糸勁（てんしけい）で押し流す。だけど拳の勢いに押され、独楽（こま）のようにくるくると回されるけど男子高校生の大回転って需要ないんだよ？

「ちょ、これって功夫（クンフー）の極意かと思ったら、ブルマの力だったの!?　ヤバいな!!」

回転の勢いを車輪勁に変えて、地を這（は）い蹴る足払いの掃腿（そうたい）で足元を狙う。

その蹴りを舞うように軽やかに、宙に浮かんで躱すと――反転しながらの回し蹴りから、旋風脚の連続攻撃⁉

「ブルマ上段蹴り　反応　遅れます‼」「ちょ、それは俺のせいじゃない男子高校生的な宿命なんだよ⁉　うん、攻撃力もだけど風評被害までヤバいんだよ‼」

あわてて地面を掌で叩き、側宙で空へ逃げる。そのままカポエイラ風の倒立の回転蹴りでカウンターを狙うけど、それも踊りっ娘さんが上半身を反らして躱すと……回転軸を強引に縦回転に変えて、浴びせ蹴り風の踵落としが降り注ぐ！

「おおーっ！」「凄いです‼」「ちょ、この位置関係で踵落としはヤバいんだよ⁉」

慌て戦いて前転しながらコロコロと逃げて構えるけど、踊りっ娘さんは気合が入ってるというか気迫に溢れるというか闘気漲る武神の如き佇まい。やはり眠れる美女さんの件で思うところがあったのかも知れない。ブルマだし？

「いや、俺は揉み揉みとさわさわしかしてないんだよ！　うん、あれはきっとスライムさんに会えない悲しみと寂しさからの悪気のないぽよぽよで、ちょっと愛でてみただけなんだよ……だって、２匹もいたんだよ⁉」

そして試す。無拍子の虚実で間合いを詰めて、太極拳での超接近戦へ強引に持ち込む。そう、ブルマ相手に間合いが開けば不利。姉兎っ娘と妹狼っ娘も完全に組手を止め見学している、息を吐かせぬ手技の乱舞に手と腕と肘と肩が全て武器になり打ち合い打ち払い叩き押していく。うん、近くっても不利だった⁉

「くっ、一体いつの間にこんな恐ろしい技を！」「ブルマ　アンジェ　貸してくれました♪」「な、なんだってえええ——っ!?」

摑み払っては突き、その間も脚を掛け合い踏み合い潰し圧し折りに掛かる。その触ると事案な距離で鬩ぎ合い、膝蹴りと蹴り下ろしが足場を奪い合う上半身と下半身がバラバラの攻防戦が凌ぎ合う。

「凄い！」「踊ってるみたい」「いや、あれはボコってるみたいなんだよ!!」

結局踊りっ娘さんのお腹が鳴るまで防戦一方のままで押され、こっちの攻撃を全部躱されて受け流された。これは俺がまた制御を乱してるのがバレてる、だから精密で緻密な技の打ち合いに持ち込まれた。

徹底して上下左右に攻撃と防御を分けられ、身体の制御技術と小さめで食い込み気味のブルマに圧倒され続けたんだよ？　つまり稽古をつけられ、強制的に体感と感覚を調整されたらしい？　うん、ブルマの意味は何だったんだろう？

まあ、お陰で感覚は大分摑めた。Ｌｖアップで変化した誤差は制御下に置けたと言っていいだろう。そう、寧ろ問題は装備を減らすか慣らすか誤魔化すか……騙すか？

「朝御飯にしよっか？　うん、獣人っ娘達のリクエストで、お味噌汁とおむすびに卵焼きと焼き魚さんなんだよ？　踊りっ娘さんはお箸でお魚は厳しかったら言ってね、ほぐしてあげるから？　おっさんは骨ごと食べるから手摑みでいいよ、奥さんはナイフとフォーク使ってね？って言うわけで召し上がれー？」「「いただきます♪」」「ほう、美味そうじゃのう……って、儂だけ扱いが雑!?」

卵焼きの表面は狙ったよりもやや焦げ気味、それは魔法か魔力の極僅かな制御の乱れだ。そう、ただでさえ焦げやすいお醤油を使う以上、その制御はギリギリを見極めなければならないのに火力が安定しなかったのが露見する……訓練したいけど時間がない。

「既にここからでも狼煙が見えるって言うことは——早ければ明日明後日には着くな？」

悪戦苦闘する踊りっ娘さんを手助けしながらの朝食。女子さん達はみんなお箸だからか、甲冑委員長さんも踊りっ娘さんもお箸で食事したがるけど流石に小骨の多いお魚さんが苦手なようだ。

だけど獣人国にはお箸文化が在り、兎っ娘も狼っ娘も普通にお箸で食べられる。そして奥さんはナイフとフォークで食べ、おっさんにはお箸を渡しておいたのに手摑みでおむすびとお魚さんを食べている……うん、野蛮だな？

「美味しかったです」「ごちそうさまでした♪」「珍しい料理じゃが美味かったぞ」

食事を終えて3人は隠蔽と気配遮断に特化した魔法の探知機に掛からないボディースーツにお着替え。色も青と紫とピンクだが他意はない。黄色と薄紫と水色のウエストリボンにも決して他意なんて無いったら無い！　そう、これぞ伝統的な潜入衣装なのに何故か理解されないらしい……うん、ジトだ？

「いや、潜入の衣装っていえばお約束なんだよ？　だって、3人いるからしょうがないんだよ？　うん、1人だったらレザースーツの改造でも良かったんだよ？」

外套を纏い、大聖堂まで歩いて昨日の脱出口に辿り着く。

「じゃあ、ここから隠し通路を通って潜入だから気を引き締めるんだよ？　一応兎っ娘と狼っ娘に挟まれた踊りっ娘さんに配慮して、猫耳を着けてみたけどキャッツカードは直接配達で良いのかな？　うん、ラビッツカードとウルブズカードも用意したけどよく考えたら1匹ずつで複数形じゃないんじゃないかと疑問に陥ってるんだよ？　あと、『ハニトラ募集』カードとか、『美人女暗殺者さん限定歓迎』カードも作ってみたんだけどハニトラの受付とか有るのかな？」「なんで潜入するのにわざわざ派手エロい格好するんですか!?」「青のボディースーツって……何だか慣れてきた自分が心配です!!」「お姉ちゃんは未だ青だから良いよー、私なんかピンクで全く忍ぶ気が無さそうだよ!?」「「しかもなんでこんなにピッタリぴっちり？」」

うん、お約束なんだよ？　そう、さっきから大聖堂よりもレオタードさんに侵入したい気持ちで、まじまじとマジで眺めていたらジトられ中だ。

「いや、リアルでは無いよねとか舐めていたけど、実際に着せてみたら驚愕の破壊力だったんだよ？」

そう、これはエロい人が着るとよりエロく、エロくない人はそれなりに応じた悲惨さに陥る衣装。結果、超絶エロバディーな三人が大変にけしからん魅惑のトリオで、目が離れない。これは甲冑委員長さんの分も作製が必要なようだ！　だって、潜入する用事はないかも知れないけど、男子高校生さんが潜入して侵入して探検するからきっと必要そうだ！

うん、貰って甲冑委員長さんが喜ぶかは甚だ疑問だけど、俺が大変にお喜び間違い無しの一品だった。うん、凄いな！

「まあ、レオタードっていうか全身タイツだよねっていう説も風聞として寡聞にしても聴かれちゃうんだけど、そんな貴女にレオタードバージョンも用意してあるんだよ？　ただ、そっちはそっちでJCさんに着せると好感度さんが潜入して潜伏して出てこなくなりそうで、念のために全身鎖帷子にミニスカくノ一さんもご用意されてるけど確実に事案発生間違い無しの危険物で封印中なんだよ？　うん、全身網タイツさんと破壊力が同等と計測されて、全く忍ぶ気が無さそうだったからこっちにしたんだよ？　ギリだな？」

まあ、こっちも忍ぶ気はなさそうだけど、これ見たら警備員も前屈み問題発生で追いかけ難いだろう。そう、ヒールブーツ一体型ボディースーツだから、後ろ姿も凄まじいんだよ！　しかし……踊りっ娘さんって黒猫さんの猫耳猫尻尾が似合うな！

見てると進まないのでチラ見にして、昨日と言うか早朝のムカつく罠部屋まで進む。今は眠りっ娘さんはアイテム袋の中だが、里帰りだけど起きないよね？　まあ、箱があるだけだし……って言うか、これって棺だったのかな？

「だとすると、男子高校生が素敵な肢体の美少女さんの死体をお持ち帰りな屍体窃盗事件で、事案が支隊にまで通報されて案件が懸案されて好感度さんが獄中でお寛ぎ中!!」「うるさい　静かに　潜入！」

まあ、踊りっ娘さんにとって大事な女性そうだから、こんなところに放置できない。

仮令その身体に魂がないとしてもだ。

「そう、実際に脳味噌がない莫迦達だって何ら支障なく暮らしているんだし、それに比べればきっと魂が無いくらい大した問題ではないんだよ？　だって魂がなくて眠ったままだとしても、きっと莫迦よりは賢いよ。そう、日々日常常時間違いを犯さないだけ、木だって石だって莫迦よりは賢いんだよ？　うん、間違いないよ、だってここの石壁ですら莫迦達よりは知的な感じがするし？」

　痴的な衣装の3人は三叉路を調査中で、人気は有るけど殆どは警備兵？

「やっぱり中央は迷路の迎撃部屋で居住区じゃないのかな。だったら裏側が居住区？　だとしたら造りがややこし過ぎるよね？」「沢山の音や匂いはありますが」「でも住んでる感じではないです、お姉ちゃん聴こえる？」「うん、多分もっと上じゃないかと？」

　そして倉庫を巡り、地図化しながら上へと移動する。問題はないんだけど、ただ3人連れての影顰がキツかった。

　だって美人さん3人を掌握し密着して影に潜っていく間の、怯えて抱きついてくる獣人っ娘達の我儘ボディーがむにゅむにゅと引っつきもにゅもにゅと柔らかくて危険極まりないんだよ！　下を見ると絶景過ぎるのに、目線を上げれば目の前で揺れるウサ耳と狼耳と付け猫耳がぴこぴこと揺れる。駄目だ、この2人こそが事案注意の罠だ！　これで14歳って……異世界が凄いのか獣人が凄いのか!?

「ここって反響して聞き取りにくいんですが、音が多いのは……上ですね。でも下と外側が一番多い感じがします、ここの中央部が一番静かです」

MP消費は凄いけど採算は取れる。昨日の感じから言って、大聖堂内のMP回復速度は辺境並みとまでは行かないが王国並みには速い。そして『武仙術』の気功による回復力がMP吸収に合わさり、練気増幅で現状は充分賄えているけど……その分どうしても身体感覚と魔力による身体強化の感覚が微妙にズレる？

「できれば戦闘前に訓練が必要なんだけど、大体いつも戦闘で練習するほうが速いんだよ？　敵が強ければ強いほど練習になるけど、訓練は指導者が強過ぎて毎回ただの訓練（ボコ）なんだよ？　うん、ブルマはズルだよね！」

だが現実は無情だ、罠部屋の奥に宝箱が有る。身体も能力（スキル）も装備すらチグハグな状態で戦闘へ突入し……追い付けないままボコられ鳴いている「アンデッド・ギガント　Lv 50」さん。珍しく踊りっ娘さんが大盾で引き付け、その背後から左右に飛び出して狩り殺す獣人っ娘達の連携攻撃だ。

「しまった、セクシーボディースーツだと、追い越されたら見入っちゃって追い付けないんだよ!!」「お任せを！」「はい、戦えます!!」

疾風の如く疾走し、縦横無尽に連撃を与える狼っ娘。そして跳躍力と超加速で立体的な機動攻撃をかける兎っ娘。その脅威の連携力はまさに一方的な狩猟。速度と手数で圧倒して制圧し、僅かでも隙があれば徹底的に急所を狙う野生の感性。装備した武器も完全に使いこなしていて、なんでこんな凄い戦力を迫害して減らしてるんだよ異世界！

ただ、戦争のような集団戦は苦手とし、そして重装できない種族も多いという。

「でも、これって……迷宮戦なら凄まじく強いよね？」（コクコク）

逆に強すぎるからこそ得手不得手は激しく、装備が弱いと魔法耐性も低い。だけど人族とは一線を画す獣人ならではの野性的でいて、洗練された戦闘。直感的でありながら敵を確実に削る戦術勘……これって莫迦達並みだよ。

「つまり莫迦達はやっぱり人族じゃなかったんだよ？　うん、多分あいつらは獣莫迦族とかが転移して来てたのが返品されて異世界に戻ってきただけなんだよ？」

それくらい何処か似ている。莫迦が似て無くてよかった！　そして得意満面尻尾振り振りの2人と、うんうんしてる踊りっ娘さん。兎っ娘は魔石を差し出して尻尾をピコピコ兎耳フリフリで、狼っ娘はドロップ品を差し出して尻尾をブンブンと振り狼耳をピコピコ……くっ、これはモフリストに対するＪＣの罠（トラップ）だ！　そう、モフる場所を間違えると即事案通報という恐るべき事案案件（J）注意報（C）発令中の罠！！

ちょぴっと間違った（ぽよんぽよん）場所に触れた瞬間に通報即現行犯逮捕（シールドトリガー）発動の危険なもふもふ誘惑（トラップカード）なのだ!!　だから、ここは鉄の意思（ファイナルアンサー）で鉄板に頭を撫（な）でてお菓子をあげておこう！　よしよしよしよし？

うん、どうやら身体（バディー）は大人だが扱いは孤児っ子達と同じで良いようだ。

「うん、でも踊りっ娘さんもフレンチトースト食べるの？　深夜にクレープいっぱい食べてなかったっけ？」（（もぐもぐ♪））

いいけど、三人よしよしは忙しいのに何で魔手では駄目なんだろう？　忙しいな？

## 男子高校生の神聖さは聖者級だと認められたと言うのに何故か御不満があるようだ？

114日目　昼　教国　大聖堂

探検（マッピング）――通路全体に魔法の罠（わな）が仕掛けられ、罠部屋には物理罠もある。尚且（なおか）つ魔物さんの罠部屋付きが大聖堂の防衛機構のようだ。

「うん、やっぱ対魔物用の迷宮で、迷わせ分散させて速度を落とさせながらダメージを与え続け弱らせるための防衛迷宮だよな……この造りって？」

そこを勝手に改築して住み着いてしまっているのだろう。ならば地下はやっぱり大迷宮……だから精鋭部隊はそこそこＬｖが高い。つまり訓練に入れるなら入り口が何処（どこ）かにあるはず？　うん、でも上りしかなかったんだよ？

「でも、大迷宮相手だとすると上層部分の魔物しか倒せそうにないよね？」（コクコク）

そうすると弱く僅かな魔石しか取れないからこそ、辺境の魔石を欲し独占しようとしていたのだろう。うん、教会軍のＬｖって、その程度だ。しかし、それより納得がいかないのが「アンデッド・ギガント　Ｌｖ50」のドロップ。そう。鑑定の後の驚きの結果、『魔法保護のリボン：【巻きつけた部位に魔法保護】＋DEF』と長いリボンだった!!

「あの、岩のような死せる巨人の何処にリボンと、その要素があったの!?　うん、だって腰に布巻いただけの魔物さんだったけど大胸筋(トップレス)だったよね！　まさか、あれっておネェだったの！　どうりで狂暴で怪力だと思ったよ!!」

そう、Lv50にしては異様に迫力があったが、おネェだったのなら納得だ！

魔法保護は魔力による甲冑(かっちゅう)で、MPを消費する代わりに攻撃から身体(からだ)を保護するらしい。その技術自体は鎧(よろい)や服にも使用しているけど、これは部位限定の特化型らしい。だから2つに切り分けて、ずっと気になっていた兎(うさぎ)尻尾と狼(おおかみ)尻尾に結んでみた……うん、何で顔が真っ赤なの？

「いや、ヤバいからJCのお尻は触ってないからね！　ちょっとだけ尻尾をモフったのが不味(まず)かったの!?　ちょ、異世界の事案チェッカーが厳しすぎるんだよ!!」

そして部位魔法保護の仕組みを羅神眼で解析し、智慧(ちえ)で解明して構造がわかったのでパクって兎耳と狼耳用に耳飾(イヤーカフ)を作ってみた。即席だが『魔法保護のイヤーカフ：【耳に魔法保護】＋DEF』と、片方でも頭部防御になるようだ？　うん、耳だけじゃなくて頭部全体を部位とみなすらしい？

「まあ、兎耳は長いんだから部位を絞ったほうが効果も高まるし、MP消費も小さいんだけど確かに耳だけ護(まも)って顔も頭も放置というのもそれはそれで問題だな？」

うん、「顔と頭は大ダメージだけど、お耳だけは大丈夫(キリッ)！」とか確かにちょっと嫌だ。

最悪、耳なし芳一の逆バージョンになりかねない。

「嬉しいです、感動です。人族が忌み嫌う獣人族の耳や尻尾を心配してくださるなんて、一生このご恩は――……もががが――ぁ！」「あ、ありがとうございます！　獣人の誇りの耳と尻尾まで大事にしてくださって、この感謝は生涯仕え……あむうぐうぐぅ！」

こんな事もあろうかと、お口にジャストサイズなスウィートポテトさんを突っ込む。

うん、何故だか一日何回かは潜入中に騒ぎ出すからお菓子が必需品なんだけど、ちゃっかり踊りっ娘さんもお口を開けて待っている。でも、早く塞がないと、あのベロの動きはR15だ！　それ、JCさん達が見て覚えちゃったら事案確実な危険行為なんだよ！

「しかし、さっきフレンチトースト食べたばっかりだし、連日10個以上はお口にお菓子を突っ込んでる気がするんだよ？」（（もぐもぐ♪））

このままだと成長期VSわんもあせっとの戦いの幕が切って落とされそうだな。そんなこんなと探索を続けているけど、前には素敵な肉体が薄いボディースーツをくねらせて尻尾をフリフリ歩いている。

勿論のことだが尻尾と一緒に、尻尾の付け根の丸みごとのフリフリだ！　そうして大聖堂の奥側の居住区地域と思われる通路に行き着いた。ただ、警備が厳重で、向こう側にも人の気配が多すぎる。人が多く私室があるなら、落とし物も多そうだけど通り抜ける。偵察するのにも時間が掛かりそうで覗くだけで諦めた、上の階にも人の気配が多いし？

隠された伝承の大聖堂に住む長老衆と言う大聖堂の管理人達。そして安全で死なない大聖堂に引き籠る、教皇派の神父達。噂が曖昧でちゃんと調べたいけど、騒ぎになれば潜入した意味がなくなる。そう、せっかく衣装まで作ったのだから、じっくりしっかり堪能するまでは見つかる訳には行かないんだよ！

「上も人の気配が多いな？　階段の手前にも詰め所が有るんだよ。いちいち影鞱で移動だと時間掛かるんだよねー、誰かの影に入るっていう手もあるけど行き先選べないし？」

「あの階段の上ですよね。音は……左手からしか聞こえません。こっそり右側に行けば人気は少ないと思います」

兎っ娘の耳と狼っ娘の鼻は便利だ。気配探知や空間把握が使いにくい環境ですら、確実に人の気配を捉えていく。うん、モフりたい!!

「じゃあ、警備の詰め所の前を通るから影鞱で上の階に行くよ、集まってねー。って、いちいち抱き付いたり絡み付いたりまでしなくて良いよね！　あと、踊りっ娘さんも触ったら怒るのに、何でお尻撫でてるの!?　うん、俺は撫でるのは大好きなんだけど、撫でられる趣味はないんだよ？　あと前はやめようね、全く嫌ではないけど色々男子高校生的諸事情で凄く不味いんだよ？　いや、影の中で頑張るのも吝かではないんだけどＪＣはＲ15で、影の中って何も見えない暗闇なんだけどＪＣのいる所で頑張っちゃうときっと色々駄目なんだよ？　うん、主に俺の好感度とか？」

４人まとめて密着で影に潜み移動する。外は見えるのに影の中は真っ暗闇で、羅神眼ですら見えない２次元空間の暗闇。なのに感触は有る、それはもう素晴らしく生々しい感触で大変なんだよ！　でも、踊りっ娘さんも元気になったようだが、眠りっ娘さんの状態は不明のままで何一つ解決はしていない。うん、茸もポーションに精製して口に含ませてみたけど何ら効果はなかった……って言うか息していないし、あれは眠りではない何かだ。

そして階段を登り、人気のない右手側に進み影から出る。早く出ないと男子高校生さんが危ない！　だってセクシーなキャッツさんなボディースーツ姿だから、滅茶生地が薄くて柔らかくて感触が野性的に直撃！　それが三方からぴったし抱き付かれると危険な間違いが男子高校生危機一髪で、そりゃ黒髭さんだって飛び出すよっていうくらいにスリリングなスリスリだったんだよ！

「うん、黒髭さんはどうでも良いけど、暗闇でJCに男子高校生がポロリと飛び出すと絶対に事案だよ！　うん、早く影から出よう!!」（（すりすり♥））

それはそれで悲しいお気持ちで脱出して、そして気配を探る空間探知で地図化して行く……どうやら左側は魔道具の工房のようだ。でも、見る価値がない。だって、あれは作ってるんじゃなく組み立てているだけの作業。

ただ勤勉に作業し、正しく決められた通りに組み立てる。きっと仕組みすら理解せずに、ただ作り続ける作業を見ても意味も価値もない。仮令それが一生懸命だろうと、真面目だろうと本質的な意味で物を作ってすらいない組み立て作業の光景だから。

「ただ手早く魔石を嵌めて、その僅かな隙間でどれほどの無駄を生むのかも考えずにただ組み込むって……あれは作業であって、もう作ってはいないんだよ？」

それは無駄なく効率的に、だから非効率で無駄だらけの魔道具を量産する仕組み。生産性という効率だけで、何の技術もない作業。だから百年続けても、上手にはなるけど何の進歩もしない組み立て作業。うん、意味のない風景だった。

「辺境を苦しめてまで魔石を買い叩(たた)いて、挙げ句が魔石のあの扱いって魔石になったゴブやコボもきっとお嘆きだよ。全く同じ大きさで同じ形で同じ等級の魔石なんてある訳もないのに、何もかも同じ型で同じ造りって……頭悪い以前に何も考えられないの？」

そう、あれで魔石照明器具(ライト)のつもりかもしれないけど、あれだと全部明るさが違うし持ち時間だって全然違う。作り易(やす)いからって魔石と魔法陣をあんなに離したら魔力は駄々漏れになるなんて考えればわかる筈(はず)なんだよ。

「全く内職家にすらなれない作業員ばっかりなのに、何故だか俺だけ無職なんだよ!?　うん、もう働き者のニートっていう時点でおかしいのに、偵察任務中のひきこもりって意味がわからないんだよ？」

魔道具技術の独占。それは競合のない利権。だから作れば売れるから、研究もせず改良もしない組み立て作業に落ちぶれる。その結果が技術者でも職人でもない作業者達だ。

その決定的な違いは、良いものを作ろうという思いの欠如。物に対する想(おも)い入れの無さ。しなければならない事をするだけの作業に向上はない。上手(うま)くはなっても向上ではなく効率化で無駄なく沢山の駄作を量産するだけの、全く物作りとは関係のない自分達の都合で楽をする技術。

「こんな大聖堂に引き籠って、外の世界を見ていないから自分達が作っているものの意味がわからないんだよ？」

　それを使う人の事情も知らず、物が悪くても売れるから想像すらせずにただ作る。

「あの魔導ライトを持たせて闇夜の森にでも放り込んでくればいいんだよ？　暗いのがどれほど怖いか、消えてしまうのがどれほど不安かを知って壊れれば死ぬっていう意味を思い知るべきだよねえ？」

　だって商品を作るなら、それを手にする者の思いを思い知るべきなんだから。

「辺境の人達が仕事に対してあんなに必死なのは、辺境だからだったんだよ……うん、物もお金もなかったからこそ、物やお金の大事さを知ってるから辺境は豊かになったんだよ。物もお金の意味もわからずお金を儲けることだけの成れの果てがここだよ、仕事ですらない作業に落ちぶれきってるよ」

　その作ったものに生命が懸かる責任を知っている。誰もが貧しいのもよく知っている。だからお金を受け取る意味と重さを知り、その買ってくれる人の思いを理解していた。だから一生懸命に「これでいいのか」って悩んで、「もっと良いものを」って悔やんで、「どうしたらもっと」って苦悩しながら試行錯誤していた。

「辺境は笑ってる　みんな楽しい。　ここは嫌そう、だから駄目、です」

　まあ、これで王国の優位は確定した。決定的に開いた技術格差に全く追い付く気のない作業風景。辺境では誰もが勝手に研究して、ひたすら技術を高めていっても——教会は変わらない。きっと、ずっと変わっていない。だって教会(ここ)には技術者も職人もいないんだよ？

「まあ、商品(もの)は駄目でも材料にはなるんだけど、それなら不良品(ゴミ)にしないで材料で落とし物にして欲しいよね？　うん、拾う人の事も考えようよ？」

　辺境には鉄すら無くても木から槍(やり)や棍棒(こんぼう)を作り、石を磨(と)いで石剣を作って何としてでも強い武器を求め続けた鍛冶師がいた。その武器に懸かる命の意味を知り、魔物と戦える武器を必死に探し求めていた。なのに教会(ここ)には何でも有るのに、誰も何も求めていない。きっと誰一人として闇夜の森で灯(あか)りが消えればどうなるかなんて想像する気もないのだから。

　左手が作業場で右側は倉庫みたいだ。こんな無意味な作業に付き合わされるなんて魔石とは言えゴブもコボも不本意だろうし、材料だって可哀想(かわいそう)だ。うん、俺が全部保護(ひろっ)てあげよう。物は役に立ってこそ作る意味があるんだから。

「って言うか、こんなに材料が有るのにケチんなよ！　あんな薄い魔法陣じゃ落としたら衝撃で剝がれるよ!!」

　きっと、その意味すら考えてない。むしろ壊れれば次が売れるくらいにしか想像できない。だから何の為(ため)に作っているか解(わか)らない作業は、きっと何も生み出さないんだろう。

　そうしてイライラしながら落とし物を拾っていたら、荷物に埋もれていた倉庫の奥の壁に隠し扉が有った？

「ここから匂いが」「はい、微かに風も」

　使っている痕跡も、使われている形跡もない隠し扉。厳重に魔法で封印され、特殊な施錠をされて扉だとわからないように完璧に偽装されている。本格的な魔法仕掛けと機械仕掛けの組み合わされた錠だ！

「いやー、異世界ってマジな鍵がレアで、仕掛け錠だって触手さんで簡単に開けられるものばかりだったんだよ？」「「何で嬉しそうなの!?」」

　そう、超お久な『マジックキー　LvMaX：【LvMaX以下の錠を開ける事が出来る】』で錠を開けて入ってみる。きっと魔糸でも開いちゃいそうだから急いで使う。

「うん、俺を喚ぶ落とし物の声がきっと魂に囁いたんだから俺のなんだよ？」

　そこは小ぢんまりした四角いだけの何もない部屋。そこに入った瞬間に輝き出す魔法陣に警戒するが何も起こらない？　魔力が溢れ出す中心で、ぽつんと1本の杖が魔法陣の中心に刺さっている。

「こ、これは……うん、落とし物のようだ！」「絶対に置いてあるって認めないだ!?」「しかも曰く有りげなのに完全にスルー!!」

　だから拾おうとするが抜けない？　練気状態で魔纏して、全力でもまったく動かない？

　更に4人掛かりで引っ張ってもピクリともしない。強く引き抜こうとすると魔法陣が強烈に輝く、この魔法陣が杖を護っているのだろうか？

　だから左手で杖を摑んだまま、右手の『矛盾のガントレット』に魔力を集中して『物理魔法防御無効化』能力で魔法陣に触れる。すると拒絶するように強烈に輝く魔法陣、その防御を無理矢理に杖から剝ぎ取り護りを打ち消していく。

「よぉーっと！　うん、落とし物がやっと抜けたよ？　えっと『アスクレーピオスの杖：【怪我病気状態異常を癒やす。聖者にしか抜くことはできず持つことはできない】ＩｎＴ50％アップ　聖魔法増強（極大）　治癒　治療　回復　再生』って蛇の巻き付いた杖だけど蛇がオコ？　なるほど、俺の聖人君子な日頃の行いで聖者って認定で完全無欠に俺はいっつも悪くないことがここに物的証拠として現出したんだよ？　みたいな？」「抜いてない！　今の反則だった！　それ性者の間違い　です!!」

聖浄なる男子高校生のずっと彼女がいない清らかさと、俺は悪くないと言う心からの聖意がこの杖にも伝わったのだろう。うん、なんか杖に巻き付いてる蛇が嚙み付こうとしてたんだけど、蜥蜴さんと鶏さんの蛇の王と女王コンビにお説教されシュンとしているし？

「つまり杖の蛇が認めてるのだから俺は聖者さんで、聖者さんということは俺はさっぱり全く丸っと全然全部悪く無いんだよと異世界判定が下されたんだよ！」

しかも、ＩｎＴ50％は魔纏の制御効果もさる事ながら、智慧さんの補強にも繫がりきっと丸投げが更に捗る事だろう。

そして病気や怪我の治療もできるようだが、そっちは茸があればＭＰいらずだから微妙だな？　うん、何で杖の蛇までジト目なんだろう？

「治癒とか治療を滅茶アピってるけど莫迦って治るのかな？　うん、あいつら１回死に掛かって腕とか捥げてたのが生えてきたけど、それでも全く治らなかった頑固な莫迦なんだけど効果ってあるんだろうか？　うん、やっぱ首をちょん切って新しいの生やし直すしかないのかな？」

うん、帰ったら試してみよう？

## 異世界では全世界共通の場所取りのルールすら理解できないらしい。

114日目　昼　教国　大聖堂

聖なる者、その名も聖者。そして聖者しか持てない杖を持ったのだから俺は聖者認定が決定で、つまり俺は悪くないという真理が遍く異世界で認められた逆転判決！

「うん、女子さん達に見せびらかそう！　だって、やっぱり俺は悪くなかったんだよ!!」

まあ、オタにも『聖者』がいるが、オタと言う存在自体が邪だから杖は持てないだろう。そう、やはり人徳というものが問われ選ばれたのだろう！　何だか杖の蛇さんが不服そうな顔だけど、そうに違いない。うん、そう決まったんだよ？

威張って自慢できそうだし、結構使えそうだから『アスクレーピオスの杖』を『世界樹の杖』に複合してみる。更に『影　王　剣』で複製して効果を2倍にしてみると、実感するほどの効果がある。多分、智慧さんも強化されて魔纏の『再生』や『回復』まで強化されているんだろう。

「きっと俺の聖者としての品格も上昇しちゃって、聖（セイント）男子高校生さんに進化してるのかも？　うん、流星（メテオ）拳とかの練習も必要かも？」

まあ、それはそれでそれって通背メテオとは何が違うのだろうと悩みは尽きないけど、これで当面は自壊が抑えられるはず。だから身体制御を取り戻すことに集中できる。

「「「いただきます♪」」」

試用中で忙しいから御休憩で、美少女と敷物（レジャーシート）を広げて御昼御飯（ランチタイム）。美少女3人に囲まれサンドイッチと唐揚げと茹卵（ゆでたまご）にポテトサラダを広げ、女子は茸（きのこ）スープで俺は熱い珈琲（コーヒー）を愉（たの）しんでいる。

潜入衣装（セクシーボディースーツ）な美女3人と寛（くつろ）ぎの昼食。これが風情というものなのだろう。なのに喧（やかま）しい何か通り縋（すが）りの教会騎士団のおっさん達がイチャモンつけているんだよ？

「ウザいなー、ちゃんと敷物（レジャーシート）まで敷いてるじゃん！　俺が先に場所取ったんだよ、譲らないんだよ？　勝手に人が御食事中の場所に巡回とかしないでくれるかな？　御飯に埃（ほこり）が入るから暴れないで死んでよ、全く非常識だな……うん、早い者順で敷物（レジャーシート）を敷いたら、その土地建物の権利は全部俺のものって常識じゃん？　うん、とったんだよ？」

24対（つい）の『護神の肩連盾剣（イージス）』が剣となり、二重三重の円陣を描いて宙を舞い剣舞を刻む。

おっさん十数人なんて黒髭（くろひげ）が生えてなくったって滅多刺しだ。

ほぼ自動（オート）で起動し、自動迎撃で肩盾剣（ファンネル）の制御負荷は格段に減っているから『アスクレーピオスの杖』の効果は大きいようだ……そして『アスクレーピオスの杖』は聖者の治癒と再生の杖。だから治療しよう、兵隊が連れていた襤褸襤褸の獣人のお姉さん達を。

「うん、獣人っ娘姉妹を連れて来ていて良かったよ」「酷い……」「早く手当を！」

だって、きっともうこの人達は、人族の俺になんて助けられたくもないだろう。だから、近付かないよう離れて治療していても、俺を睨むその目には憎しみと恐怖が満ち溢れている。踊りっ娘さんは……種族不明だし、今は猫耳ついてるし大丈夫みたいだけど、きっと男子高校生の猫耳は需要ないだろう。

だから、後は茸とお湯とタオルと着替えと、簡単な食事だけ渡して離れていよう。消化の良い食事を用意して渡し、安心できるように目に入らない場所まで移動する。

そう、この先は神父用の住居区。捕らえられ此処へ連れてこようとしていたんだろう。噂は真実で、獣人なのは女人禁制だから人じゃない獣人なら良いという下衆な理由。いわゆる神なんて本当は信じてもいない神の血や般若湯はセーフ理論。「だったら俺が、おっさんは人じゃないから焼いて良いって決めても文句言わないよね？　うん、異論は聞かないし？」

きっと今頃は獣人っ娘姉妹と踊りっ娘さんが湯浴みさせて、お着替え中のはず。だから獣人お姉さん達の入浴お着替えシーンが覗かれないように、丁寧に眼球まで焼き払おう。

「汚物は焼却だーって、偉い人が言ってたんだからセーフ理論！」

油を霧状に噴霧して風魔法で拡散して満遍なく満たし、完全に逃げ道も塞ぎながら火を付ける。だけど酸素が燃焼しきってしまうと息苦しいだろうから、空気穴だけはしっかりと開けておいてあげよう。

「うん、一酸化炭素中毒は意識を失ってしまうと危険だよね？　だから、ちゃんと意識保てるよう新鮮な空気は大切なんだよ？　だって宗教的に火には浄化の意味が含まれているんだから、穢れが消えるまでゆっくりじっくりしっかりこんがり芯まで心まで焼いてあげる親切設計な男子高校生さんらしい放火後活動なんだよ？」

燃え広がる炎の中から飛び出してくる神父達をボコって、火の中へと親切丁寧に放り込むキャッチ&リリース。大聖堂の加護で再生するのなら、再生できなくなるまで焼き続ける。

熱くて俺もちょっと焦げてきたけど、神父達は丸焦げで焼け爛れた喉で血を吐き叫びながら燃え転がっている。しかし、奇跡とまで言われる大聖堂の加護の力は聞いていたほどではないようで、延々と劫火に焼かれると再生が間に合っていないみたいだから——可哀想だから俺が再生を掛けてあげよう。

「「ぐぎゃあああああっ！」」「痛いぃ、熱いいいぃ!!」「ひいいいいぃっ!!」「うん、火なんだよ？」

灼かれながら必死の形相で、喉まで焼けて声にならない声で叫ぶ。

「まさか、もしかして『助けて』って言いたいの？　うん、でも『助けて』って言っていいのは『助けて』って言った人を助けた人だけなんだよ。うん、助ける訳ないじゃん？

でも、俺って親切心に溢れて鉄砲水だって通信簿でも絶賛されてたんだから、再生だけは何度でも掛けてあげて何度でも火に焚べてあげるんだよ？　うん、俺って優しいな……さすがは聖者に選ばれるだけは有るんだよ？」

俺の肌は遠赤外線効果でじっくり芯から焼かれても再生して戻っていくけど、大聖堂に護られ加護を受けたはずの神父達は再生や治癒が間に合わず消し炭に変わり果てていく。藻掻き苦しむ姿形のまま、真っ黒に炭化して苦悶の彫像に変わる。その炭すら灼き、塵になろうと跡形なく灼き尽くす。

「うん、良かったじゃん……浄化とか天国が大好きなんだよね？」

そして、戻ってみると姿は綺麗になり、こっちに頭を下げる獣人族のお姉さん達。だけど怯えも恐れも、その目からはもう消えない。消えるわけがない。だから離れた場所から踊りっ娘さんを呼んで聞いてみた。

「どうしよう、獣人のお姉さん達から何か要望って有った？　神父皆殺しで資産全額賠償請求か、全員奴隷にして獣人国に連れて帰って一生農奴で酷使するかとか？　あっ、でも『焼き払え』はもう殺っちゃったんだよ？　うん、暑かったな？」「聖堂から出してあげる今はそれが一番。　もう偵察やめて皆殺し。聖堂に絶対神なんていない」

オコだった。まあ怒るだろう。そう言えば踊りっ娘さんだって、巫女さんと異教の聖女の称号を持っている神職さんだ。だからこそ許せないのだろう、だけど俺も聖者だったんだからお揃いなのに何故か俺の聖者認定には不思議なことに御不満なようだ？　ほら、アスクレーピオスの杖持ってるんだよ？　蛇も目を逸(みとめ)してたし？　うん、物的証拠(アスクレーピオス)でホーリー男子高校生なんだよ？　うん、ガン無視のようだ！

引き返す。潜入してたのに気付かれちゃった可能性もあるし、侵入してきた隠し部屋まで戻り獣人のお姉さん達を獣人っ娘姉妹に任せて連れ出させよう。

「恐らくもしかすると潜入に気付かれたかもしれないんだよ？　うん、向こうで盛大に火柱が立ってるし？」「「もしかして、まだ潜入してるつもりだったんだ!?」」

俺達は他にも奴隷がいないか探すのに残る。しかし、酷くゆっくりだけど自動で火災地区が密閉されて、修復され始めている。やっぱ、この大聖堂自体が厄介だな？

「私達は、この方達を送り届けて護衛に付きます」「獣人族として同胞を助けて頂いたことに至高の感謝を」

戦いは終わらせられる。戦わせない事だってできるだろう。だけど恨みや憎しみ、そして差別なんてどうにもできない……うん、殺して壊す事でしか解決できないんだよ？

今は獣人族は王国だけは信じてくれている。だけど差別が残れば、また人族の全てを信じられなくなるだろう。そして、それは全て人族の所為(せい)。だから人族こそが償わなきゃならない罪だ。うん、ここは人族アピールで償いの御菓子をいっぱい持たせておこう。だって人族である俺には頭を撫(な)でてあげられないのだから。

下まで送って、また上がってくると……姿を消し、気配を絶って天井に張り付いたおっさんが多数？　趣味なのだろうか？　そういう性癖なのか、教国の流行なのかはわからないけど天井に張り付いてじっとしている？

「うりゃ？」「「「うぎゃっ……！」」」

姿を消しているマントが気になったので、マントを破壊しないよう心掛けて魔糸で首だけ切断するとボトボトと落ちてきた。その手には『致死毒の剣』とか持ってるし、装備が特殊だから異端審問官か暗殺部隊なんだろう。

そして天井に張り付いていた『接着のブーツ』や『吸着の手袋』も気にはなるけど、本命の姿を隠していたマントは『姿隠しのマント：【静止時保護色効果】』と保護色で消えて見えるが動けないらしい……期待した割に使えないな？　でも、落ちてきたのだから拾っておこう。

「落ちてる物は拾うけど、落魄れたおっさんなんて要らないんだよ？って指輪まで毒だよ……うわっベルトも武器だ！」

魔手さんの無駄遣いだけど身包み剝がして、汚物は焼却で装備品は全回収。そして先に進むと、階段の前に騎士団が盾を並べて封鎖している。うん、重装備でやる気満々だけど……今、踊りっ娘さんはとっても不機嫌でご立腹なんだよ？

一振り。それだけで通路を埋め尽くす盾列が消し飛ぶ。鉄鎖の大蛇が地を這い、踊り狂う鉄鎖に騎士団は腕を食い千切られ脚を捥ぎ取られ腹を穿たれ頭部を叩き潰される。

「うん、凄い度胸だよねー……迷宮皇を怒らせて立ちはだかるって？」

落とし物は魔手さんに任せて、ただ進む。放たれる矢の雨も空間を埋め尽くす鎖が叩き落とし、剣が虚空を舞い射手を斬り裂く。

「「「ぎゃあああっ」」」「ぐごわあああっ、化物……」「ぐあぁぁ、神よ……」「うん、獣人を人と認めないなら、そんなやつを俺は人と認めないんだよ？　爺がなんと仰られたかとか興味もないんだし？　うん、俺のいた世界ではおっさんが『汚物は消毒だ』と仰っていたんだよ？　あんまり偉くはなさそうだったけど？」

さっきの獣人のお姉さん達は襤褸襤褸だった。怪我だらけで荷物のように詰め込まれ、満足な食事も与えられず運ばれてきていた。うん、大聖堂に再生されるなら再生されればいいいし、治癒されるなら治癒されればいいんだよ。何なら生き返ってもいいんだよ？　うん、何度でも殺すから？　死ぬまで殺すし、死んでも殺すんだよ？

「うーん、やっぱ感覚がバグるよね？」（コクコク）

調整がおかしいのかと思ったら、大聖堂の力で能力に制限をかけられ弱体化しているっぽい。まあ、俺の場合は殆ど誤差の範囲なんだけど、踊りっ娘さんの制限はかなりキツそうだ。まあ、それでも元々の技量が違うから弱体化させられたまま元気一杯に無双中。

「Ｌｖ補正に制限を掛けられているのかな？　身体能力が落ちてる？」（コクコク）

だから俺は殆ど影響を感じない。つまりＬｖ30とかで制限が掛けられてるんだけど、俺はＬｖ26？　身体錬成で強化された身体は影響を受けないはずだから……後は魔法による強化にも干渉されているんだろうか？

「見っけ？」

そして隠し部屋の宝箱からは『再生の宝珠：【再生を司る至宝】』という、珠が出てきた？　宝石？

「アンデッド・ギガントの部屋には『治癒の宝珠：【治癒を司る至宝】』が落ちてたけど、あれとお揃いなのかな？」

そしてこの部屋の番犬の「アンデッド・ヘルハウンド　Lv50」は酸っぱい部屋の隅で鼻を押さえてキャンキャンと鳴いている？　うん、可哀想だから上階に放してあげよう？

上に行くほど居住区が設けられ、捕らえられた獣人奴隷さん達が収容されていた。そしてエルフや人族の奴隷もだ。さっきの隠し部屋に隠し通路があったから探査してみたら、教導騎士団の地区に通じる隠し通路だったから治療の済んだ人達を送り出す。念の為に踊りっ娘さんも狂暴なおっさんのところまで護衛していった。

そして、一人で進んでいるとそこには罠。魔法のない純粋にして究極の罠。そう――落とし穴だ。

「うん、でも空歩が有るから落ちないよ？」

通路の全てが落とし穴で、下には槍と毒の沼地が続いている構造。ただ大型の魔物用なのか結構深くて毒も溶解液……だから少なくとも造った者は大迷宮と戦おうとしていたんだろう。

その先は突き当たりを曲がってすぐに行き止まりの壁。落とし穴で大打撃を与えておいて、その先は行き止まりで大渋滞のまま溶解されていく袋小路。

「うん、中々に悪辣な製作者さんだったみたいで、何が悪辣って行き止まりの壁の横に隠し扉なんだよ？」

だけど、これで法則性が見えた。中央と言うか大聖堂の中心部にあったのが『アスクレーピオスの杖』で、そこから螺旋状に宝珠が落ちている。これが大聖堂の落とし物の法則なのだろう。

「なら、次は上の階だけど、先ずは隠し部屋だな？」

異形。全身から生物の顔を生やし貼り付けた、キメラとも違う異形の化物。昆虫から動物に魔物まで在りと汎ゆる顔が覆い尽くす粘体の化物だ。

そして異形の触手が蠢く……そう、これは負けると男子高校生の沽券と威厳と尊厳に関わりかねない触手の戦い！　速攻で全身から触手さんを生やし、無数の蛇さんが蠢き、鶏さんがコケコッコーと鳴き、蜥蜴さんがシューシューと威嚇する！

うん、ビビってるビビってる。戦いとは威圧した方の勝ちだ。粘体を覆い尽くす無数の生物の顔が全て滅茶吃驚顔でビビっている。うん、きっとこれが聖者の徳というものなのだろう？　聖いな？

# 男子高校生さんの密やかな性癖が大公開で暴露されて獣人好きは証明されたようだ。

１１４日目　昼　教国　大聖堂

異形の物体を覆い蠢く、幾十幾百の生物の顔。その口が一斉に大きく開き、叫ぶように毒の粘体と魔法攻撃を吐き出す。

「うん、ばっちいな!?って、呪詛って毒まで吐いてるんだよ!!」

一斉射撃の弾幕を躱し、蠢く触手を払って斬り飛ばす。そして吐き出される猛毒の紫煙!

「って、あのさー？　無数の蛇さんと鶏さんと蜥蜴さん夫妻相手に毒攻撃とか舐めてるのかな？　うん、毒の王や神をも殺す猛毒の蛇さんなんだよ？」

2対の世界樹の杖で毒の弾幕を斬り払い、自動迎撃蛇機構が毒の弾頭を拭き散らす。そして異形の魔物を異形の触手が串刺しにしていく滅多刺しで、隙間無くその異形を覆い尽くした生き物達の顔を貫き尽くす。うん、警戒してたんだけど黒髭の顔は飛び出さないようだ？

そして謎の魔物がやっと鑑定できた。「デモン・ソウルイーター　Ｌｖ75」。あの１００を超える生物の顔の全てが、悪魔に取り込まれた魔物や生物達の成れの果てだった。

「どうりで魔法や毒の種類が豊富だと思ったよ、っと!?」

つまり取り込んだ生き物の能力を獲得して、その生命(HP)すら取り込んでいた。

だから、それを全て殺し尽くさないと倒せない異形の魔物……は、全部纏(まと)めて刺し尽くしたら死んだ？

「うん、どうやら黒髭さんは取り込まれていなかったんだよ？」

だから殺し尽くせない、無尽の生命を持った殺せずの悪魔。仮令(たとえ)軍でも殺しきれない、膨大な手数がないと殺しきれない異形の悪魔だったようだ？

「いや、手数は足りなくっても触手と蛇はいっぱいあるんだよ？　うん、毎晩々々数量無制限に増幅で、迷宮皇の御二人(おふたり)も絶賛の無限の触手(にょろにょろ)さん達なんだよ？　うん、千の顔くらいじゃ一撃千殺で終わりだよね？」

うん、スライムさんがいないと寂しいな？　そして宝箱からは『石(ティンクトゥラ)の鈍器：【賢者の石に神聖文字の刻まれし鈍器(バールのようなもの)】　ALL30％アップ　物理魔法錬金相乗反応（極大）　撲滅　完全無効化』。

「うん、ような物っていうか……鉄梃(かなてこ)だ？」

だけれど問題は、その素材。うん、その素材こそが大問題だよ!?

「ちょ、何か結構でかくて長くって重いんだけど、未(いま)だ嘗(かつ)て此処(ここ)まで盛大に伝説上の至宝である賢者の石の無駄遣いが有っただろうか！って、賢者の石(マジスタリィ)でマジ殴っちゃうの!?　うん、賢者の石って……確かに鈍器だった!?」

何かこうもっと何ていうか神秘的だったり神聖だったり、錬金術な秘術感の有るものだった気がするんだけど……鈍器（バール）だった？

「賢者の石って中世ヨーロッパの錬金術師達が追い求めた、錬金術における伝説のアイテムまたは術式の体系だったよね？　良いの、鉄梃（バールのようなもの）で!!」

その別名が「哲学者の石」や「ティンクトゥラ」とも呼ばれ、金を作るとも万能触媒だとも不老不死の霊薬（エリクサー）になるとも言われる錬金術や神仙術の極限の至高だった……はずなのに鈍器で本当に良いの？

「まあ、確かに『物理魔法錬金相乗反応』は万能触媒な賢者の石的なニュアンスを感じさせるんだけど……『撲滅』って、撲殺より危険な完全に討ち滅ぼし根こそぎ失（な）くしてしまう殲滅（せんめつ）用鈍器だよね！　しかも『撲滅』って意味合いが広義なんだけど、『完全無効化』がある事を考えると魔法とかも撲滅しそうな気がするんだよ？　うん、何ていうかラノベやゲームやアニメを嗜（たしな）む中二時代（くろれきし）を経験した男子高校生的な賢者の石の壮絶なコレジャナイ感がヤバいんだよ！」

そう、なんか格好良く謎文字と魔法陣みたいな柄が彫られてて、それっぽいんだけど……賢者の石は鉄梃（バールのようなもの）だったようだ。

そしてドロップは魔石と『吸魂（きゅうこん）の指輪　経験値・スキル獲得補正　吸値　？　？　？』と見たことある指輪だけど、意匠が違う。並べてみると窮魂（きゅうこん）の指輪とペアリングなんだけど、薬指に嵌（は）めてる『窮魂（きゅうこん）の指輪：【命、魂が窮する。7つ入る】攻撃防御補助？　魔法補助？　救命　？　？　？』と隣り合わせの小指につけてみたら……一瞬輝いて元に戻った？

「増えてる——って、封印解除？」

指輪を鑑定し直すと、『窮魂の指輪：【命、魂が窮する。7つ入る】物理攻撃防御補助（小）　魔法攻撃防御補助（小）　救命　窮技　？　？』と『吸魂の指輪　経験値・スキル獲得補正（小）　吸値　吸技　？　？』？　もともと装備効果はどちらも『？』も入れて4つだった。

「つまり揃えれば能力が開放されていく……って、計4つで、あと2つ指輪が有るの!?」

その4個の指輪の全部に7つ入るなら計28個って……指輪だけで自壊死できるな！

「いや、入れなきゃ良いだけなんだけど、コンプリートってしたくなる罠なんだよ？　うん、こういうのって？」

だがこれで効果は小とは言え経験値獲得に優位性が出来た。元々の絶望的状況を鑑みれば、極僅かな補正だろうが指輪を拾っていけば経験値を得てLvも上昇するかもしれない。そう、Lv30も夢ではなくなってきた。

「つまり冒険者になって無職とニートの脱却の可能性が出てきたけど……でも、冒険者になってもあの掲示板って変わらない気がするんだよ？　うん、掲示板係への就職もありだな!?」

しかし……独りでペアリングって？　あれ、強くなったはずなのに心が痛い！

「これって、本当にちゃんと魂は強化されてるの!? うん、何だか魂(ココロ)が滅茶痛(めちゃ)いんだよ! あれ、目から唾液が……(泣)」

八つ当たろう、八つ当たりな祟(たた)りなんだよ! まあ、試験運転(テスト)? 隠し部屋の外には視界を埋め尽くす矢の雨と、色めく魔法の輝き。

一気に魔纏(まてん)して『石(ティンクトウラ)の鈍器』で空間ごと薙(な)ぎ払い、周囲を一挙に『撲滅』する。その光景に教会騎士団と魔導騎士団の混成部隊が納得のいかない顔で呆然(ぼうぜん)としている。うん、俺も未だに納得いかないいんだよ?

「だって、絶対に男子高校生が信じて夢見て期待した賢者の石への浪漫(ロマン)は、鉄梃(バールのようなもの)じゃないんだよ! あと、MP滅茶(けす)食うよこれ!?」

爆発音と衝撃波が音を消滅。銀色に輝く大盾が列をなし、並び立った盾壁の隙間からは無間に槍(やり)の穂先が突き出された鉄壁と槍衾(やりぶすま)の完璧な防御陣……が、飛び込みざまの一薙(ひとなぎ)で吹き飛ばされ、陣は瓦解し甲冑(かっちゅう)姿の騎士が吹き飛ばされる……『石(ティンクトウラ)の鈍器』と言う名の狂気の凶器(バールのようなもの)?

「うん、『石(ティンクトウラ)の鈍器』無双で、指輪の効果はわからないけどこれって『世界樹の杖(ユグドラシル)』に複合して大丈夫なの!!」

単独でこの破壊力。それを複合して『影王剣(レプリカント・グレートソード)』で複製したらヤバくない? 既に『世界樹の杖(ユグドラシル)』はヤバい。既に21の複合を満たしつつあって、その膨大な破壊力は不条理(チート)レベル。それに比例して制御と自壊が凄(すさ)まじい、のに、『影王剣(レプリカント・グレートソード)』で2本に複製

……そして、実はその『影王剣（レプリカント・グレートソード）』も7つ入っちゃったりする。

「うん、それって自壊崩壊で自滅間違い無しの自縄自縛な完全制覇（コンプリート）の誘惑事情が自爆自傷な先行き不安だよ!?」

屍（しかばね）と化したおっさん達の落としていった装備と、お財布を拾いながら検分する。徐々に装備が豪華になっている。既に辺境の村人と互角の装備と言っていいだろう、それを一薙で吹き飛ばせる装備（バールのようなもの）が有ることこそが恐ろしい。こんなの迷宮皇が持ってたら誰にも勝てない、だってバールのようなものを持った迷宮皇って絶対ヤバいよ!?

悩みながら次の落とし物部屋を求めつつ、ちょいちょい隠れてる暗殺者や異端審問官をボコボコしてテクテクと歩んでいると気配が追いかけてくる？

そして、オコだった踊りっ娘（こ）さんは黒猫仕様から熊耳へのお色直しを済ませて戻ってきた。うん、どうやら獣人のお姉さん達に、俺は獣人さんが大好きなんだよと各種ケモミミを見せて説明していたらしい？

「ちょ、それって男子高校生さんの密（ひそ）やかな性癖が大公開で盛大に暴露されている気がするんだけど、まさか……深夜の使用法まで説明してないよね？って、何で目を逸（そ）らすの!?　そして、そのエロいテヘペロは違うんだよ！　うん、きっと正しいテヘペロはレロレロはしないんだよ？　あと、あざとい頭を拳でコツンって言う『やっちゃったー』って言う感じのポーズは、それって一体誰に習ったの!?」

うん、獣人大好きの説明に、その深夜の使用法の詳しい説明を加えると——その大好きな意味合いが大きく変わっちゃうんだよ！　それ、愛情から嗜好(しこう)へ転職(ジョブチェン)しちゃって、獣人族さん達の所にまで好感度存在崩壊(メルトダウン)で行く当てなく彷徨(さまよ)える可哀想(かわいそう)な好感度さんの行く末が御心配なんだよ!?

「そこは、もっと蕩ける(メルティー)ような愛情(ラブ)な方向の獣人好きを説明しようよ？　えっ、手遅れ？　マジで？　うん、それって俺の好感度さんの居場所はどこにあるんだろうね？」（ナイナイ）

　まあ、踊りっ娘さんも戻った事だし、ちょっと試してみよう。世界樹(ユグドラシル)の杖に『石の鈍器(ティンクトウラ)』を複合し、『影王剣(レプリカント・グレートソード)』で複製してみる。

「ああー、何だか魔纏したただけで感じるビキビキ感とバキバキ感の絶妙なハーモニーに、動いた時のブチブチ感とボキボキ感の荘厳なシンフォニーで懐かしさを感じる自壊感？」

　それを強制的に修復して、瞬間的に癒やして戻す『アスクレーピオスの杖』の頑張りと武仙術による身体錬成。その破壊と再生の無限循環で、凄まじい勢いで再生に使われるMP消費を魔力吸収と仙術による練気功で回復していく暴走感！

　そう、やはり賢者の石とは触媒のようだ。経由することで全体の能力が上位化し、化合して過剰に全く別物になる感覚と反動。それを纏めた魔纏までもが連鎖的に化学反応を起こして、無限に変質して強化されていく感覚(げきつう)。

　魔力も能力(スキル)も、気功も装備効果(スキル)も全てが変質し上位反応を示している。それを爆上がりした再生と回復と治癒が補い、触媒反応で強化された身体と鬩(せめ)ぎ合って自壊に軋(きし)みをあげながら修復されていく。うん、痛いな？

「また、何か増やしてる！」「いや、違うって！　うん、だって落とし物だったんだよ!!」「それ違わない！　絶対駄目、です!!」

そして、踊りっ娘さんの悲しみに満ちた憐れむようなジト。更に、諦め疲れ果てたような溜息？　だって、拾っちゃったんだよ？　うん、拾ったら試してみたいじゃん？

「ちょ、そのヤレヤレは何だかエジプシャンっぽい説得力で古な意味深なんだよ!?」

だから何もしない。魔力の流れを閉ざし、能力も魔力も消し去って無とする。そして体内は錬気された気功だけで錬成され、力を抜いてふらりと緩やかに躍り込む。

……一歩踏みしめる。

震脚。その瞬間に魔纏を爆発させるように纏い、溢れ出る汎ゆる力を注ぎ込んで全力で斬り払う。その刹那の全力で身体は砕け散り、意識は灼き尽くされ倒れそうになるが、ちゃんと再生して2歩目で倒れそうな身体を踏み支える。

ちゃんと、その時までに回復して刹那の激痛を耐えれば一撃を何回かは放てる。うん、だって――この虚実に2撃目は要らない。

だから広間の中で包囲陣を敷き待ち構えていた教会騎士団は、大聖堂の壁ごと斬り裂いた。そう、「中で待っているなら、外から斬っちゃえばいいじゃないの？」とコロンブスの卵なMさんの囁きだったんだろうか？　キャラがややこしそうだな？

でも、この連撃は精神が持たない。智慧さんの制御で最適化されるまでは、一撃必殺の一発屋でいくしかない。うん、やはり異世界でも賢者の石は危険物だったようだ。怖いな？

## 空きがあれば入れたくなるという男子高校生の収集癖のコンプ問題が深刻だ。

114日目　昼過ぎ　教国　大聖堂

漲る力の奔流が暴走し、体内を暴れ狂いながら駆け巡る。わかりやすく言うと『性王』も賢者の石効果で高まり昂ぶっているようだ！　うん、歩きにくいな？

「くっ、熊さん尻尾の罠だったんだよ！」

そう、やはり昨今の禁欲生活で永きに亘り蓄積されて決壊間際の男子高校生が、その凶悪な鎌首を擡げて激昂されているようだ。うん、思いの外にボディースーツにクマ尻尾が可愛かったんだよ？　その尻尾が前でフリフリ振られる度に、ムニュんムニュンと形を変える可愛いお尻が先導していく。どうやら、この階は地形を活かして兵力を集中していたのか、さっきの広間で全滅したようだ？

「流石に此処で踊りっ娘さんを襲っちゃうと、俺の獣人を愛でる男子高校生の意味合いが大きく問題になりそうで我慢なんだけど……ちょっと撫でるくらいは無問題範囲なのに滅茶抓られて痛いんだよ！」「長い　ずっと撫でてる　くま！」

語尾がクマだった!! そして、ゆっくりと修復される裂けた石壁。だけど、その速度は更に遅くなっている気がする?

「そもそも魔法耐性に優れる大聖堂の壁って、斬れて良いものなのかな?」

たしかに威力の凄まじい一撃だったが、「次元斬」は封印しての一撃だったのに壁ごと教会騎士団は切断され、その向こう側の石壁まで斬り裂かれていた。

それは『石の鈍器』の『撲滅』の効果で、その空間ごと薙ぎ払い周囲を一挙に斬り払った可能性はある。うん、脳が灼き切れるような一瞬の激痛で見逃してしまったけど、あれはあくまで制御され抑制された中での全力だったはず。それならば大聖堂が弱っている? お疲れなの?

そして、予測していた通りの位置に隠し部屋。やはり規則化されているようで、部屋に躍り込みながら世界樹の杖を石の鈍器化して殴って殴って殴りつけ殴り潰して殴り倒す。

「うん、『ようなって』やっぱバールだよね! 疑いもなく絶対バールなんだよ!!」

そうして、赤い魔石に変わっていく「アンデッド・レッドベア　Lv75」。

「うん、踊りっ娘さんの可愛い熊尻尾なお尻を堪能してる時に熊出てくんなよ! 何でこうも異世界魔物は空気読まないかな、そこは絶対に熊魔物っ娘さんの出番なんだよ! なに普通に熊が出てきてんの! 赤くても知らないよ!! 色はどうでも良いんだよ、男子高校生が異世界に追い求めてるものはそこじゃないって何でわからないかなー? 言っとくけどアンデッド・ホワイト&ブラックベアでもボコるんだよ? 男子高校生の需要はそこじゃないんだからね？」

そして、やっぱり宝箱には『解毒の宝珠(オーブ)：【解毒を司(つかさど)る至宝】』と珠(たま)が出てくる。ここまで見てきて、ようやく智慧(ちえ)さんが推測を出してきた。それは地下迷宮の氾濫(スタンピード)に際し、魔物を惹(ひ)きつけ削り尽くすための迷宮建造物の設計理論。その複雑な迷路は魔力回路も兼ねていて、地下迷宮と教国の魔素を集約する巨大な建造物である大聖堂は要所部分が隠し部屋で魔力が循環し増幅する巨大な魔道具と化しているのではないだろうか？

「地下の大迷宮を封印するために迷宮の魔素を魔力として放出させて、それを吸収して来(き)るべき魔物の氾濫(スタンピード)との戦いに備えられた防衛用建造物……ってこと？」

だから、その役割は戦士を回復再生させつつ、魔法の罠で魔物を減らし、毒で弱らせていく対地下大迷宮用の要塞。それが今では悪用されて、教国の魔力まで吸い尽くしている。限界が近づき、それを引き延ばす内に魔力が足りなくなってきているのだろう。そう、勝手に住み着かれているだけで、本来居住区なんてないから間取りがおかしかったんだよ。

「しかし、過剰(オーバーキル)ボコって、まだ世界樹(ユグドラシル)の杖バールのようなもののバージョンは制御がムズいんだよ？　熊をボコボコしてると身体(からだ)もベキベキしてたし？」

踊りっ娘さんも熊耳のままこっちをジトジトしてるようだ？って、その前に熊のドロップだ。何気に大聖堂の隠し部屋はドロップが良い。そして全てアンデッド系の魔物だった。つまり大聖堂が造られた遠い昔から強い魔力を受け続けてきたベテラン魔物さん達(たち)なのだろう。

「魔石……って、それはわかってるんだよ？　魔石のない熊はただの熊だよ！　お尻の可愛い熊なら踊りっ娘さんなんだよ!!　うん、ドロップだよドロップ？」

やっと出た。『神機の手甲（ベアナックル）：【手・腕装備補正（特大）　武器・無手の攻撃力と防御力を増大】＋ATT　＋DEF』って、これはもしかしてまさかのベア繋（つな）がり!?

「いや、熊（ベア）と素手（ベア）で確かに熊さんは素手だったけど、そのドロップが手甲っておかしくない？　熊の手は素手（ベアナックル）だったんだってばよっこらベア？」

うん、意味不明だ？

「踊りっ娘さん、これって素手の攻撃力も上がるし、武器にもプラス補正だけどいる？　通背シリーズにもお役立ちな腕装備なんだよ？」（イヤイヤ）

いらないらしい？　やはり、あの棺甲冑（ひつぎかっちゅう）はセット品だったようだ。つまり、これって甲冑委員長さんも欲しがらないいんだろう？

「まあ、『皮のグローブ？』もあと空きが1個しかないから悩みどころだけど……世界樹（ユグドラシル）の杖が強化されるなら美味（おい）しいのかな？」

ジトだ……どうも甲冑委員長さんも、スライムさんも、踊りっ娘さんまでも女子さん一同と同意見で俺の装備強化に難色を示す。だが異世界とは敵をボコらないと生きていけない非常に非情な非平和的世界。うん、おっさんと魔物だらけだからしょうがないよね？

そして、『神機の手甲（ベアナックル）』をグローブに複合してみる。

1『矛盾のガントレット　［左］物理魔法攻撃無効化　［右］物理魔法防御無効化』

2『マジシャンズ・グローブ　魔法操作増大（大）　DeX30%アップ』
3『毒手のグローブ　ViT・DeX20%アップ　各種毒異常状態付与耐性（大）』
4『攻殻の手甲　ViT20%アップ　物理魔法攻撃耐性（大）』
5『刻印の拳甲（ナックルダスター）　PoW・SpE30%アップ　打撃　昏倒（こんとう）（仙術）　+ATT」
6『強奪のグローブ　SpE・DeX40%アップ　装備強奪（要接触）　効果（スキル）複写（1つのみ。要接触）　+技術補正』
7『神機の手甲（ベアナックル）：【手・腕装備補正（特大）武器・無手の攻撃力と防御力を増大】　+ATT　+DEF』

これでグローブの7つ入るはコンプリート。まあ、4つ目の『攻殻の手甲』は変えても良いんだけど、これはこれで負荷を増やさず身体を強化する地味に助かる手甲さんだ。うん、これでブーツに続き満タンだな？　そのブーツも。

1『加速のブーツ　SpE30%アップ　瞬身』
2『絶耐のグリーブ　完全耐性　全魔法物理攻撃衝撃耐性増大（大）』
3『吸着のブーツ：【壁や天井に立てる】』
4『鉄の脛甲（けいこう）　ViT20%アップ　物理防御効果（大）』
5『鋼殻の足甲　ViT20%アップ　魔力硬化』
6『メタルチップ・ブーツ　ViT20%アップ』
7『徹甲のグリーブ　ViT30%アップ　身体防御　物理耐性（大）』

と、既に7つ満タンになっているけど、自壊が酷くなった頃にお金を出して買った『タフ・ブーツ　ViT10%アップ』さんが余ってしまい……でも、何か売るのも悔しくて放置中だったりする？　ただ他のブーツは全部迷宮装備だけど、誰かにあげても良いものばかりだ。

「まあ、でも『吸着のブーツ』のグリップ感とクッション性は捨て難いし……あっ、マントも満タンだったな？」

1『隠形のマント　姿を認識しにくくする』
2『魔法反射のマント　魔法を反射する』
3『死線の外套　斬撃打撃耐性増大（大）　+DEF』
4『鋼糸のマント　ViT20%アップ　斬撃刺突耐性（大）　徹甲化』
5『瞬転のマント　瞬転』
6『影の外套　SpE・DeX30%アップ　影鴉　影分身　影操作実体化　影魔法　影顰　気配遮断』
7『天魔のローブ　ALL30%アップ　全強化　魔力魔術制御（特大）　魔力整流　魔力循環増幅　効果調整相乗』

マント系も1から5までは微妙な装備。だが、地味に効果が捨てがたい。そうやって減らさないから自壊するんだけど、装備効果は命綱。スキルの少ない一般品に替えたほうが負荷は減るんだけど、弱い装備を魔纏したって高が知れている。そんなのだったら自壊は防げても、結局力が足りずにとっくに死んでいた事だろう。

「ただ、何か減ると惜しいという気持ちがなくもなかったりするのは仕方ないんだけど？　入れ替えも悩ましい微妙さで……だって、異世界装備って男子高校生の浪漫（ロマン）なんだよ？」

軽く『神機の手甲（ベアナツクル）』の試運転と慣らしで、魔力を注ぎ込んで……一瞬で昏倒した。うん、これヤバいよ？　ヤバいっていうかヤバいやつだよ！

自壊の元凶はコンプの達成感ではなく、世界樹（ユグドラシル）の杖に複合された16装備と宿り木（ミスティルテイン）の蔦（つた）と重なった『連理の樹（き）』部分の3部分（パーツ）の19の重複合装備。

それが賢者の石（バールのようなもの）に効果を増幅された状態で、『影王剣（レプリカント・グレートソード）』で更に倍増しているのに『神機の手甲』の効果の『手・腕装備補正（特大）』と『武器・無手の攻撃力と防御力を増大』で一挙に増強された。

うん、立ち眩（くら）みかな～とか思ったら死に掛けだったようだ。これは『アスクレーピオスの杖』拾ってなかったらヤバかったな!?

「地味に地道に調整して慣れるしかないよね？」「減らせって言ってます　駄目！」

次々に装備が増えては相乗効果が生み出され、制御の演算が全く追いついていない。それでも、その演算と調整さえ済めば今よりは制御できるはず。

それに『身体錬成』は気付かないほど僅かだけれど、壊れる度に強度が増していっている感じがある。もしそうならば、いつかは追いつけるはず……何も足さなかったら？

「うん、だってせっかく拾ったんだし試してみたかったんだよ？　うん、ジトらなくってもちゃんと反省して、経験を積み成長してるんだよ？　そう、ただ成長速度が落とし物の数に追いついてないだけなんだよ。全く異世界の落とし物事情には困ったものだよね？」

「練習が必要なのに、しばらくは身体の回復重視で銘刀『童子切らないよ、おっさんだって言ってるじゃん？　安いな？』に持ち替えて探索しよう……滅茶ジトだし？

　そして、どうせこの先の気配はおっさんだ。だって異世界って美人女騎士（ゆめ）とか美人女魔道士（ロマン）が足りてないんだよ？　落ちてないかな？

　装備の確認と調整をしながら晩御飯を食べる。踊りっ娘さんは肉玉うどんに塩昆布のおむすびを食べて、お菓子（プリン）までまた食べてるんだけど良いのだろうか？

　17歳といえばまだ成長期なんだけど、ずっと17歳はまだ成長しちゃうんだろうか!?

「はっ、まさかこの毬（ぽよんぽよん）のようなものに、まだ進化（レヴォリューション）の余地が残されているだとーぉ！」

（ジト――……）

　男子高校生には絶対に負けられない戦いがそこにありそうだ！　うん、頑張ろう!!

## 俺は偵察して落とし物を拾っているだけで全く以て俺のせいではないのに冤罪感が漂っている？

114日目　夕方　教国　大聖堂

大聖堂に侵入者など入れぬ。万が一に入り込んだとて、罠だらけの中央部を進める訳がない。大聖堂は神に護られし聖地、何人たりとも侵入を許さない地上の聖域であるが故に教会の本拠なのだから。

「役立たずの教導騎士団はどうしたのじゃ。教皇の命に従わぬならば見せしめに家族をひっ捕らえて来るのじゃ！　公開の場で拷問にかけ嬲り殺して償わせてくれようぞ」「教導騎士団の半数は近隣まで迫った王女軍に対するため城壁へ向かい、残る半分が大聖堂への侵入を防ぐべく大聖堂の外縁部に展開中とのことです」

教皇ビンビザール猊下に指揮を委ねれば、騎士団の家族を人質にとり脅迫によって従えようとされるだろう。そうなれば教導騎士団は面従腹背の敵となる。教会騎士団は装備こそ良いが、互角の武器ならば一騎当千の教導騎士団が敵に回れば教国の維持は不可能になる。ただでさえ辺境討伐で教皇派に与する教導騎士団は壊滅し、現在の教導騎士団の立ち位置は微妙。ここで事を荒立てられては滅亡だというのに……狂い猿めが。

「教皇を護らずして何を護るというのじゃ！　我こそが偉大なる神の地上の代行者、我が身こそが尊体であろう！」「故にで御座います。決して教皇猊下の影とて踏ませる訳には参りませぬゆえ、猊下の治められる大聖堂にすら入れぬとの心構えで御座いましょう」

教皇の地位への妄執と、獣人に対する差別と憎しみ。それだけで選ばれた教皇は、その地位を得た時からその身に秘めた狂気を包み隠さず表し、教皇の名の下に卑劣極まりなく残酷にして残忍な統治を始めた。

「ならば何とかせい、不愉快じゃ！」「はっ」

王家の血を引きながら、その獣人差別主義者として王家を追われた一族の末裔。その怨念めいた憎しみに囚われ、教国王家と獣人を虐げることに昏い情熱を燃やす帝国に都合の良い傀儡だった。

だから扱いやすく、操りやすいがその実はただの狂人。大衆に対して聖職者の演技が上手いだけの俗悪極まりない大司教は、教皇となるやいなや演技を止め権力を弄んだ。そうして教会は外部だけでなく内部にまで敵を作りすぎたのだ、教会騎士団の力だけで統治している今の状況で教導騎士団を敵に回せば滅びるは必至。

「騎士団からの連絡は！」

この大聖堂内では絶対無敵で安全だが、教国自体が滅べば大聖堂には食料すら作れぬ神父しかいないのだ。侵入されたのは驚きだが、この大聖堂の中では袋の鼠。如何な強者とは言えＬｖ補正を無効化された身では数には勝てない。そして教会騎士団は魔道具を持っているのだ、絶対確実に勝てる騒ぎで教導騎士団を敵に回すなど愚の骨頂。

「それが全て音信が途絶えていると」

がなりたて唾液を喚き散らし当たり散らし、癇癪を起こす狂人を前に教会と教国の権力と栄華を手にしながらも薄ら寒い怖気が走る。富と名誉と権力を引き換えにしたものの軽重を心の中で問う、我等が手にしたものは自滅に進む死への栄華だったのではないかと。

「火災発生場所周辺から検問を設置し、上層への道は閉ざしておる。鼠1匹に騒ぎ過ぎであろう」

だが、獣人との融和路線では帝国と反目し、潰されるのは必定。我等が帝国と組みしたことで、教会と教国を救ったと言うのに理想主義の原理主義者共が古臭い教義を盾に文句ばかりが口喧しい。

「ならばご自分で猊下にそう申し上げよ、それが出来ぬならば鼠を捕らえるか殺すかだ」

埒が明かぬ。暴力以外に取り柄のない騎士団ごときが……だが、教皇派の者も役には立たん以上頼る術がない。教義を改正し我が派閥から教皇を出して全てを我等がものにする過程で、優秀な者も誠実な者も信用できる者も異を唱える者は全て粛清されたか出奔してしまった。

「鼠捕りなど騎士の領分ではない、猫人族の奴隷にでもやらせておけ」

栄華に集った我等を見捨て、権力を失う様を嘲笑っていたが。

「大聖堂の力が弱まっておる原因は摑めたのか?」「原因はわかりませんが一時的なものだろうと報告が来ております」「貴様らは巫山戯ておるのか——原因がわからぬのに、何故一時的だとわかる。推論を述べるなら論拠を示せ！　わからぬならば長老衆に原因を尋ねてこい！」

　大聖堂の秘密が全て長老衆によって管理されている以上は、その保全は管理者の責務だ。

「中層に向かった騎士団、魔導騎士団は連絡が途絶」「異端審問官の部隊も報告途絶のままです」「物見からの報告。魔道具で侵入者を補捉した物見が、突如もがき苦しみ硬直化したまま死亡との報告です。現在見失ったまま再補捉はされておりません」

　在りえぬ、ならば偽情報で攪乱されているのか。

「奴隷が外へ脱走との報告在り！　現在教導騎士団が捕縛のうえ外部に留置中とのことです」「火災は鎮火した模様。救助、調査の部隊が中層へ行くことを拒否しており、現状未確認です」「見せしめに街へ火を放ち、神罰を見せつけて神の代行者たる教皇に逆らう無礼を思い知らせるのじゃ！　早うせい!!」

　狂ったように喚く教皇と、反目しあい情報を共有しない教会騎士団と魔導騎士団と異端審問官の長達。この国の全権力を手中にしようという大事な時に、己が立場のみに固執し我を通し続ける。これも権力のためと妥協し続けた結果、それがこの愚者の集まりだ。

「王家の名の下に聖都の内の教国軍と外の女王軍に連動されれば大事。まして司令部であり本丸の大聖堂の中で攪乱されていてどうする！　協力して戦力の集中を図らねば瓦解しかねんのだぞ！」

　嘲笑うような笑み、見下す目と睨みつける視線。そして、それらと関わるまいと伏せられる大多数の目。

「巫山戯るでないぞ、我は教皇じゃ。我に逆らうは神がお許しにならぬのじゃ、貴様らの不信心こそがこの情けなき有様なのじゃ！　神のために、教皇のために聖戦に挑んでこそ信徒であろう」「「「は、はっ！」」」

有能な者を異端として自ら拷問にかけ、処刑し続けて賢き者達を離反させた元凶が喚く、その地位と血統と狂気に満ちた偏狭な思想だけで選ばれた教皇猊下を、実際に護る者がどれだけいようか。その妄執で手にした地位すら維持できず、むしろ壊し続けている廃退の教皇ビンビザールに一体幾人が心からの忠誠を誓っていることか。

「執政官殿、我等教会騎士団を侮るでないぞ。どこぞの一般人を拷問に掛けるだけの者達や、我等騎士団の陰から魔法を放つだけの腰抜けと同列に並べられる筋合いはない」

誰もが協調せず各自で動き、その情報を隠すから事態が摑めぬというのに。

「その騎士団からの連絡が途絶えているから討議しているというのがわからぬか。その御自慢の騎士団の行方こそが問題なのだ」

互いを牽制しあい、戦力を小出しにして現場では連絡も取り合わない。隙あらば裏で足を引っ張り合っているやも知れぬ。でなければここまで侵入されるとは考えられない。そう、間違いなく侵入者は少数のはずなのだ。

「物見はまだ見つけられぬのか。場所だけで構わん、すぐに連絡を寄越させろ！」

愚か者の博覧会の中で何を執政しろというのだ、手にした権力が指から零れ落ちようとしているのが見えぬのか。

「それが……先程の呪いを恐れて、捜している振りだけをしているのではないかと」

大聖堂を失えば終わりなのだ。だが、此処さえ護れば手は如何様にもある。だが、大聖堂を失えば全ては無駄となるというのに。

「中層から上層居住区、連絡を絶ちました」「教会騎士団の強騎士ハッシモス様も連絡途絶です」「その後の潜入者の足取りは不明との事です」

もう、足元にいる。その報告にようやく騎士団長達の顔色が変わる。やっと意味がわかったのだろう。ようやく火の付いたのが足元で、それが燃え上がろうとしていることの意味が。

「何をしておる！　神罰を下すのじゃ、全員捕まえて拷問にかけよ!!」

狂騒と絶叫。責任を押し付け合い、互いに罵り合うだけの無能達が今頃になって慌てて指示を出すが……既に現場は混乱の渦中。もはや通信員すら個々の状況をわかっていない。

「騎士団に指示を」「異端審問官は何をしておる！」「今、何処に居るのだ!!」

そんな混乱の中で、遅すぎた指示が更に混乱を広げていく。状況がわからなくなってからでは、もはや有効な指示など出せるはずもないというのにだ。

「大聖堂の魔力が更に低下とのこと、原因は不明です！」

ざわめきが静まる。その意味は怪我は再生されなくなり、加護が減り実力以上の力が出せなくなっていくのだから。そうして装備すら加護が頼りの騎士達は、さっきまでの傲慢な驕りが怯えに変わる。遅すぎたが、間に合わせねば全てが潰える。教国も中央もない、聖都は捨てるしかない。だが、大聖堂だけは……もはや手は選べぬ。

## 上がりが遅くて悪いのに知らない間にパクられていたようだ。

114日目　夕方　教国　大聖堂

　回復が追い付かないので、銘刀『おっさん斬り（やすいな？）』の二刀流に持ち替えておいて正解だった。矢と投石の罠とギロチン付きの通り道の、しつこい矢を斬り払い、石礫を逸らして空を走る。踊りっ娘さんは鎖をブンブン振り回して矢も石も弾き飛ばして楽しそうだ……うん、大盾はどうしたんだろう？

　何気に『影王剣』のMP吸収とHP吸収があると、多少は自壊しても回復が楽だったけど、罠からは何も吸収できない。だから斬り損。

　ならば自壊のない迷刀『おっさん斬り……たいな？』の方が良い。世界樹の杖を使って情報の蓄積も大事だけれど、身体とMPの回復も必要だし、ずっと痛いのは嫌だ！

「あれって一撃の一瞬だから我慢できるけど、ずっと続いたら痛みの余り非行に走って盗んだお馬さんで走り出して大聖堂の窓硝子をパクって回る洋ラン背負った16歳の夕方なんだよ？　うん、かなり難しそうなお年頃そうだな？」

そして、また石の壁に張り付いたまま息を潜めじっとしている怪しくシュールなおっさん達(たち)。きっと隠形(おんぎょう)効果の装備『姿隠しのマント(ステルス)：【静止時保護色効果】』の保護色で消えて見えていないと思って壁に張り付いたまま、妙なポーズで待ち構えているのだろう。うん、見えてると物凄(ものすご)くシュールなんだよ？っていうかポーズ必須なの!?

「またかー、何か隠れてるつもりみたいだから右の路上に寝てるおっさん達の撤去作業をお任せするんだよ。俺は……なんか左側の壁に張り付いてるおっさん達を剝離作業(ボコボコに)するから？」（コクコク）

そして、これがまた静止してる時だけ限定の保護色装備だから動けない。だから通り過ぎて背中を見せる瞬間を待っている……で、壁に何人ものおっさんが張り付いたままじっとしてる。だから、軽やかに加速し地を蹴って飛ぶ。

「通背双足飛び蹴り(ドロップキック)！　からの通背水平腕打撃(ラリアット)！　とどめの通背連続壁叩き付け(スタンプス)！　やはり通背拳に敵はないんダア――ッ？」

やはり素手でも『神機の手甲(ベアナックル)：【手・腕装備補正（特大）　武器・無手の攻撃力と防御力を増大】　＋ATT　＋DEF』の効果は大きいみたいだ。ただ、通背双足飛び蹴り(ドロップキック)は関係なかった気もするけど、そこは勢いだったんだよ？

「さて、剝ぎ取り剝ぎ取り。これが綺麗(きれい)なお姉さんだったら……くっ（泣）」

そう言いながら『強奪のグローブ』の『装備強奪（要接触）』のおかげで、剝ぎ取りは楽になっているが面倒だ。

「だって、おっさんは触っても楽しくないんだよ？　おっさん触るのが楽しくなってきたら男子高校生が終わり(The End)なんだよ？」

　そして、向こうでは寝たままのおっさん達が鎖で滅多打ちにされている。うん、おっさん達が新たな熊耳美少女に鎖で殴打される性癖に目覚めてしまいそうな怪しい光景だが、二度と目覚めることはないから安心だ？　さて、適度な運動で全壊から全快までほぼ回復したようだし、ようやく痛みも普通の日常的な慣れ親しんだ程度にまで戻ってきた。だから刀を仕舞って、世界樹(ユグドラシル)の杖に持ち直して……視(み)る。

「やっぱり世界樹(ユグドラシル)の杖が成長している？　賢者の石が複合されて触媒効果で錬成されたのかな？　まあ、賢者の石(バールのようなもの)だけど？」

　杖は『世界樹(ユグドラシル)の杖：【森羅万象を内包する枝、経験値を吸収し成長する。7つ入る】
相乗(シナジー)　加速(アクセル)　強化(ストレングス)　？　？』と鑑定される？　ああああ——っ!?

「そうそう、そう言えば『木の棒？』って全部『？』(不明)だったから、『世界樹(ユグドラシル)の杖』になってから一度も鑑定していなかったんだよ……うん、こっそり経験値パクられてたんだよ!?　ちょ、『吸収し』って、それって絶対パクってたんだよね!!」

　しかし、相乗(シナジー)って、やっぱり効果(スキル)も複合化されてた上に加速(アクセル)されて強化(ストレングス)されてたら……それはまあ強いよね？

「って、やっぱり成長系の武器さんだったのかー？　うん、つまり俺が成長しても、世界樹(ユグドラシル)の杖も成長するっていう事で……それ、ずっと経験値もパクられてて、つまりずっと自壊するじゃん!?」

それは成長競争なのか生存競争なのか、はたまた経験値の奪い合いの競争なのか。わからないけど、わかったところで選択肢がない。そう、木の棒と見做されている世界樹の杖だからこそ、俺でも使えているけど俺ってLv26でまともな剣ですら装備できない。

正確には持てるし使えるけど、装備として能力が発揮できない。そして神剣なんて、Lv100を超えたオタ達による人体実験でも持たせた瞬間にぶっ倒れた。あれは万が一に振るえていれば……身体どころか本体ごと消え去っていた事だろう。うん、恐らくあの感じでは必要レベルは3桁ではすまない。

「なのに複合しちゃったら、扱いは『木の棒?』だから使えちゃうと?」

でも、強化され過ぎた世界樹の杖も俺しか持てなかった。智慧を持ち、莫大な魔力バッテリーを持った俺以外は暴走させてしまい、命に関わりかねない危険物になっていた。結果、この杖は危険過ぎて持たせられない物を全て収める危険物貯蔵庫と化している。

「うん、そういえば全部突っ込んでたな?」

全員に強い武器を配りたいけど、強過ぎる武器は自らを破壊し尽くす諸刃の剣。しかも万が一にも敵に使われれば致命的な凶器。だから安全のために全部まとめて制御不能の一つの武器にしていたら……どうやら俺にも安全じゃなかったらしい?

「まあ、絶対勝てない敵に勝って、決して倒せない相手をボコるにはこのくらい卑怯極まりない武器が必要なんだよ？　うん、だってこのくらい卑劣極まりない武器になると、大概の問題はボコってなんとかできるんだから？　みたいな？」

そう、Ｌｖが上がらない俺には必要悪。但しＬｖが上がらない理由の一因も世界樹の杖だったらしい？

「って言うことは、この『吸魂の指輪』の経験値やスキル獲得に補正が掛かっても、世界樹の杖さんがパクっちゃうの！　ちょ、俺の無職とニート脱出計画が破綻しちゃったよ！　いや、そこはヤレヤレじゃなくて一緒に悲しもうよ？　うん、そのヤレヤレはクマ尻尾が揺れて可愛いんだけど、男子高校生の衝動が突き上げてきて隆起状態を引き起こして前屈みに歩くのって健康に悪いと思うんだよ？って言うか姿勢が悪いと練気功が弱まってる！　うん、姿勢って大事だな？　まあ、これは後は俺がもらうね？」

そう、熊さんお尻尾恐るべし！　男子高校生な部分の気脈に血流と魔力まで一点集中しちゃって硬気功で金剛化して歩きにくい。もうちょっと気功とか血液とかって、分散して循環してくれないものだろうか？

「無理したら、駄目です。約束」

頷き、そして地を這うように身体を低く倒した前屈みの姿勢で敵陣に躍り込む。

「健全な男子高校生的な深い諸事情による前屈みのまま攻撃を潜り抜けてからの――前屈み前転、浴びせ蹴り――っ！」

片手前転からの踵落としで盾を蹴り付け、その押し返す勢いで宙へと空歩で駆ける。

そうして敵軍を飛び越え、後衛の魔道士部隊に前屈みのまま颯爽と斬り込む！　滑るように前屈みのまま襲撃を掛け、上半身を低く屈めたまま魔道士達を蹂躙する。よし、段々治まってきたから普通に歩けそうだ！

「全くひっそり潜入中だっていうのに、有象無象と騎士がいっぱいって、どうしておっさんって空気読めないんだろうね？」

構える。そして無理せず無理矢理に極力抑え目で控え目なこっそりな細やかさで、ちょびっとずつ魔力を流し込んだ全力全開の『世界樹の杖 Ver. バールのようなもの』を抑止制御して……振るう。

魔道士達は矢継ぎ早に魔道具を構えて操作し、見えない魔法を放ちながら退こうとするが躱し斬り払い吹き飛ばして片っ端からボコり倒していく？　だって、対人戦特化の敵に悟らせない見えない魔法だけど視えている？　そう、魔力自体が視えているんだから視認できないような魔法攻撃であっても、目に見えない効果の罠魔法でも全部視えているんだよ？

「うん、これって長引いたら制御が無理！っていうか既にペキペキと音が鳴ってぶちぶちぶちぶち筋肉が千切れ始めてるんだよ……はよ逝ねやゴラァァ！」

だから躱しながら斬り払い、速攻で乱戦のままに殲滅していく。

「全く以て、何で女性陣って盾が防具だって言う事がわからないんだろうね？　まあ、男子でも莫迦達は投げてたし、莫迦だから投げた円形盾で鳥の魔物を斬り裂いて落として、その盾を何処までも追い駆け回してたんだけど？」

　そして前衛はもう壊滅したようだ。盾列を並べて身構えたままの重装歩兵は、踊りっ娘さんの通背大盾(シールドバッシュ)で盾も甲冑(かっちゅう)も人体も破壊され弾け飛んでいく。

「お疲れー、って疲れてないよね？　御菓子(オヤツ)は後だよ、だって絶対食べ過ぎだって！　全く小狸(こだぬき)みたいにポッコリになってから、慌てて泣きながらわんもあせっとする羽目になっちゃうんだよ？　でも、どうしてあの栄養は胸にだけ行かないんだろうね……って、何でメモしてるの！　それは見せたらガジガジな齧(かじ)り付きの『頭を齧ると頭から血が出ませんか？』って言う健康な歯茎と貴重な頭皮の壮絶な戦いになるんだよ？　うん、クレープ1個で手を打とうよ？　くっ、勝利のVサインかと思ったら、まさかの2個要求!?　お、恐ろしい踊りっ娘!?」（ドヤ！）

　大聖堂と通路を進む。その右手には王道のクリームクレープさんで、左手にはベーコンエッグクレープさんを携えて……まあ、幸せそうだから良いんだろう。うん、あの引き締まった腰の括(くび)れなら心配はなさそうだし？

「しかし、甲冑委員長さんやスライムさんはオヤツ足りているかな？　うん、絶対に女子さん達は食べ尽くすから、別にして渡してあるんだけど」

　一応、現在作り得る最も収納量の多いアイテム袋でお菓子を渡してあるけど、きっと食べ尽くしてるだろう。まあ、子供を見ればお菓子をあげてるし、獣人国でもあっちこっちで配り回っていた。そして……それ以上に自分達で食べ尽くすんだよ？

「あれって、もしかして『瞳術』の暗示効果によって刷り込み(インプリンティング)の副作用が出てる？　望郷(ストレス)

↓美味しい物ＯＲ可愛い物で過食で爆買いして……わんもあせっと＆破産みたいなＪＫ生活習慣？」

うん、あの暗示が刷り込みされてしまっていたら、あの永久に続くわんもあせっとには終焉など訪れる日は来ないのだろう。

「でも、際どくも素敵なレオタード姿のわんもあせっとを毎日々々見せられる男子高校生さんって結構大変なんだよ？　うん、あれって結構ポーズが凄いんだよ！」

そして隠し部屋には鰐だ。鰐顔なおっさんとかではなく、普通に鰐なんだが普通ではない鰐？　うん、立ってるんだよ？　どことなく立たれてみると恐竜っぽい気はしなくもないが、どこからどう見てもクロコダイルさんだ？　立ってると軽く俺の倍以上は背丈がありそうで、その尻尾も長い。そして、やっぱり「アンデッド・ドラゴン（クロコダイル）Ｌｖ75」で、ドラゴンだと言い張っているけど注釈付きで鰐さんでドラゴンではないようだ……って言うか、何でクロコダイルが立ってるの！

そう、案外ドラゴンと名の付いた蜥蜴さんは多いんだけど、頑なにドラゴンだと言い張るクロコダイルさんはレアだろう。しかも、立ってるし!?

「いや、言われてみればそこはかとなくオセアニアウォーターードラゴンさんな雰囲気を微かに僅かに感じさせなくもない気がしなくもない……純然たるクロコダイルなんだよ？」

（ガアアアアアアアア――ッ!?）

勿体無い。辺境の森や迷宮は魔素が濃く魔物がボコボコ生み出されていくが、遠い地では魔物は自然繁殖で細々と繁殖しているらしい。そして世代交代した魔物は魔石が小さい代わりに死体が残る。つまり天然モノの巨大クロコさんならば、鞄か財布にすれば女子さん達からぼったくれそうだ！　だけど大聖堂の魔物はみんな魔力発生ものみたいだから、きっと立って見せびらかされても鰐革は取れないんだよ？

「惜しい。革は高価で、案外お肉も美味しいらしいんだよ？　うん、これ鰐って言うんだけど、この革で作った鞄が人気な高級路線で高額商品の材料さんだし、お肉はさっぱりしつつもジューシーな鶏肉みたいで唐揚げさんにしても美味しいらしいんだよ。うん、こんだけデカかったら、いっぱい剝げて、いっぱい食べられたのにねー……って踊りっ娘さん涎が出てるのを通り越して、糸引いて垂れてるんだよ？っていうか、これって殺しても魔石だからね？　あと鰐さんが滅茶怯えてるから、その舌舐めずりと目が怖いんだよ？　うん、そうそう、そのいつものエロティックな舌舐めずりなら、鰐なんか放置してお布団敷くのも吝かではないんだけど、それも今は不味いんだよ？　いや、とっても美味しそうなんだけど、クロコダイルの前でのキャッキャウフフな露出プレイはワイルド過ぎて好感度的に危険行為なんだよ？　みたいな？」

轟音とともに巨体が襲い来る。鈍重に見えて速く、身体の動き自体は遅いのに、その逞しい後ろ足と共に巨大な尻尾を撥条のように使って飛び掛かってくる速度が凄まじい。その見た目と動きとの速度差こそが脅威、そしてその尻尾を鞭のように振るう一撃は破城槌のような質量兵器の破壊力を……だが！

「そして、絶対そうだと思ってはいたんだけど、やっぱりしっかりちゃっかり俺の頭を齧りに来るんだよ！　高級鞄材料の癖に生意気な魔物だ！」

しかも皮が硬い。躱し、擦れ違い様に放った魔糸は全て弾かれて傷一つ付いていない。

「きっとこれなら高級鰐革鎧とか作ったらお金持ちなおばちゃんに高く売れただろうに惜しいことだよ。うん、鰐が夫婦だったらワンチャン養殖で繁殖させると言う手も有ったのに独鰐者さんなんだよ？　1匹だけだし、指輪もしてないし間違いないな？」

純粋に強い巨体と膂力による単純な強さ。だけど、あんまり無理をすると踊りっ娘さんに怒られそうなので、魔纏は解いて魔力も体内に沈める。そして全身から力を抜き、緩りと滑らかに七支刀の剣尖を鰐の喉元にそっと触れさせる。

刹那、気付いた時には消え去っている儚い瞬く間だけに魔力を疾走らせる。うん、鰐の開きだ？　喉から尾の付け根まで斬り開かれた鰐の開きが、虚空を躍る。

「ちょ、開きにしたら空力で滑空できちゃってるけど、これってワンチャン翼竜さんに進化論なの？」

超省エネの滅茶ちょびっとの魔纏。その瞬間に全身が破壊されるけど、壊し尽くされる前に解かれて完全回復な安心安全のちょびっとだけ無理する策。なんだけど……ジトだ！

「えぇーっ、刹那だけだったじゃん？　剣尖だけだったんだよ？　うん、ちょっと先っちょだけなら無罪って古くから言い伝えられているんだよ！」

駄目らしい、ジト目が悲しげに睨んでいる？

「もしかして、やっぱ鰐さんを食べたかったの？　だって、消えちゃうんだよ？　うん、もう魔石になってるんだよ？」（ジト――……）

そう、鰐さんのドロップは超素敵でラグジュアリー感漂う、セレブなクロコダイルの革鎧を本日だけのスペシャル・ドロップでー……なんて空気を読んだ気の利いた事はせずに『闇祓(?ばら)いの聖水：【頑固な闇、汚(けが)れだけを根刮(ねこそ)ぎ落とし強力洗浄。今なら専用闇祓いハンカチ（使い切りサイズ）付き】』だった？　うん、送料手数料も俺が自分で拾うから無料のようだ？

「ちょ、空気読まない鰐だったのに、案外ドロップはノリが良かったんだよ!?　うん、この鰐のマークのハンカチ付きっていうのが憎いよね、やっぱ鰐さんが立ってるけど？」

何気に怪しい洗剤のような表記だが、聖水。しかも、なんと闇に対抗できるものが存在していた。

「それなら、できればお徳用増量サービスが欲しかったんだよ？　うん、今なら何ともう1本とか言って、もう1匹出てこないかな？　みたいな(wktk)？」

待ってみたけど、1匹だけらしい。うん、使い切りサイズだけのようだ？　そして宝箱からは、やっぱり『回復の宝珠(オーブ)：【回復を司(つかさど)る至宝】』で珠(たま)が出てきた。

「宝珠(オーブ)が……これで4個？　うん、7個集めるとギャルのパァ……いえ、なんでもないです！っていうか、そのメモ見せてくれない？　何となく書かれた内容に言い知れぬ恐怖を感じるんだよ!!」（イヤイヤ！）「えっ、甲冑委員長さんと委員長さんと約束したの！　あれっ？　偵察中の俺には報告が全く求められてないんだけど!?」

そう、ずっと教国内を密やかに偵察してるのに、全く報告の宛のない悲しい偵察中。

「うん、何故だか偵察した内容は、そっと俺の心の中に仕舞われるロマンス溢れる秘密の偵察活動なんだよ？　解せぬな？」

結果、メモの買収費用は試作品みたらし団子だった。そう、どうやら宝珠を7つ集めるのは危険なようだ。まあ、あと何個あるのか知らないし、そもそも貰わなくっても日々内職でギャルのパンツは日々俺が作ってるんだよ？

「うん、だがしかし敢えて誤解のないように説明しておくと、男子高校生はパンツより中身の方が大好きなんだから、くれるならそっちの方が……いえ、何でもありません！」

うん、だからメモやめようね？　怖いな!?

## 男子高校生の美少女フィギュア遊びの試し見は見て愉しんで終わりだった。

１１４日目　夜　教国　大聖堂

上層へと上がっていくと、さっき放ったアンデッド・ヘルハウンドが倒されていた。

その傍に佇み、武器を構える5人の騎士。その装備も別格だけど構えに余裕があり、きっと油断もありそうだけどアンデッド・ヘルハウンドはＬｖ50だった。それを5人で倒せるならばかなりの使い手。そして全身の装備が全て効果付きで、魔道具らしき物も取り付けられている。そう、遂に精鋭が出てきた。

そう、上級職の精鋭だけど下衆だった！　その好色な視線は踊りっ娘さんの全身を舐め回し、きっとあの兜の中では卑猥な笑みを浮かべているのだろう。うん、俺もよく見てるから気持ちは凄くよくわかるんだよ！

だから俺を殺して、踊りっ娘さんを捕らえようと一斉に一挙動で5人が動き出す。連携し、邪魔な俺を目掛け剣を振り下ろす。その装備は立派だし、Ｌｖだって高いんだろう。剣だって豪華そうだけど……だけど、その技術は教導騎士団のおっさん達に遠く及ばない鈍らな剣技。

斬撃が鋭いのは、その5人全てが武器効果を使っているからだ。だからこそ魔力の線が視えて、その未来まで視える。その剣と剣の軌道の隙間を縫い、斬線と斬線の間隙に身体を滑り込ませて一息に一歩踏み込み一刀を振るう。横一閃——限界まで抑え制御したとは言え、虚実からの次元斬には御自慢の『物理防御』の鎧も『物理反射』の片手盾も『斬撃無効』のガントレットも『硬化』の兜も何の意味も持たないんだよ？

「ぐぎゃあああっ」「な、何故っ!!」「腕が！　俺の腕があああっ!?」

きっと誰かが遠くから見ている。だから戦い方を見て、暗殺者ではなく物理特化の精鋭を寄越した。

そう、魔眼は厄介だ。それは事前に技を知られる反則と言っても良い能力。そして人と人の戦いは視覚の奪い合い、だから時に盾で剣筋を隠し、時に味方の陰に隠れ技を放つ。それを視える相手というのは存外に面倒なんだよ……うん、俺も視てるからよく知ってるんだよ？

そして今も視られている。その視線に向かって鶏さんと蜥蜴さんが呪う。その、4つの魔眼が遠くで見ている誰かを邪眼で睨む。

「うん、視線は消えたっぽい？」（コクコク）（コケコケ！）（シャーシャー!!）

コカトリスの石化の邪眼と、バジリスクの猛毒の邪眼。魔法越しでも、それと目を合わせてしまった誰かの視線はようやく消えた。そう、どうしても奴隷にされていた人達を逃がすには、陽動と護送役が別れてしまう。

「うん、こっちは良いんだけど、あっちを狙われると困るからあんまりジロジロ見ないで欲しいんだよ？　うん、あと熊尻尾なお尻は俺が見るためのものなんだよ？」（ジト――）

おっさん達の高級装備と、アンデッド・ヘルハウンドの魔石とドロップを拾う。ここ迄の敵を屠ってくれた魔犬さんの置き土産は、『疾駆のアンクレット　SpE30％アップ　加速30％アップ　疾走　疾駆　跳躍　足技　瞬歩　超加速』と大聖堂にしては珍しい手堅い装備品だ。まあ、脚用だけど？

そしてジトる踊りっ娘さんの視線を物ともせず、自壊の悪化も何のそのと『万薬のアンクレット』に複合する。だって速度は重要だ、俺に有るのは速さだけと言って良い。

でも、無理を押し通してでも本当に欲しいものは『足技』。運足、いわゆる足運びの技術体系が『足技（そくぎ）』で、それは『瞬歩』や『超加速』といった決め手に成り得る技術の基本。だから、その『足技（そくぎ）』がお目当てだ。

「うん、別に脚フェチじゃないんだよ？　俺が着けるんだし？　いや、でも決して間違っても全く全然嫌いではないんだよ？　うん、美脚（あれ）は良いものだ？」

　だけどアンクレットも踊りっ娘さんの美脚も試す暇もなく、撤去作業。って言うか解体作業？

「全く隠し部屋の前まで居住区にされちゃって、取り壊しては取り毀（こぼ）ししないように取捨選択して落とし物も拾い集めて取り越し苦労で、取り扱い注意なバールで迅速丁寧な強制撤去作業で『石の鈍器（ティンクトウラ）』が大活躍なんだよ？　うん、だってバールのようなものなんだよ？」

　そう、隠し部屋があるのに、それに気付かずに不法建築で違法滞在な宗教団体さんらしい？　うん、隠し部屋に入れないんだよ？

「しかし建築物の解体に賢者の石が大活躍するって聞いた事がないんだけど、賢者さんって解体関係のお仕事だったかな？」

　まあ、大工兼、預言者兼、神の子さんも居たんだから賢者だって居ても良いのかも？

「でも、そのメンツだと解体現場で奇跡多発しちゃって、中々取り壊せそうにないな？」

　壁を剝がし、棚を壊し、瓦礫（がれき）を撤去し、金目（おとし）の物を拾う働き者の肉体作業。観（み）て建造物の最も重心の掛かった一点を狙い、バールのようなもので殴打し吹き飛ばす。

後は自重に引き摺られ、瓦解し崩落し崩壊する居住群。奴隷の収容施設は真っ先に破壊し尽くして、解放した奴隷さん達も全員治療を済ませ、またまた護衛を兼ねて踊りっ娘さんに外へ逃してもらう。

だから、俺は偵察任務続行。その陽動が解体作業で大忙しな内職家のお大尽様な男子高校生なのに、何故だか扱いは無職でニートのまま日々勤労に追われてストレス発散にバッティングセンター代わりに通背バールのようなもので打ち砕く（フルスイング）！

「ひゃっはぁーっ！」

そして廃材も回収すると、そこには驚きのすっきり広々な石壁の広間な開放的な通路。その奥には隠し部屋が佇む憩いの空間……うん、勝手に住み着くなよ！

「おじゃましまーす？　うん、通り縋りのドロップ拾い（ドロップ）な男子高校生さんなんだけど、ドロップが欲しいだけで戦う気なんて無いんだから死体になってよ？」

そして、その中には何とアイドルさんがいた！

「うん、意味合い的にはこれこそが男子高校生的な異世界展開で、美少女をきゃっきゃうふふと使役してアイドル・マ〇ターに俺はなる！って言う熱い展開が異世界王道物語と言ってもいいはずなんだけど……『三頭邪神像（トリプルヘッド・イヴィルアイドル）　Lv100』って、全くアイドルに向いていないんだよ！　ちゃんと、オーディションとかして選考しようよ!!」

そう、鷲と狼と猿の顔を持った自称アイドルの魔物さんだった。うん、きっと握手券は売れないだろう！

そんな自称アイドルさんが狼の4本の脚で駆け出し、鷲の羽と猿腕の握る剣で斬り付けてくる握手会？　その暴風のような風圧に押され、流されるままに避け続ける。

「うん、握手は無理そうだな……いや、したくもないんだけど!?」

鷲の羽撃きの風魔法の流れに乗って、攻撃を躱して離れ間合いを測る。速くて手数も多い、そしてちょいちょい狼と猿が噛みつきに来て鷲が突きに来る！

「ふっ、今なら踊りっ娘さんがいないから、ちょっとくらい無茶してもバレなきゃ怒られないんだよ！　そう、これこそが使役主の威厳に違いないんだよ!!」

武仙術――本来、仙術は神へと至る道筋。故に穢れを嫌い、俗世や争いから離れるもの。その真逆を征く、鉄と火と血の道を辿るのが武仙。それは戦う術を極め、修羅の道を征き、武神を目指す闘諍の術理。

「俺は戦いを好まない温厚にして温和で生暖かい男子高校生さんだけど、降り掛かる火の粉は払うし、生え回る茸だって拾うし、生えかけのおっさんの髪は焼く！って言うか、俺の頭を齧って突いて来やがるとか、そんなもんボコるよ！」

そう、俺は争いは好まないけど、一方的フルボッコは好物なタイプの平和主義者さんなんだよ？　うん、勿論深夜の闘いが超大好物なのは言うまでもないだろう！

「しかし、視れば視るほどあくどいなー？　うん、アイドルに向いてないよ!!」

恐らく一撃では決まらない、だから自壊覚悟の全力攻撃でも極められない。だって先ず普通に迷宮王級の魔物さんで強い、そして頭が3つ有るけど魔石まで3つある？

「あの狼頭が魔力を喰らってて魔力切れはなさそうだし、鷲が室内の空気を操ってて厄介で……身体と能力は猿が司ってるっぽい？」

鷲の刃の翼を躱しても斬り裂かれる。それは風なのか真空なのか抜け毛なのか、届かないはずの刃と化して伸びている。そう、魔力を見誤っているのかと思ったら、あれは空気で斬り裂いてる空気と空気の境界に無を作る真空の刃……だったらマジ厄介だな？

「うん、鶏さんは風の斬撃は無視で、防風だけヨロ？」（コケ！）

大気を荒れ狂わせ、空を裂き飛来する不可視の風の刃。それを視る、絡繰さえわかれば視るべきものは視える。

「でも、あの魔力を喰らう狼がいる以上、魔纏ごと喰われるから顔は出さないでね？」

そして、猿がウザい！　足元に水魔法で膜を張り、地面の摩擦を減らして邪魔をする。更に床を歪ませたりと小狡い搦手を織り交ぜながら、鷲と狼を操り嗾けて猿顔でドヤってやがるんだよ！

「うん、あの猿の小細工は蛇さん、ヨロ！」（シュシュー!!）

無色透明の空気の刃を視認して躱し、真空を斬り払って間合いを詰める。だけど猿の腕が剣で牽制して、弾き返す間にまた距離を作られる。うん、狙いは中距離戦？

「うん、狼頭が齧りに来たら蜥蜴さん防御頼むんだよ！」（シャーシャー！）

距離を詰めようと踏み込んだ瞬間に、空気を操る鷲と魔力を食らう狼の同時攻撃。そして知恵を持つ猿が大きく口を開く――3つの頭部の口蓋が3つの音叉となり、共鳴した振動波が超音波となって空間を破壊し尽くす回避不能の指向性攻撃！

「危なっ！っていうか、煩さっ!!」

その音の爆発の中心点を世界樹の杖で突く。その反響の波紋が重なる瞬間を虚実で壊す。

うん、もう奥の手は観た。刹那に魔纏を纏って翻し、３つ揃ってしまった顔へ閃光と爆音とお酢をたっぷり振りかける。

「鳥野郎は鳥目を灼いて、犬野郎の鼻にはお酢をぶっかけて、その隙に爆音に吃驚してる猿の頭部にフルスイング！　うん、揃っちゃえば一撃で極められるんだよ!!」

粉砕する。そう、異世界の多くの大体の問題は、このバールのようなものでフルスイングすると解決するらしいんだよ？　さすがは賢者の石!!

「猿の知恵なんて智慧さんの叡智と較べるのも痴がましいのに、するに事欠いて空気を操り超音波って何それ舐めてんの？　全く、こっちは来る日も来る日も迷宮皇さん二人を振動魔法で延々と震わせ続けて、振動の浸透で波動を生み出して毎晩狂々とお愉しみ頂いて瀟々とお逝き頂いてるんだよー!!」

そう、それが音でも波であり振動である限り男子高校生には通じないんだよ！

「って、頭が３つあるだけの迷宮王級ごときが、お口を開けて音出してみましたって……ブレーメンの音楽隊さんだって４匹居たのに弱小合唱部かよ！　うん、そんなの吹っ飛ばすよ!!　全く、磨き抜かれ究め尽くされた振動魔法を侮らないで欲しいものだよ？」

そして「目がー、目がー」ってしてる鷲頭を斬り飛ばし、絶叫悶絶苦悩中な狼の頭部を返す刀で薙ぐ。あんな合体技なんかに頼らなければ強かったのに、所詮は猿知恵を信じすぎた。そして鳥と犬の時点で詰んでいた。だって、生物学的に無理なんだよ？

「犬の嗅覚は勿論なんだけど鳥目とか夜盲症って暗順応障害で、それって眼のズーム機能な瞳孔さんの明暗調整力が弱いんだよ？　うん、せめて梟さんだったら良かったのに？」

そう、3頭の時間差攻撃が止められれば、最初から弱点は明快で明瞭。確かに猿知恵も人の知恵も所詮は同じもの。だけど、その知恵が蓄積され分類整理されて関連付けられて始めて学問に至り意味あるものになる。そう、猿如きが現代高校生に知恵比べって舐め過ぎだし、ましてその学問の極致の真理に至った智慧さん相手にただ大気を震わせる程度の技が毎晩迷宮皇さん達を震わせてる技に敵うわけがないんだよ？　うん、震わせるとプルンプルンして凄いから毎晩頑張ってるんだよ!!

「まあ、でも女子さん達だけで迷宮に行って、迷宮王がこれだったらヤバいよなー……っていうくらいには強かったんだけど、猿のドヤ顔とか当然ボコるんだよ？」

一際大きく輝く魔石、そして、『偽魂の巴：【偽りの人の生を与える聖具】』。ドロップは三つ巴の勾玉だった……これが神像に偽りの命を与えていたんだろうか？

「って言うことは某眠り姫な現状危険な美少女フィギュアさんが動き出したり？」

うん……しないらしい？　眠りっ娘さんに試してみたが反応がない。うん、お触りも禁止らしい……ジトいな？

「うん、駄目だったけど、良かったと思おう。だって男子高校生が魂のない美少女の身体に偽りの魂を入れて従えてたりすると……それ絶対とっても好感度さんに致命的な悪い噂(うわさ)が立ちそうだよ！」

　そうなると魔物用なのか、人形用なのか謎のアイテムだ？

「まあ、必要な時はわかるもんなんだよ……智慧さんが？　うん、任せた！」

　そして、宝箱の中身は『永久(とわ)の三連指輪(トリニティ)：【永遠と永久と恒久を司(つかさど)る指輪】状態維持（特大）不壊(ふえ)効果（特大）　延命　修復　復元　再生』。それは高級感(ハイブランド)すら漂う、金(ゴールド)と銀(シルバー)に黒金の3連リングで、その効果も自壊対策に良さそうでは有るけど……内容は何となく人間離れしていく気がするんだよ？

　試しに嵌(は)めてみると戦闘で壊れた身体の回復が早まり、身体錬成が強化されていく。身体が変わっていく感覚に思うところはあるし、悩む余地は多い。でも、これは男子高校生の男子高校生さんが状態維持されて、延命で再生されて深夜に頑張れるに違いない！

「うん、致命的な2対1の劣勢を極める深夜の闘いでは、それはもう攻められる時間が永いと大変気持ちよくて劣勢で守勢な戦いなんだよ？　それを『修復』と『復元』で耐えつつ、猛象(パオーン)状態が維持されれば、あの滅茶(めちゃ)不利な長期戦すらも凌(しの)ぎ切れるかもしれない。うん、これは必須だよ!!」

　そう、危機を察した踊りっ娘さんに奪われる前に複合しておこう。だってこれ、絶対に深夜に有用で重要で重用間違いなしなんだよ？

## 完璧な手順を完全にこなし完膚なきまでに完遂したのに事案完了だった？（完？）

114日目　深夜　教国　大聖堂

簡単に死ぬ。撫で斬りに振られる愛刀『おっさん切り　消毒だ！』の剣閃が舞う度に、血飛沫と共に断末魔の悲鳴があがる。

徹底的に殺しきらなければ再生していた教会騎士団達。それが腕や足を失い、血を流し続けて治らないと気付くや——一斉に泣き喚いて五月蠅いんだよ。

だから、もう魔纏するまでもない。体技だけで事が足りる。だって怯えて腰が引け、恐れ戸惑い無様に斬られて行く。生き死にの覚悟もなく剣を振るっていたから、いざ己の死を感じただけで怖気づいて戦えなくなるんだよ。

「しかし、踊りっ娘さんが遅いって言うことは、どっかでナンパか敵にでも引っ掛かってるのかな？　うん、可哀想な敵さんだよ……今はオコだから怖いんだよ？」

助け出した獣人さん達はずっと大聖堂に囚われていた。もう気力すら失った虚ろな瞳だった。だから思い出したくない思い出なんか全部消去飛ばしたけど、悲しみも苦しみも感情は残ったままだった。

暗示なんてそんなもので、そして精神操作は精神が壊れかねないから使えない。そう、結局スキルや魔法なんかで心までは救えはしないんだよ。

　もう、既にかなり上層のはず。居住区もなくなり、倉庫が増えて落とし物が豊富に取り揃えられ落ちている。そう、きちんと分類され整理整頓された落とし物各種。それを拾いながら進み続けると、命令されて陣は固めてはいるけど兵とも呼べないおっさんの群れ。

　その怯えた目が語る。斬られれば死ぬ、怪我すれば治らない。だから怖いと今まで散々暴力で虐げてきた兵士達が、恐怖に怯えた顔で震えている。傲岸不遜な態度だった騎士達は聖堂内でなら死なないと思っていたのだろう。それが無くなった今は、怯えて震える臆病者達の群れ。哀れと言うには愚か過ぎて、許しを乞うには過ちを犯し過ぎた。

　だからもう改心するにはおっさんだった。うん、おっさんに生まれたことを後悔しながら死ぬがいい！

「ひいいっ！」「や、やめてくれ……」「いや、ずっと自分達がそうしてきたように無残に残酷に斬殺されていくだけなんだよ？　うん、殺されるのって怖いんだよ？」

　もはや集まり震えるだけの烏合の衆。命を懸ける覚悟もなく、身を守る技術もない。

「ここにも無いっていう事は隠し部屋ってもう無いのかな？　うん、まだ宝珠は4個で神龍が出て来るにはまだ3個足りないんだよ？」

　そう、願いを叶えてくれる神竜が出てきたなら、ボコって蛇だって言い張って首飾りの蛇さん枠に押し込んで内職を手伝わせたかったのに……うん、鶏と蜥蜴が入ってるくらいだし、龍くらいなら余裕で入れられそうなんだけど出ないらしい？

「そう、つまりどうやら……女子のパンティーは自分で作り続けるしか無いの!?」

やっと下着製作業界の内職仲間さんが増えるかと思ってたのに、出て来ないらしい？

「まあ、実際問題としてＪＫさん達にＪＣさん達まで交じり、そのパンティーやブラを作り続ける男子高校生さんの好感度被害は甚大且つ壊滅的な状況な気がしてならないんだよ？　うん、これで全部神竜の所為にできると期待してたのに……っていうか何で女子さん達って、全員が全員あんなにも次々に新作下着を欲しがるんだろう？」

ちなみに聞いたら「乙女の秘密」だった。背後――振り返らずに振った右手の世界樹の杖に禍々しい魔剣が交錯して絡み合う。その瞬間に無挙動で左手の世界樹の杖で斬り上げる。だけど自分の身体で隠しながら放った刹那の一閃は、虚しく空だけを斬り裂いていく

……ヤバい、これはマジなヤバいヤバさだ！

黒い鎧姿が剣先を向けたまま、刃先を水平に寝かせて牽制しながら退いて――黒い瞬光が空を貫く。

「うわっ！」

うん、ただの神速の突きだ。ただ疾すぎて光と共に届くただの突き。それが瞬く間に3連撃で放たれただけの神技。ギリで左右の杖で2撃は弾けたんだけど、3撃目が掠って杖の柄で受けてしまった。

「やられた……『封印』されちゃった？　うん、でも最大の問題はなにが封印されたのかがスキルが多すぎて見当がつかないんだよ!?」

羅神眼は視えている、智慧も魔纏も問題ない。うん、全部使える？　つまり、能力だけ

ではなく装備効果も封印できる魔剣……但し1個だけ？

「えっと、杖だけで20本分くらいの迷宮装備が満載で、軽く50以上のスキル入ってるけどそんなんで良いの？　まあ、スキル総数は流石に3桁までは無いと思うんだけど、全装備だと3桁超えちゃう気がするんだよ？」

　決死の眼差し。それは全力を尽くし、死にもの狂いの懸命な必死。だから必ず死なせる決意の必死であり、死を覚悟で全力を尽くす必死の瞳。そう、それは必死の決意。

　全身を覆う暗黒の甲冑と漆黒の魔剣に、黒闇が如きマントが翻る。紫電の如く必殺の一撃を連撃で放ち、必死へと至る剣尖の爆流が押し包んで来る。

「えっと、俺は怪しいものじゃないんだよ？　うん、偵察してるだけの通り次りの罪のない侵入者さんで、全く悪くないから聖者認定を受けちゃったくらい善い男子高校生さんなんだよ？」

　禍々しいまでの黒。うん、呪われている。全身に呪われた凶悪な装備を身に着けて、呪われ蝕まれながら命を捨て決死の覚悟で挑んでいる。なのに、その眼は呪いで淀み腐った目ではなく、ちゃんと自分の意志で決意した者の悲しい瞳。

「っていうか、男子高校生は突くのは好きだけど、突かれるのは好きじゃないんだよ？　うん、突きたいな？」

　黒煙が立ち昇るように暗黒の瘴気が身体から湧き上がる。完全に憑かれる前に外してあげないと不味そうだし、あと疲れるから早くしよう。だけど突かれるから近付けないまま、連撃で逃げ場まで潰され失われ追い込まれていく。突いた時には、もう踏み込んだ前足に地面を蹴った後ろ足が追い付いている。だから終わらない突きが何処（どこ）までも追い掛けてくる、簡単すぎて……だからこそ最速の連撃。

　そして、必殺必中の一撃が襲い来る。その煌（きら）めく剣尖を――杖の先端で撞（つ）く。

「ダグラスさんショットー！って、ダグラスさんって誰なんだろう？　うん、蛇（ヒュド）さんもガラガラヘビの威嚇音役ありがとうね？　でも、危ないから出番終わりなんだよ。うん、あの魔剣は危ないからね？」

　視えた。一切身体は動かさず、体内を駆け巡るしなやかな撥条（バネ）のような力。それが一直線に、一切の予備動作を見せず繰り出される神速の突き技の仕組み。その凄（すさ）まじい技量と、人間離れした撥条（バネ）が生み出す電光石火の跳躍こそが連撃の突き。

　だから――その剣の切先を撃ち抜いた。その全ての力が一点に集約しているからこそ、その一点を止めれば完璧な身ごなしであっても体勢は崩れる。

「もう、あんまり時間は無いかな？」

　2本の世界樹（ユグドラシル）の杖を1本に纏（まと）め、七支刀を顕現させる。ただそれだけで破壊される身体が悲鳴を上げて、全身から冷たい汗が噴き出していく。

　これで後は俺の身体が壊れるのと、呪いがあの身体を蝕み尽くすのとどちらが早いかだけ。そして、どっちが早いかなんてわからないし、わかる必要もない。そう、時間との勝負なら、その時間を遅くすればいい。

全身の激痛すらもゆっくりと神経を這い上ってくる。新たに複合した『アスクレーピオスの杖』の効果で、一挙に50％アップの智慧さんの高速演算が世界を遅く変えていく。

その遅延した時間の流れの中を、『疾駆のアンクレット』で加速された身体がじれったいほど緩慢に超高速で自壊しながら動き始める。どうせ時間が無いなら時間の流れを止めればいい、止まらなくても分解し続ける限り時間は永劫なんだから。

「ふはっ！」

あの突き技は確かに神技だ。だけど俺だって毎晩毎晩迷宮皇さん御二人様を相手に、突いて突いて突き続け啄木鳥さんをも超える突っ突き男子高校生さんだ！　だから決めよう。これが極めだ。これ以上はどちらの身体も保たない。だから瞬く間すら永すぎる刹那の激突、それは無動作からの最速の一撃の虚実。

「うん、それはもう視たんだよ」

予想したよりも伸びるし、未来視すら超えてくる高速の刺突。その加速に視線を狂わされ、姿勢を崩される突きの究極の妙技。

「でも、もう避けられるんだよ？　うん、だって……それって通背拳の原理なんだよ！」

だから突き返す。左手のグローブで杖の端をしっかりと握り、瞬光の突きが左手から伸びる。

瞬時に黒甲冑が退く。それは、この一瞬で自分の技を『写技』されたのを見て取り、それでも微塵の動揺も見せずに間合いを取り——構える。突き技は戻す時こそが隙。だから俺の突きが伸び切った瞬間を見切り、その引き戻す瞬間に飛び込む為の捨て身の構え。そう、この技が写し取られた自分の技だからこそ見切っている、だから……掛かった。

そう、すっぽ抜けるグローブ？　ただし杖を握ったまま真っ直ぐスッポ抜けるのを見て、腕が伸びたと判断し急速で姿勢を崩しながら回避した。そして遅延時間の世界の中で、宙をゆっくりとどっかに飛んでいく左手のグローブと七支刀。

そう、掛かった。虚を衝いた。だからもう――俺の勝ちなんだよ？

「だって、だいたい世の中って、ビビらせるか吃驚させた者勝ちなんだよ!!」

詰められなかった距離が、素手になった左手がようやく届く。伸ばした指先がようやく呪われた鎧に触れる。瞬間に呪いが左腕を黒く染めあげ、侵し汚染してくるけどどうでもいい。だって、もう……届いてるんだよ？

「崩拳！」

たった半歩足を出して、突き通す形意拳の基本技。だから半歩崩拳とも呼ばれる、ただの突き。但し、「半歩崩拳、あまねく天下を打つ」と続く拳聖郭雲深の伝説にもなった一打で、敵は皆倒れたと謳われる曰く満載の突き技なんだよ！

「がはっ!!」

鎧に触れた左手をなぞり、突き出されただけの右手。左足を半歩出すと同時にただ突き出された、至近距離からの小さな狭苦しい構えからの半歩歩き小さく突き出されるだけの突き……その気功と魔力の衝撃波が、暗黒の魔力を呪いごと穿つ。

「うん、崩拳って動きが小さいから避けられないし、振り被（かぶ）らないから油断するけど……体幹の螺旋（らせん）力の全てを一挙動に打ち付ける技だから効くんだよ？」

　まして左は素手でも、右のグローブには『矛盾のガントレット』の物理魔法防御無効化が付いている。更に『刻印の拳甲（ナックルダスター）』が複合されていて、その刻印には『聖魔法』を仕込んでおいたんだよ？　無かったらヤバかったな？

「うわっ、でもヤバっ!!」

　呪を撃ち祓（はら）い、『強奪のグローブ』の『装備強奪（要接触）』で呪われた装備を一挙に剝ぎ取る。すると、そこには真っ黒く汚（けが）れ呪われた真っ裸のセクシーブラックバニーな獣人のお姉さん！って、何で!?

「ちょ、これ俺無実だよね？　うん、何で鎧の下が真っ裸なの!?　まさかご趣味!!」

だけど、それは黒兎（くろうさぎ）さんではなく、呪いに蝕まれて身体が黒く塗り潰されている。

「焦るな焦るな練気練気、呼吸呼吸!?　あ、あと聖魔法で……って、ちょ蛇（ヒュド）さん杖取ってきて！　大至急『アスクレーピオスの杖』がいるんだよ！」

　消えそうな心臓の鼓動、その顔から消えていく生気。それでも必死だった、死を覚悟してでも何かを願っていた。あと、脱がしたらエロかった！

「鶏（コカ）さんと蜥蜴（バジ）さん呪いと毒をお願い！　あっ、サンキュー。で、蛇（ヒュド）さんも再生をヨロ！　いやニョロじゃないんだよ？　うん、俺もニョロは認めざるをえない素晴らしきダイナマイトバディーなんだけど、今は回復と解毒なんだよ？　うわあーっ、MPが一気に……茸（きのこ）、

茸、お姉さんにも僕の茸をお食べーっ！」

抗う呪いの呪縛と汚染が俺に襲い掛かって来るけど。兎なお姉さんから離れるなら勝手にいくらでも俺に取り憑いて呪えば良い。

「たかが呪いくらい鶏さんが食い尽くすし、呪毒だって蛇さんや蜥蜴さんにはただの餌なんだよ！　そして……触手さんは良い子にしてようね？　うん、真っ裸バニーさんに触手さんは、何だか絵面的に凄くヤバい気がするんだよ？　えっ、触手からでも解呪できるの!?」

解毒と浄化を掛けながら治癒し再生していく。聖剣で呪いを祓い、呪詛を消滅て呪怨を殺す。追加で『絶界の聖杖』の効果の『封印』で呪われた装備を隔離して脱がしていく……うん、他意はないんだよ？　呪われてるから脱がさないとね？　うん、だって絶対この兎お姉さんに下手な事をすると不味い！

そう、兎耳だけど顔立ちは大人びた狼っ娘って感じで、べらぼうに強かった。その実力は獣王のおっさんなんて目じゃない強さだった。

「うん、これって多分……獣人っ娘達のお母さんなの？　2人きりの姉妹って言ってたんだからお姉さんはいないはずだし……って、何でお母さんが大聖堂で呪われて……うわっ、おっきいなっ!?　はっ、いつの間にか戻って来てた踊りっ娘さんがメモしてる!!」

怖いな!!

「ちょ、兎のお姉さんを助けるのに完璧な手順を完全にこなして完膚なきまでに完遂したのに、結果的にこの状況を俯瞰すると何故だか事案完了で好感度が完結だった件？」

うん、まあ客観的に見ても……事案しかない光景だった！　みたいな？

## 呪いと毒を食べてるだけなのに真っ裸のウサ耳お姉さんに蛇と鶏と蜥蜴が絡みつく絵が怪しく見えるのは何故だろう？

114日目　深夜　教国　大聖堂

攫われた娘と、それを追った娘。人族に襲われた一族を護り他の種族まで助けながら先導して多くの者を救った娘と、最後尾で戦いながらみんなを護り続けた娘。どちらも誇らしい私の大切な宝物。それを奪われ失うなんて許せない。娘達が皆を護ったのなら、その娘を助けない母親なんて居てたまるか！

だから、追った。でも娘を乗せた船は既に出た後で、だから死にもの狂いで陸路を疾走った。だけれど商国へ運ばれていた獣人達を見つけ、解放していた時に兎の本能が告げた——娘達は教国だって。

それからは昼間は穴を掘って仮眠して潜み、夜の闇に紛れて駆け続けた。なのに、ようやく見つけたのは娘ではなかった。攫われた獣人の子供達だった。だけど、それも間に合わずにようやく追い付いた時には大聖堂の中に運び込まれ、中まで入り子供達を助けた時にはもう……私の力は封じられて、能力（スキル）すら使えなくなっていた。

「だからどうしたって言うの？　力が出ないなら速さで、能力（スキル）が使えないなら技術で、悪いけど私は誰にも負けたことがないのよ！」

　そう叫んで戦い抜いた。だけど永遠に再生し続ける化物相手に一昼夜戦い続け、向こうの人海戦術を独りで耐える防衛戦に疲弊で手詰まりな状態。後ろには子供達がいる、だから攻めに出られないままの終わりのない戦い。だけど終わる訳にはいかなかった。

　そこで異変が起きた。私を休ませないよう、絶え間なく留（と）め処（ど）無く途切れることなく攻めていた兵が引いた。毒や魔法攻撃で満身創痍（まんしんそうい）の私を休ませる訳がないと、気配や罠（わな）を探るが何もなかった。

　そして交渉者が来た。子供達を解放しようと、その条件は「侵入者を殺せ、武具は用意するから必ず着用しろ」と。人族など一切信用する気も無いし、できる訳もなかったけど私の見ている前で大聖堂の聖遺物『契約の石版』に手を当て宣誓した。

　そして、怪しいとわかっていても……もう話にのる以外に子供達を助ける手立てが見いだせなかった。それに、外に出てしまえば負ける気はしない、だから石版に手を当て受諾を宣誓した。この宣誓を破ると動けなくなり死に至ると、偉そうな神父達が全員で宣誓した以上は話にのる価値はあると見た。

　そして――それは当然罠だった。宣誓し、受け取ったのは呪われた武具。解放後に「私を追わない」と言う約定は、私が死ねば無効になる。だから時間がなかった。この子達を送り届けるまで死ねないと。そして娘達を助けて、その顔を見るまで死ぬ訳にはいかないと己に誓った。

だから探した。一切の気配を漏らさず、足音どころか振動も立てないという凄腕の侵入者を。そうして見付けた潜入者は、轟音と爆音を轟かせて解体工事をしていた。眼の前で瞬く間に家々が消え、幻だったかのように建物の中の町は消え去っていた。

子供達を助けるため。娘を救い出すため。そう自分に言い聞かせるけど、その侵入者は人族といえども娘達よりも幼そうな子供。黒い髪の少年だった。

呪われ身体を蝕む悪魔の甲冑を纏った私よりも黒い姿の少年。漆黒のローブを纏い、深くフードを被っているけど見え隠れする幼さの残る顔。足元まで覆う黒いローブに、手に木の棒を握っただけの子供。

(ごめんなさい……)

戦士としての屈辱と、母親としての斬鬼の念。それでも獣人族の子供達の命と、その未来を預けられたからには決意し苦渋の決断を下す。

恨まれてもいい、恨まれ憎まれて当然の事をするのだから。まだ若い命を、その未来を私が奪うのだから……ごめんなさい、私もすぐに死ぬから。

それで許されるはずもないけど、せめてあの世へ詫びに逝こう。それでも子供達は守ると心のなかで詫びながら、せめて苦しまぬようにと気配を遮断したまま背後から最速で急所を突く。それは気が付く間もなく命を奪う必殺の突き。それが……振り向きもせず払われた。その振り向く姿を見て思わず笑ってしまった——世界は広く恐ろしいと。

武人としての血がざわめく。燃えるように呪われた肌は火照り、喉の奥から歓喜の唸りが漏れそうになる。獣人族最強と言われる今の旦那を叩きのめしてから、ずっと行き場のなかった内なる狂気が目を覚ます。

嗚呼、此処に強い相手がいるのだと、魂が戦慄き潜んでいた獣性が滾り出す。呪詛に侵され、呪いに腐敗して黒く汚れた身体が最期の喜びに打ち震える。だけど勝つ、子供達の為に手加減なく戦いを楽しむのではなく確実に勝ちに行く。

「くっ!」

なのに躱される。避けられ弾かれ流される。体内で加速し突如最高速で飛び出す、私が考え磨き抜いた最強だと信じ無敵を誇った突きの技の数々が届かない。

驚愕し、歓喜した。私が行き着いた高み、極めたと思った頂きを遥かなる高みから見下ろす様な返しの一撃は突きだった。まだ先があると、もっと強くなれると。お前はまだ弱く未熟なのだと見せつけられた。

「えっと、俺は怪しいものじゃないんだよ? うん、偵察してるだけの通り次りの罪のない侵入者さんで、全く悪くないから聖者認定を受けちゃったくらい善い男子高校生さんなんだよ?っていうか、男子高校生は突くのは好きだけど、突かれるのは好きじゃないんだよ? うん、突きたいな?」

焦っているのか動揺しているのか、その言葉は意味不明だった。なのに当たらない。戦えば戦うほどに当たらなくなっていく。たったこれだけの攻防で、ずっと私の磨き続けてきた技が見切られている。

その夜のように深く黒い瞳が私を視る。夜の闇のように黒い目がずっと私を見詰めている。

その戦いは歓喜だった。ずっと夢見て求めていたものだった。全力で戦い、その全力が弾き返される。それは幸せな時間だった……だけど、私の身体が呪いに耐えられなくなってきている。そう、もう私には時間がない。

心が静かになり、身体の強張りが消える。世界を静かに感じながら、今なら出来ると直感し生涯目指し続けてきた最高の突きを撃ち放つ。身体中の跳躍力が線になり、一瞬の間に加速し最高速に至る最速最強の突き……それが！

「ダグラスさんショットー！ってダグラスさんって誰なんだろう？　蛇さんもガラガラヘビの威嚇音役ありがとうね？　でも、危ないから出番終わりなんだよ。うん、あの魔剣は危ないからね？」

一突きで止められた。剣の先端を寸分違わず杖で突かれて完全に止められた。それはただ突き出されただけの神技、それ以上に今のは何!?　連撃に紛れた最高の一撃を、その剣閃の剣先を突き返されたって……鑑定では僅かＬｖ27の子供だったのに！　あと、なんだか一瞬だけ蛇も視えたんだけど!?

それでも鍛え、技を染み込ませた私の身体は反応する。無意識に即座に迷いなく突く。

大技ゆえの後の隙を狙い撃つ、なのにそれすら事もな気に簡単そうに躱される。

そう、それは大技ですら無かった。だから全く姿勢に乱れがない。ただ茫洋と、ただ立っている。悠然とも泰然とも見える佇まいで——それが動いた。

両手に持っていた杖が形を変え、1本の剣のような物に変わりながら迫り来る。それは私の突きだった、寸分狂わぬ私が目指していた最高の突きが放たれた。

いや、それ以上だった……脚から全身の撥条を腕まで一気に通す私の技に、捻りが加えられ円の動きが重なりあって螺旋を描く！　それは私が目指した高みより、もっと上の想像だにしなかった神技。私は極めるどころか遥かなる高みの麓で迷っていただけだった……だけど、それでも子供達だけは助ける！

この身を捨ててでも、それが儚い願いでも僅かな希望に懸ける。捕らえられた妹を追ってお姉ちゃんが来てくれるかもしれない、あの子に託そう。私はここまでで良い、だから——今此処に全てを懸ける。この呪われ腐り始めた身を捨てて、無理矢理に勝つ。そして勝ちたい。そう……私は最期まで戦いたい！

私の技を上回る突き。だけど仕組みが一緒ならリーチは同じ。突きを戻す瞬間に飛び込めば良い。引き戻す腕を止める事はできても瞬間には突けない。そして、届きさえするのなら後はもう……相打ちで良い。

なのに突きが伸びてきた。誤差かと思い、退こうとした瞬間に獣の本能が告げる——避けろと！

とっさに体勢を崩しながら身を捻って屈むと、頭上を剣が飛んでいった。伸びたのではなくグローブごと飛ばしたの!? 唖然とした刹那に素手になった手が鎧に触れる。だけど相手は無手。そんな事を思った瞬間に強烈な衝撃が身体の中で爆発する。そして、少年と目が合った……まるで叱りつけるような眼。それは、まるで私の諦めを咎めるように厳しく、それなのに優しい眼だった……。

そうして朽ち果て、爆発で砕け散ったはずの身体が……呪われて腐り爛れた身体が……温かい。死への旅路か夢現なのかと、ぼんやりと目に映る——光景は狂気だった。

真っ黒に蠢く呪いに蝕まれ、瘴気を放ち両腕を黒く染め汚される少年が私を睨む。身が竦み魂が凍りつく。それは死さえ許さない圧倒的な怒り……生きる事を諦めた私を睨み、絡み付く呪詛と怨念を睨み殺す黒い瞳。そんな狂気に怯えるように、狂えるどす黒い呪詛と怨念が塵と化して散り散りに消滅去る。

自らの身を黒く染め上げて、呪詛と怨念が蝕むのも一向に気にも留めずに私の身体を一心に癒やしている。獣人である私を人族の少年が命を懸けて治療している。獣人の子達の命と人族の子供の命を天秤に掛けて殺そうとした私を……私は……ごめんなさい。

そう、差別されていた我等獣人もいつしか人族を侮蔑していた。恨み憎しむ相手と同じだった。この少年だけが違った。その眼に映るものを在りの儘に映す漆黒の瞳が、狂気を纏い呪いも毒も私の弱い心も殺し尽くす。嗚呼、こんなに怖い相手に勝てるわけがない。そうか、あれは当然過ぎる結果だったのね。

涙が零れる、力とか技とか、高みとか最高とか……そんなのは全部関係なかった。それは、ただの覚悟の差だった。

天と地より圧倒的な、その差こそが違い過ぎただけだった。子供達を助けると決めながら奇跡に縋りつき、命を諦めた私なんかとは違いすぎる……この少年は決めたんだ。全部を自分の思い通りにし、それに抗う全てのものは運命だろうと殺し尽くすと。

だから諦めるどころか、負けることも倒れることも自分の死すら認めない。それを絶対に許さない残酷なまでの我儘さで、何もかもを強引に躊躇なく遣り遂げる。

痛みや苦しみや苦悩から逃げること無く捩じ伏せ、全てを無理矢理に捻じ倒し強引に自らの意思を捩じ込んで運命さえも捻じ曲げる狂気のような我儘さ。こんなものに勝てる訳がない、だって力や技の前に心が違いすぎるんだから。

柔らかな光の中で微睡む。眼にぼんやり映る襤褸襤褸に壊れ、呪いに全身を侵された少年の影。だけど、もう心配なんてしない。そう、この少年は私なんかが心配して良いようなものではないんだろう。

昔々のご先祖様から伝わった獣人族の教えは「心技体」。よく知っているつもりで、私は全くわかっていなかった……だって、心っていうものはこんなにも強くって、こんなにも怖いものだったんだから。だから心技体だった。そう最初は心、それが負けていたら技にも体にも何の意味なんてなかった。

夢現に思い出す。子供の頃からずっと私は獣人族一の我儘者と呼ばれてきた。だけど今度からは言ってやろう、「私なんて、ただの駄々っ子だ」って、「本物の我儘さって言うものは、運命だとか世界だとかよりも大きくて凄いものなんだ」って教えてあげよう。そう、私はそれを見たんだって自慢してやるんだ。
でも、こんなとんでもない男の子の話をきかせたら、うちの娘達は何ていうんだろうね
――ああ、会いたいな。

## 感動的な母娘の再会は治療行為の大切さを物語っているのに怒られた?

114日目　深夜　教国　大聖堂

柔らかくも張りのある双球に染み込んだ呪を、喰らい尽くし這い回る無数の蛇。そして徐々に白さを取り戻した滑らかな腹部を通り越して、下腹部の呪を喰らい毒を吸い舌で舐めとり女体に絡み付く無数の蛇が蠢く。時折苦しそうに呻き、震え悶えるのは毒が肉体を蝕んでいるのだろう……うん、触手さん追加だな!

「あぁ、ああっ、んひいいいいいぃ!」

柔らかな太腿の肉も真っ白に再生され、僅かな穢れも余す所なく丹念に蛇の長い舌が隅々まで舐め取っていく。危なかったようだ。うん、今も嬌声を上げ叫んでいるから、きっとかなり深くまで蝕まれていたのだろう。だが、医療行為に妥協は許されない……そ

う、蛇追加だな！

「んひいっ！　んあぁっ……んあぁあっ‼」

全身の至る所を蛇に舐め尽くされて、頑固な呪いも逃さない強力洗浄が一斉に蠢き隙間なく隅々まで潜り込む。まだ呪いが苦しいのか、きつく太腿を締めながら激しく腰を揺らして純白な裸身が仰け反る。うん、もう大丈夫かと思ったけど念には念を入れて念入りに、もう一回全身洗浄が必要みたいだな……蛇さん鶏さん蜥蜴さん、ヨロ？

「ひいっ、あうっ……ひあぁあぁあぁあぁあぁあぁっ、あうっ‼」

絶叫だ、やっぱりまだ蝕まれていたようだ。しかし、兎さんだけあってよく跳ねるなー？　ぽよんぽよんと？

「うん、まだビクンビクンと痙攣してるってことは、まだ呪詛の影響が！」「それ　鶏の羽根箒責の所為！　もう呪い解けてます、やり過ぎ‼」

意識を失い大人しくなった……痙攣してるけど？　念入りに入念に懇ろに徹底的に浄化し尽くしたし、もう大丈夫だろう。だが大丈夫なはずなのに、ずっと叫んで苦しそうだったから心配だが全く異常は感知できないんだよ？　まあ、もう兎お姉さんの治癒は良いだろう。うん、目隠し係さんから引き千切られそうな自分の瞼を治癒しよう。痛いな？

「ちゃんと『アスクレーピオスの杖』の蛇さんも頑張ってくれたみたいで、聖魔法が増加されて予想以上に再生が速かったよね？」

まあ、その割に何度再生してもビクビク震えて、また気を失っていたけど？　うん、やはりもう少し治療行為（にょろにょろ）が必要なのだろうか？

「気を失うという事は体内の気が足りないのかな？　なら気功術なんだけど、本人に意識がないから外部から強制的に気脈を広げて気を循環させる治療方法って言うと……房中術だな！　ゆけぇーっ、濃桃色（ショッキングピンク）の気功注入（オーバードライブ）！」「んひぃいいいぃ、んあああああぁ……あうっ♥　うひっ♥　あっ♥」

　元気そうなブリッジでビクンビクンと健康的に仰け反っているんだけど、復活はしないようだ……やはり壮絶な呪いとの戦いで、体力と気力を消耗してしまったのだろう。元気（ビクンビクン）そうだけど？

「ひゃっ、あうっ！　んあぁぁ……あっ！　ああっ!!」「えっ、もっと？」「ひいっ!?」

　それでも意識が堕（お）ちても譫言（うわごと）のように繰り返す。「下の階に子供達（たち）がいる」と、「助けて」と。ずっと痙攣しながら告げる兎なお姉さん、だから優しく応える。「手遅れだよー？　もう獣人っ子達はとっくに迷宮皇さんに保護（パクら）されちゃってるんだよ？　うん、帰りが遅いと思ったら、子供達を保護してから戻って来てたんだよ？　そのせいで真（ま）っ裸（ぱ）なお姉さんへの正当防衛（にょろにょろ）が疑惑なタイミングで目撃されて、メモまで取られて罪のない男子高校生さんが疑獄の窮地に陥って困窮を極めてるんだけど救難信号ってどこに送ったら良いんだろうね？」と。

　すると苦悶（くもん）の顔で魘（うな）され、悩める寝顔？　獣人っ娘（こ）達の事が心配なのかな？

「いや、姉兎っ娘も妹狼（おおかみ）っ娘も大丈夫だけど、実は体型は全然大丈夫じゃないかも知れないんだよ？　うん、おたくの娘さん達ってお菓子食べ過ぎ（わんもあせっと）で、姉妹も真っ裸（まっぱ）に身体測定（にょろにょろ）で採寸（さわさわ）したんだけど、お腹（なか）周りは微妙な誤差なのにお胸とお尻が成長中でＪＣに有るまじき我儘（わがまま）バディーが我儘を言ってお困りなんだよ？　うん、だから現在お預かり中でお前の娘は預かった？　返して欲しければ1を、それ以外は2を押して下さい？　ポチッとな？」

　うん、ようやく安心したようだ？　眉間に皺（しわ）を寄せながらムンクの叫びみたいな不思議な笑みを浮かべているけど、よっぽど心配だったんだろう……良かった良かった？

「踊りっ娘さん、どう思う？　上って頑強で悪辣そうで時間がまだまだ滅茶（めちゃ）掛かりそうなんだけど、最後まで偵察するか、兎なお母さんを連れて帰って朝御飯休憩にするかどっちが良いかな？　えっ、デザートは何かって、今現在進行形で口止め料のクレープ食べてるよね？　ちょ、デザートお付けします！　すみません、メモは勘弁してください!!」

　うん、一度帰るらしい。まだ、深夜で朝までは時間が有るから夜食になりそうだけど、夜食にデザートのリクエストがお餅って太……！

「いや、ちゃんとお餅出すからそのメモは廃棄して頂けないでしょうか？　はい、もう言いません！　そうそう、お餅は別腹です!!　うん、でも別腹って2段目なのかな3段目なのか……って、違うんだよ！　言ってないよ、ちょびっと思想に耽（ふけ）っただけの耽美派（たんびは）な男子高校生さんなんだよ？　荷風いな？」（メモメモ！）

　だから最後にざっと偵察だけ済ませる。透視が利かない壁だから空間把握と千里眼で見て回る。その設計は耐魔法構造だけど物理的に強固で、物理罠（わな）満載の徹底した物理押し。

つまり、ここから上は魔法で削れなかった魔物を殺すための階層。それは迷宮王や迷宮皇と戦うための最上層……うん、だって落とし穴だらけなんだよ？

「ここを造ったやつは本気だったんだろうね？　これって真剣に考え抜かれた、絶対に勝ち目のない迷宮皇相手に本気で戦う気だったんだよ……」

天才と呼ぶには悪辣過ぎで、緻密と言うには必死過ぎな対迷宮用の封印にして要塞。だから最後は魔法も当てにせずに、物理で徹底的に魔物の氾濫を削り取り、徹底して減らし続ける用意周到な設計。うん、マジで落とし穴だらけなんだよ？

そして、それこそが効果的。俺が大迷宮でやったのよりも、もっとえげつない落とし穴に次ぐ落とし穴。それは落下ダメージの蓄積で弱らせて、積み重なる重量で疲弊させ最終的には崩落させて打撃を与え質量で圧死させ埋める気満々の設計思想。

そう、ここは最初から迷宮皇の墓標だった。それが個人的な憎しみなのか、英雄的な人々を護(まも)るためのものなのか、何があろうと絶対に外には出さずに、ここで屠(ほふ)るためだけに考え抜かれた建造物。その成れの果てだったんだよ。

隠し部屋の聖遺物の力で誤魔化していたけど、とっくに老朽化で朽ち果てる寸前の廃墟(はいきょ)。だから維持に必要な魔力が多くなり過ぎて、教国中から魔力が奪われている。しかも、その貴重な再生力を勝手に住み着いた老害達の延命に浪費され尽くして、力を失った封印の成れの果て。その思いは引き継がれなかった。だから朽ち果てる直前で、封印だってもう。

「発想が怖いよね。迷宮の魔物と迷宮皇さんだからこそ、階層をぶち抜く落とし穴って言う発想がないのを狙ってるんだよ？　しかも大迷宮の底から無意識に登り続けるように誘導されてるし、これって凄くない？　うん、確実に殺せるよね……迷宮王までなら」

そう、それでも届かない。まあ、俺の知ってる元迷宮皇さんや迷宮皇級さんは3人だけなんだけど……この大聖堂が万全の要塞のままだったとしても、俺の知っている迷宮皇さん達は倒せない。使役前の圧倒的な力を持っていればこんなものでは倒せないし、今は更にあくどい方法をよく知っているから罠にも掛からないんだよ？　うん、だってよく一緒に仕掛けてるんだよ？

「うん、女子会で常識も破壊されて滅茶あくどくなってるんだよ。困ったものだな？」

そして兎なお姉さんを背負って、おっさんの家へ。すると一斉に集まる獣人達が俺に怯え警戒しながらも、背中の兎なお姉さんが心配で駆け寄ってくる。そして。

「お母さん！　どうして……何でお母さんが教国に……陸路でこんなところまで……」

「ううぅ、お母さん……助けに来てくれてたんだ……こんな姿になってまで」

泣きながら兎なお姉さんに抱きつく兎っ娘と狼っ娘が、悲痛な顔で震えながら慟哭し絶叫する。その変わり果てた姿を見て震え、吠えるように慟哭する。

「「何でうちのお母さんがこんなエロい格好で気絶しちゃってるんですか——!?」」

うん、やっぱりお母さん兎さんだったかー、危ないところだった！　そう、もし触手が滑って間違いと過ちと事故が3連続で起きていたら母娘触手丼問題が発生して丼大好きドンブラーの称号がついて好感度さん即死決定の危機だったようだ。獣人恐るべし！

「いや、流石（さすが）に真っ裸は俺の好感度さんが危険だろうって、ちゃんと着衣で敵地でオーダーメイドも不謹慎だよねって空気まで読んで、手持ちの衣装で丁度良いサイズの服を着せておいたんだよ？　うん、なかなかに気の利く男子高校生さんで、褒められこそすれ責められる筋合いはないジャストサイズでお似合いなんだよ？」

　そう、超お似合いなレースクイーンさんに何の不満があるのだろう？　うん、やはり成熟した大人の鍛え抜かれながらも魅惑のむっちりナイスバディーにはシルバーのハイレグだな（キリッ！）

「「お母さ――ん（泣）」」

　だから余剰在庫品（プレタポルテ）な衣装（RQ）で、華麗に弁問題を回避（スルー）したのに怒られた？

「いや、脱がして助けて治療（にょろ）して服を着せて、おんぶして連れて来たんだよ？」

　うん、我が生涯に一片の悪い事して無しなんだよ？

「って、ちょ！　何メモ渡してるの！　踊りっ娘さんメモになんて書いたの！　くっ、確かにJKに渡さないように買収したけど、獣人っ娘姉妹は契約書の規約外!?　盲点だ！　うん、契約書の見方・読み方・読み解き方って大事だな!!」「見たまんま　有りの儘（まま）あった事を書いたぜ、です　裸にしてにょろにょろしてお口に入れて、後は……あ～ん（モグモグムシャムシャペロリ♪）」「それって完全にお口開けて塞がれるのを待ってるよね！」

　どうやら密告者さんはお口を塞がれる気満々の確信犯だったようだ。美味（おい）しそうだな！

「うちのお母さんになんて事してるのー!?」「た、確かに私達よりも大っきいですけど……若さなら（モグモグモガガゴォ！）」「ちょ、そのメモは違うんだよ！　有りの儘に書かれた誤解と偏見に満ちた客観的な真実で、俺の主観的な真実と正反対な第三者証言だから主観的に言っても俺は善い男子高校生さんで結果論から見ても俺は悪くないんだよ!!」

な、なんということでしょう……って言うかなんで獣人さん達まで全員ジト！　それって大聖堂で教えてるの!?　それ何てジト教!?

「泣きながら抱き合う家族の感動の再会は良いんだけど、先にこの謂れのない非難のジトをもうちょっと愛らしいジトに変えて貰えないかなー？　うん、このジトも悪くはないんだけど何だか居心地悪いジトなんだよ？」（（ジトー……））

ようやく意識が戻る。身体は万全でも、まだその体内の疲労は凄まじいはず。なのに躊躇なく起き上がり、深々と頭を下げる。きっとまだ意識も朦朧としている。だけど、それを見てほっとする獣人さん達と、ふらつく兎お姉さんを抱きとめて号泣する獣人姉妹。積もる話も有るだろうし、茸満載な豪華夜食とお菓子のバイキングセットを渡してお暇しよう。ここに人族は居ないほうが良い、そして俺は人族なんだから……なんだよ？

「ふ――ん？　ふふふふん？」

部屋に戻り図面を引く。完璧に無駄なく精緻に組まれているからこそ、視えないものも視えてくる。必然的に設計されたのならば、その思想さえ理解できれば配置も設計も読み解ける。その構造が完璧なほど予測しやすく、誤謬が無いからこそ読みやすい。だから、大聖堂を偵察した今ならわかる。あれが何かっていうのも、あれが大聖堂なんかじゃないって言うことも。

「上下真逆が設計思想の反転大迷宮」

間違いない、地の底の迷宮皇率いる魔物達を天高くまで登らせてから叩き落とし、押し潰す為の設計。だって智慧さんの演算の答えと全く相違点がない。そう、俺でもこう造る。だから視えなかった部分は必ずこう造ったはず。だとすると……最後の教皇の間とか呼ばれている最上階こそが対迷宮皇用の最後の防衛施設なはず。

「うーん、踊りっ娘さんお使い頼んで良い？　うん、ちょっと王城の外の教会騎士団を往生させて、尾行っ娘一族のお姉さんに付いてって街中に散ってる暗殺者を狩って欲しいんだよ？」

そうすれば狂暴なおっさん達が自由に動ける。そうなれば聖都は押さえられる。

「うん、たぶん朝までには女子さん達が動くから、中でお出迎えの準備をお願いしたいから頼むね？　俺は忘れ物を拾ってくるだけだから大丈夫なんだよ？　うん、視えなくてわからなかったから困ってたけど、もう理解ったし問題ないんだよ？」

拾いたいものも有るし、聞きたい事も有る。知りたい話が有り、探さなきゃいけない場所がある。だけど踊りっ娘さんはいない方が良い――かも知れない。

甲冑委員長さんとスライムさんは敢えて踊りっ娘さんに譲った。だから、踊りっ娘さんは眠りっ娘さんに会えた。きっと大事なのは今で、未来なんだから過去はいらないものだ。うん、だってそうじゃないと、きっとこんな事にはなっていないんだから。

## 美味しい匂いが風に乗ってきたから到着したのだろう……食べちゃわないようにお菓子のお使いを出したけど大丈夫だろうか？

### 115日目　早朝　教国　聖都前

　次々に街を解放し、その先を見つめる。進軍予定の街と救援要請の有った街を全て解放して、周囲の教会軍の残党も全部片付けた。そして遠くに見える巨大な街、あれがこの教国の首都「聖都アリューカ」。軍の指揮を執るシャリセレス王女からの提言で、アリアンナさんが全軍へと指示を飛ばす。うん、だいぶん慣れて来たみたいだね？

「聖都視認、各隊分散して横陣へ展開。合図は太鼓1打で斜線陣、2打で鶴翼、連打で魚鱗。各部隊確認を徹底するように！」「「「了解しました！」」」「全軍部隊、装備再確認！ここからが本番です、万全に整えよ！」「「「はっ！」」」

　残るは首都と西方への守備戦力のみ。だけど、ここまでの楽勝ムードで箍が緩み始めている。それを一喝して作戦を徹底させるシャリセレスさんの怒声。今までの雑兵とは違う正規軍との戦闘が始まる。これまで大きな被害はないけど当然死傷者だって出ている。そして、ここからが本当の戦闘。

「確認、教会騎士団は第三！」「第七と第八師団も確認しました、計3師団です！」「主力の第三の位置は！」

教会軍の主力は第一師団と第三師団。第二師団は防衛の専門部隊で、全10師団だけど第十は警備と輸送、第九は新兵の育成師団で実質は8つの師団。それ以外の守備地域ごとの方面軍は全てこちらについたし、教国軍も教会軍と敵対して王城に籠城中。後は教皇派に付いた各派閥の持つ教会軍だけなんだけど……それこそが主力。

「第三師団は後方！　向かって左に第七、右に第八。逆三角形陣（リバーストライアングル）で展開中！　以上です」

第七第八師団を壁にして、主力の第三師団で逆撃を狙う防衛陣。だけど中央に引き付けて左右に回り込む遊撃包囲も有り得る。

「斥候から速報！　教導騎士団、正門から出ました！　数はおよそ500」

最悪だ、レイテシアさんの所属する教導騎士団は教国最強。その数こそ少なくても1騎で、1人でも100の兵を屠（ほふ）るという完全実力主義の精鋭中の最精鋭。その装備はまだしも、練度とLvが違う本物の軍。そして教皇派には付かないと思われていた最強の軍が出てきた。厳しい戦いになる、いっそ私達（たち）が。

「ただ、おかしな報告が……」「はっきり言え、情報は全てあげよ！」

未（ま）だ何かある？　教導騎士団に強力な魔道具が有るならば戦況が変わる。そうなれば私達が少数突入で潰さないと、教導騎士団が相手だと本陣が保（も）たない。

かつて王国の最精鋭のシャリセレスさん達近衛師団ですら、その圧倒的兵力でも遥君特製の突撃戦専用装備による超加速の騎馬隊で横逆を掛けなければ崩し切れなかったという強兵達。そんなの烏合の衆のこの救国軍には荷が重すぎる。王国戦で教皇派の教導騎士団は壊滅し、残りは反教皇派だから出てこないと計算していたのに見通しが甘かった。

「はい、それが……剣を舐めているそうです、教導騎士団が」「……わかった。正面から弧を描き七と八を叩く。三は無視でいい。斜線陣で敵左弦を抜けて七を潰し、右へ反転展開で八の後で三を半包囲だ！」「「「りょ、了解しました！」」」

皆が笑う。シャリセレスさんも、アリアンナさんも一発でわかっている。この世界で兵士が剣を舐めている意味を、教導騎士団はもう既に遥君により人格が完全に破壊され洗脳されている事を。だから挟み撃ち、一気に七を潰し八と三を挟む。周到で確実な削って潰す圧力戦。

「私達は殿、後ろ取られたら反転攻勢で遊撃！」「「「了解！」」」

砂塵が立ち昇り、舞い上がる砂が朝日に煌めく。そして地鳴り――大地を揺らして両軍の進軍が始まる。正面から当たると見せ掛けて、斜傾を付けて左に抜けながら敵の右翼を削る。そして反転攻勢で側面から第七第八師団を順番に穿ち第三師団を教導騎士団と挟み込む。これで崩れた第八の潰走に巻き込まれ、横腹を突かれて戦闘に参加できないまま第七師団は消える。挟む前に主力の第三師団が動こうとすれば背後から教導騎士団に攻撃を受けるから……この戦いは速度の勝負。

そう王国の剣、王女シャリセレス将軍は戦術と戦略を完全に己のものとし、状況を観て瞬時に的確に判断を下し速攻戦を選んだ。きっと後の世で名将と讃えられ、戦史に名を残す異世界の戦争概念を一挙に覆す用兵の妙。左翼の先陣は、その姫騎士さんが率いる修道士さん達の部隊で……こっちも負けずに滅茶剣を舐めているの！

「大盾を背負って突撃突破だから殿は気合い入れてね！」「「「了解！」」」

平原には人馬が踏み鳴らす地鳴りが満ち、接敵寸前の緊張感の中で太鼓が鳴る。

それは開戦の合図――横一線の横隊で真っ直ぐに進む。それを見て正面から進行してくると思っていた敵軍に対して、斜線を描きながら左翼へ縦列に走り抜ける動きに翻弄されて大軍故に対処できず、後手後手で様子見している内に第七師団は端から削り取られ壊滅してゆく。

「後方の魔法師団と弓兵を抉るよ！」「「「了解！」」」

右手に武器を持ち、左手に盾を揃え持つが故にその右側を徹底的に突かれると耐えきれない装備上の弱点。そこを機動的に突き、密集隊形を逆手に取って削り殺す偏差戦術。

「滅茶効いてるね!!」「戦術史ではテーバイの将軍エパメイノンダスがレウクトラの戦いにおいて考え出し、戦いの歴史で研磨されマケドニア王国のフィリッポス2世に受け継がれ更に改良された戦術です。その結果カイロネイアの戦いに勝利し、その王子のアレクサンドロス大王はこの戦術に騎兵を併用することでペルシャからインドまでを侵略したという歴史の趨勢を変えた戦術が異世界に受け継がれた瞬間ですよ」「「「ああー、やっぱ知識なんだ?」」」

多分、異世界の時代観を無視して一気に数百年は進めちゃったのだろう新戦術。だから襲われる敵も、指揮される味方さえも意味も理解できぬまま敵兵力の3分の1が消えた。

「あっちの方が装備は豪華そうなのにね?」「重装歩兵だからこその密集隊形、それを削り殺す手順なんですよ」「「「うん、でもそれ世界史で出なかったよね!?」」」

異世界では強国が勝つための鉄則（セオリー）は、大盾と長槍（ながやり）を用いる重装歩兵の密集陣形（ファランクス）。でも、その密集した重装歩兵の正面からの突撃戦術は、その戦法の敗北の歴史を知るもの達の前に開戦と同時に無残な大敗は決定していたの。

だって、これは異世界で誰も知らない対応策。だから応手がまだない必勝の策。そう、知っている、ただそれだけで圧倒的なズル（チート）なの。

「反転！　反転せよ！」「即時、陣を整えよ！」「突撃、出るぞ！」

梯形陣（ていけいじん）とも呼ばれるファランクス殺しのロクセ・ファランクス（loxe phalanx）。それは集団を斜線状に配置した陣形で、徹底して敵の右側を削り取る。

「射（う）てえぇ！　射てええぇっ!!」「前衛崩れたよ！」「突撃で崩します!!」「了解、援護任せて!!」「左に強いのがいる！」「私がやるから、中央指揮宜（よろ）しく」「「「了解（ヤー）!!」」」

そして布陣は乱れ、陣形は崩れて壊乱する。形勢は一気に傾き、横撃へと反転するこっちの隙を衝（つ）くために動き出そうとする主力（第三師団）の進軍が乱れて足が止まる。

その決定的な瞬間に「ひゃっはーっ！」の声と共に第三師団へ背後から急襲をかける教

導騎士団。そして、その声に応え挟み撃ちに掛かる正統本家元祖本元本物マジ教会軍の旗が翻り快哉の声！　うん、誰が名前つけたのよ!?

　そう、戦場は「ひゃっはーっ！」の声に包まれ、呼応する「ひゃっはーっ！」の声が広がり、その「ひゃっはーっ！」の声と共に密集陣形が包囲されて圧殺されていく。

「うん、斜線陣までは良いんだけど？」「うん、ヒャッハーは教えない方が良いんじゃないかな？」「「「だよね、なんか悪役の気分だよ？」」」「「「ひゃっはーっ!!」」」

　各処で勝鬨が上がり、敵は完全に崩れ戦いは殲滅戦に移る。逃げる敵を威嚇する「ひゃっはーっ！」の声に、戦場は悲鳴と「ひゃっはーっ！」の声しか無い殺戮劇。

「魔導部隊が出てこないね？」「ええ、戦闘だけなら戦術で決まるのに」「練度の低い兵同士ならば、初手で勢いを取った時点で圧倒的な差となるんです」

　そして本家「ひゃっはーっ！」って言ってる人達は遥君の被害者で、あれは士気を鼓舞しなくても殺戮モード。だから最初から気勢が違う。その練度と気迫が違う。人はみな戦場の狂気に我を失い、激昂し恐慌し戦いの空気に呑まれてしまうものなんだけど……あの「ひゃっはーっ！」って言ってる人達にそれはないの？

「「「ひゃっはーっ!!」」」「魔法部隊を索敵して殲滅！」「「「了解！」」」

　戦場の狂気よりも狂い、激昂よりも殺戮に漲り、恐慌どころかとどまる事のない凶行者達。それは敵も戦場の空気も丸呑みにする、全く空気読まない殺戮部隊。恐怖を狂気で上書きされた狂乱の戦士達の狂宴の始まりだった。そして血に塗れた剣を高々と私達に挿頭す……うん、遥君ほどじゃないけど、私達も好感度は危ないのかもしれない!?

「負傷者を退けよ、治療班(メディック)急げ！」「逃しても良いが、徹底的に聖都に向けて追い散らせ」

「散れば狩れ！　近隣の村には往(い)かせるなよ!!」

　戦いの趨勢は決し、教導騎士団から騎馬が訪れて大声で来訪を述べる。

「私は教導騎士団の副団長ジウェーリン。アリーエール王女にお取り次ぎをお願い致したく参上しました」

　そしてレイテシアさんを見付けて泣き崩れる教導騎士団の人達と、頭を下げてまわるレイテシアさん。アリーエールさんって言うかアリアンナさんが現れると、皆が畏(かしこ)まり膝を突いて副団長さんが書状を渡す。これで敵味方が決まり、これで趨勢の見極めができる……そして、そこには遥君からの手紙まであった。

「読みまーす、『偵察報告。各街の門番と兵隊は偵察(ボコ)った、勿論(もちろん)だけど俺は悪くないんだよ？って言う訳で大司教の爺(じい)ちゃんと凶暴なおっさんには手紙届けた、食べずに読んだ？　読んだ後に食べたかどうかも、美味(おい)しかったかも未確認で不明なんだよ？　みたいな？　うん、本人に聞いてね？　そんな感じで現在大聖堂を偵察中で、多分地下に大迷宮有り。っていうか大聖堂も迷宮って言うか迷路でウザい？　あとあと、一緒に渡したアイテム袋にお菓子同封だけど食べすぎても当方は一切関知しないっていっつも言ってるよね！　うん、俺は悪くないんだよ？　まあ、拝啓カステラ焼いてみた？　美味しいんだよ？　みたいな？　まあ、わんもあせっと？　菓子(かし)っ娘(こ)？』だ、そうです……って、カ、カ、カステラ！」「「「カステーラ様がやって来た!!」」」

　なんか、さり気なく重大な情報が有った気がしなくもないけどカステラは丸かった。

「丸いカステラ？」「おそらくはフライパンカステラかと？」

　みんなが大円盾(ラウンドシールド)より巨大なカステラを両手に抱えて齧(かじ)り付く。きっとここまで戦ってきた私達への遥君からのご褒美を心ゆくまで堪能(たんのう)する。感謝したいのはいつも私達の方なのに、またご褒美で甘やかされちゃうの。

「「「あ――ん、甘美味しいよ」」」「「「超絶美味至福(ブラヴォオオ)♪」」」

　本当は、みんなただ遥君にありがとうを言いたいだけ。誰もがただ、心の底から感謝を伝えたいだけ。でも、絶対はぐらかされちゃうの？　わかってる、この3ヶ月の間ずっと全員が試みて、未だ誰一人成功していないんだから……ちゃんと言えたのはアンジェリカさんとネフェルティリさんだけ、あとスライムさんもかな？

　きっと覚悟を持って遥君の前に立っても、話を混ぜっ返されて論点大回転が理論の高速回転で衝突型円型加速器並みの勢いではぐらかされ、何故(なぜ)だかありがとうって言いたかったはずがお説教に変わっているの？　もしくはお口に美味しいものを入れられちゃうの？

　そう、成功例は唯(ただ)一つ。遥君には不意打ちしか効かない。会話したら最後絶対に感謝はお説教になっている。もしくは孤児っ子ちゃん達のようにお菓子で誤魔化されるの？

「美味しい、大きい、でも止まらない（泣）」「ああー、食べても食べてもなくならない幸せと……不安(わんもあせっと)が」「「「うん、でも美味しいは正義♪」」」

異世界最大の問題は、前の世界ならどんなに美味しくても沢山は食べられなかった。どれほど美味しくっても、お腹いっぱいになって気持ち悪くなってしまうから。なのに異世界ではいくらでも食べられちゃう、どんなに食べてもずっと美味しいの（泣）

「「「ああ――ん、美味しいよ（泣）」」」「うん、幸せ（泣）」

だから止められないし、止まらないまま終わりがない。そうして無くなるまでみんな食べ続けちゃって、人体に収納できるとは思えない巨大なカステラが次々に消えていく。

だって、こんなにも濃厚で芳醇なカステラなんて食べたこと無いから。まさに異世界素材と魔法料理と稀代の内職屋さんの夢の共演が競演で……美味いぞー！

「聖都も籠城なんだ？」「まあ、そうだよねー？」

城門を閉ざした聖都の城壁が遠くに聳える。それを睨む乙女達の頬っぺにはカステラのカスがいっぱい。そして遥君の用意した最終兵器が整然と並べられていき、風に乗り聖都へと届く煙と芳しき蒲焼さんのタレと鰻さんが炙られる芳醇な香り。

「「「ああー、お腹いっぱいで苦しいのに美味しそう（泣）」」」「「「だよね（泣）」」」

そう、私達ならこんな悪辣な攻城兵器には抗えない。きっと逆らう事なく即座に降参する！　きっと食糧不足に陥ったまま籠城中の聖都の中では、お腹の鳴る音が大合唱を奏でているんだろう。だってカステラでお腹いっぱいの私達のお腹ですら、大合唱で輪唱の響きが鳴っているんだから間違いないの！

「ああー、良い匂い（泣）」「うん、美味しそうだねー……」「「「うん、この匂いは無理だよ（泣）」」「ええ、うちの王都も落とされましたから」
悪辣極まりない。だって蒲焼さんの美味しい匂いは、絶対兵器なんだから！

## たとえ吊ってあっても引力に引かれている以上は広義な意味での落とし物だ！

115日目　早朝　教国　大聖堂

悪い知らせは図ったかのように次の悪い知らせを呼び寄せる。絶対の安全地帯である大聖堂内の再生機能が不全に陥り、警護の騎士団は壊滅状態。僅かな人数の破壊工作員に完膚なきまでにしてやられ、決して落ちぬと言われた大聖堂は恐慌状態だ。味方を強化しつつ、再生と回復を与え続ける加護の力。そして敵を弱体化させる強制能力制限こそが大聖堂の最大の秘密。そう絶対だったのだ、だから我等は！

「何故だ、有り得ん」

だから敵は能力は狂わされ、Ｌｖ補正は制限される。そうなれば敵が高位の騎士であれまともに戦えず、こちらは能力を強化補正されて無限に回復し続ける無敵状態。それに加え大聖堂中央部は罠と魔法の仕掛けだらけの迷宮だ。まして方向感覚と距離感を狂わせる構造に、幻覚作用が付与された恐怖の迷路だったはず。何故こんなに簡単に上がってくる!?

「執政官殿、緊急事態です！」「知っておる、緊急事態でない報せなど無いではないか！今度は何事だ!!」

教皇のご乱心とでも言うなら、知らせてくれずとも疾うの昔から知っているぞ。我等にはもう大聖堂に籠城しながら、教皇の首と大聖堂の譲渡を条件に交渉するしか無い。最早、既に状況は最悪なのだ。一体これ以上何処に悪くなる要素がある。

「大聖堂の全機能、ほとんど停止しました。もう、加護も回復も再生も切れております。気付いた者達が次々に恐慌状態に陥って混乱中です、ご指示を」

それでは籠城すらできない。それでは交渉すらままならない。何より大聖堂に死などないと信じていたからこその絶対の自信。それ故に誰もが大聖堂の加護を求め、教皇に従っていた。もはや指示した所で本当に命の懸かった戦いに赴けるものが大聖堂の中に幾人いる事か。

「階段を封鎖させよ。これは神敵との聖戦であると告知し、逃げ出したものは斬り捨てるよう厳命せよ！　そして、あの長老衆はなんと言っておる!!」「奥の院の扉を閉ざしたままだそうです。現在も伝令が呼びかけを続けております」

不気味な老人共めが——代々一族で大聖堂の維持と調整をするための一族。その実は教会の者ですらない謎の老人達。

「大量の魔石と兵力の駐屯を条件に、教会に与したはずなのに裏切る気なのか！」

いや、あ奴らは大聖堂こそが大事。故にわからぬ……何故、大聖堂を護らないのだ!?

急に静けさを取り戻した執務室。伝令が途絶え、情報が途絶した。最奥の教皇の間では未だ狂ったような喚き声が騒いでいるが、今は教皇などどうでもよい。侵入者が死んだのならば速やかに大聖堂の復旧作業に入らねばならないというのに、状況がわからぬままに時だけが過ぎる。

「くっ、内と外へ兵力の2分が愚策だったのか！」

権力を集中させた結果が、狂い猿の我儘で連発される愚策による混乱。すでに大聖堂と聖都しか我等には残されていないとはいえ、聖都など敵ごと焼き払えば良いものを。

「敵の情報途絶」「ふむ、存外あの化物兎女が役に立ったのかもしれんな」

化物ではあったが、知恵のない獣を誑かすなど容易い事。侵入者と刺し違えてくれれば僥倖程度に思っていたが、案外と汚れた獣でも役には立つものだ。

「聖都の正門開かれました！」「聖都外での炊き出しに、市民が殺到とのことです」

だが、外はもはや止められぬか……だが大聖堂さえ無事ならば趨勢は決さぬ。

「アリーエール王女率いる軍が教導騎士団と合流、市民は概ね王家と王女支持で歓迎との事です」「外苑警備の騎士団からの報告が次々に途絶しております」

既に東部からの物流が途絶え、北部南部まで物資の搬入が滞り聖都は慢性的な食糧不足に陥っていた。故に教徒達の食糧は欠乏状態間近だった。その暴動を力で沈静化していたが、その戦力は壊滅していき聖都外で炊き出しを始められれば抑えられる訳がない。

「どうやら、外から大量の食糧を持って民を救けに来たと宣言されて、市民が暴徒と化して門の警備を襲い内側から開かれた模様です」「くっ、罰当たり共めが」

知らせが来た時には既に手遅れ。実際は門の警備が抗(あらが)ったかも怪しいだろう。

「王城で戦闘。既に教国軍が教会騎士団を殲滅(せんめつ)、王国軍に効果付与武装(スキル)が配備されているそうです」「大聖堂外の教会区は、次々に降伏中とのことです」

王が動く――全軍を挙げてでも攻め滅ぼしておくべきだった。笑えることに狂える教皇こそが正解だったとは皮肉なものだが、簒奪者(さんだつしゃ)の汚名を受けぬよう教皇と王女の婚姻を承認させようと軟禁状態で捨て置いたのが裏目に出たか。教会の権威に対抗する大義名分が解き放たれてしまっては、あの狂い猿の人望(カリスマ)では絶望的だ。

「何もかもが裏目裏目で吉報が一つもないとは」「どうかご指示を！」「指示が欲しくば、あの喚くだけの能無し猊下(げいか)にお伺いを立てよ！　私は知らん!!」

悪い知らせだけは引きも切らずに報じられる。何が起こったのか意味がわからず、どうなっているのか訳がわからぬ。戦う前から片っ端から壊滅しているのだ。手の打ちようなど在る訳もなく、意味もわからず何もかもが崩れ去って行く。

「教導騎士団本隊が謀反！」「大聖堂の地下水路を閉ざされました。聖都に潜んでいた工作員も次々に音信不通に！」

知らん、知らん、知らん！　この聖都こそが人質だった、聖都の市民と教導騎士団の家族を押さえてこその脅迫だったのだ。聖都を奪われれば反旗を翻すなど火を見るより明らか。これで壊滅しつつある残存戦力は半減し、教導騎士団の戦力と、その勇名がそのまま敵となったのだ。

「鐘を鳴らせ！　魔鐘だ！」「そ、それは……」

曰く『最期の時が来たれば、この鐘を鳴らせ。この鐘が鳴り響く時、終焉が訪れる』

──大聖堂に伝わる古の伝承。何が起きるかはわからず、ただ代々の教皇と大司教しか知らぬ言い伝え。聖都すら敵だと言うなら何が起ころうとも構うまい。このままでは処刑される道しか残っていないのだから。

教皇と長老衆の長のみが鍵を持つ最古の聖遺物。喚く教皇を宥めて鍵を奪い取り、最上階の教皇の間の更に上の塔に登る。今まで誰も登った事のない禁断の塔。そこに伝説の鐘が……無い？

「ああー、もしかして鐘？　俺が先に拾ったんだから俺のなんだよ？　優先順位を守ることこそが法の秩序というもので、わかりやすく言うと早い者勝ちなんだから俺のなんだよ？　うん、吊られ落ちてたんだよ？」「こ、殺せ！」

それが誰かも何かもわからぬし、意味もわからぬが必要ない。侵入者が此処にまで来ていた。だが鐘がない。遠目からも見えるほどの巨大な鐘が消えている。この小僧に聞き糺すしかあるまい……いや、この小僧は此処まで来たのなら逃げ道を知っている？

「ま、待て、殺さず捕らえ……っな、何を!?」

重武装の騎士を伴って来たと言うのに、逃げ場のない細い階段を登る事もできずに押し返される。真っ黒なマントとフードから見えるのは子供の顔と……黒い目！

「あ、あれは神敵だ、討ち取れ！」「「「はっ！」」」

　捕らえるどころではない。しかし、この小僧が黒髪の道化師……だとしても、あれは王国への恫喝(どうかつ)と見せしめの為(ため)の神敵認定だった。この小僧自身は何の力もない詐欺(ペテン)師のはずだ！

「いや、神敵さんだけど、別に俺が自称してる訳じゃなくって勝手に付けられたんだけど、付けたのってここじゃないの？　まあ、神(じじい)の味方でも信者でもないけど、普通の男子高校生さんは神(じじい)嗜好(フェチ)趣味な御趣味は持ち合わせなくて至極当然なんだよ？　うん、自分達の変態趣味(アブノーマル)を押し付けて異端認定とか神敵認定とかされてもいちいち知らないよ！　だって俺はいつだって正常(ノーマル)で清浄な心を持った男子高校生さんだから爺(じじい)より美人さんを大信仰なんだよ！　異論はボコる!!」

　兵に任せて逃げる。内から扉を閉め鍵をかけてようやく息をつく。

　あれは何だ、私は一体何を見た！　自分の目が信じられず、自問を繰り返す。偽りの政治的理由の神敵(いけにえ)だった小僧がいた。だが、その姿は体中から蛇を生やし、異形な何かを肩に生やした化物だった！　兵は次々に苦しみ藻掻(もが)きながら倒れるか、石像のように硬直して微動だにしないまま蹴り落とされていったのだ！

「何故、本物の神敵(バケモノ)が現れる!?　私は悪夢でも見たのか!!」

　皆が私を注目している。だが、声が出ない。頭が混乱し説明のしようがない。見たままに話せば気が狂ったかと思われるだろう、自分でも気が狂(ふ)れたとしか思えない。当たり前だ、あんな所に誰かが居る訳がないし、そもそもあんな化物が存在する訳がない。

なのに、背中越しに振動を感じる。今も必死で扉を叩く音が聞こえる……そして、いつしかそれも止み、ただ残酷なほどの静寂が戻る。

よほど私の顔が強張っているのか、皆が私に注目している。あの騒がしい気狂い教皇ですら無言でこっちを見ている。否、狂ってるのは私なのだろうか？

「い、一体何が？」「外へ出た者達は？」

脳裏に焼き付いた光景。笑っていた、笑いながらゆったりとした足取りで一段一段を一歩一歩下りてきた。完全武装の兵が群がり、押し返しているのに全く歩みを止めること無く歩いてきた。その笑う顔こそが恐怖だった、その目は汎ゆる物を呑み込みそうな闇の坩堝のように黒かった。

「ぐげえええええええぇ！　ぐうぅ、ぶっ、無礼者めが、わ、我は教皇おぉ……ぐがごあああ――っ！」

まだ悪夢を見ているのだろうか。万華鏡のように煌めき輝いて降り注ぐ、天窓の色硝子の色様々の光と輝きの破片の雨。その極彩色の輝きの雨の中に、ただ黒く黒衣の少年が静かに佇んでいる。聖座と呼ばれる教皇の間の中心に在り、一際高い教皇専用の豪奢な聖遺物の椅子から教皇が蹴り飛ばされて無様に転げ落ちる。

「上の鐘がここに落ちるのかー……なるほど、ここが魔力の中心で、ここに呼び込んで仕留める設計？　ふむふむ、じゃあこの椅子も魔道具だし、落ちてるんだから拾っとこう？

よいしょっと？　んんー、さっき拾ったでっかい鐘と、この椅子で閉じ込めたまま最下層まで叩き落として、鐘の音響効果で音波破壊で微塵に粉塵に変えて地下に封印……って、これは迷宮皇でもヤバいかも？　まあ、引っ掛からないけど、案外と万が一に世間知らずで素直な迷宮皇さんなら掛かるかも知れないし、掛かったらこれって結構な破壊力……あっ、ここに衝撃が加わったら崩壊するんだ!?　完全無欠で十全な設計だよ！　これで残ってた配下がいても纏めて最下層に叩き付けられて、降り注ぐ瓦礫の雨に叩き続けられながら埋められて圧死。そして迷宮皇には音響破壊魔法まで一挙に叩き付けて殺せなくても封印になる設計って、完璧だよ？　うんうん、あっ！　聖遺物が落ちてた!!　ひーろった！　うん、俺んだよ!!」

　教皇猊下が棒で叩かれ、冠を奪われる。そして足で蹴られて法衣を剝ぎ取られ、全身に身に着けた豪華な装飾をされた聖遺物まで毟り取られて惨めな肌着姿で蹴り飛ばされるのを誰もが黙って見ている。

　それは、まるで道化の芝居のように滑稽で、憐憫よりも失笑が似合う喜劇のような一幕。笑われるのは大陸全土の教徒を統べ、教会の最高権威を持つ教皇。そして笑っているのは道化師と呼ばれ、芝居では笑い者の黒髪の軍師。

　そう、我等が神敵として身柄を引き渡せと要求している張本人がそこにいる。その黒い瞳が嗤っている。いったい我等は何に言い掛かりを付け、一体何を呼び込んでしまったのだ？

我等が笑いながら見せしめに拷問に掛け殺すはずだった道化師が、笑いながら我等を見下ろし嘲笑っている。神敵の汚名を着せられて、哀れな生贄として惨たらしく処刑される見世物だったはずなのに……今は我等が舞台で転げ回り、睥睨されて嘲笑われている。

そう、たった一人の子供が高みから睥睨する。まるでそこに君臨する覇者のように笑い、何もかもがわからぬままに黒い恐怖が歩み寄る……そう、神の敵だと我等が運命し者が。

## 蝦蟇を猿顔にするという偉業を成し遂げた魔物は蹴飛ばしただけでドロップだった？

115日目　朝　教国　大聖堂

大聖堂は地下と地上からの侵攻に備えられた完璧な設計だった。そう、全く上から来ることが想定されていない設計思想。そして聖堂の頂上は魔力の集積と吸収の為の設備で、魔法で厳重に守られてはいるが物理防御力は低かった？　うん、来ちゃった？

そして魔力を集め、放出する部位に当たるのは頂上中央の装飾硝子で作られた天窓。そう、そここそが最大の穴。

だけど、その前に前回空歩で上がってきた時に気になっていた塔。そこに吊られた大きな鐘が妙に目を引いていたんだよ？　うん、鐘目の落とし物の予感だ！

「あぁー、やっぱり魔道具だったんだ……うん、音響兵器？　音波兵器の内部に閉じ込めて、反響の振動波で粉砕破砕ってエグいな！　まあ、吊られてるって言う事は引力に引かれるって言う事で、つまり重力場に引かれ落ちている過程の落とし物という広義的解釈で落ちてたんだから拾っとこう？　うん、これは結構良いものだよ？　この鐘の中に莫迦(ばか)達を詰め込んで、嵐のような16ビートの連打を浴びせ続ければ莫迦だって破砕されて賢くなるかもしれないよ、今度試してみよう？　丁度良く連打に良さそうなバールのようなものも有るんだよ？」

　鐘を下ろして、1回置いて——落とし物を拾う。うん、3秒経(た)ったんだよ？　そして何か下から来たから蹴り落とす？

「全く俺の拾い物を奪おうとは盗(ぬす)っ人(と)猛々(たけだけ)しいとはこの事だよ！　俺が拾ったんだから俺のなんだよ！　うん、金目の物かと思ったら鐘目の物だったんだけど、俺のだよ！　しかも吊り落ちてたのを、わざわざ1回下ろして置いてから拾ったんだから落とし主兼拾い主の拾得物保護法で俺のものって決まってるんだよ！」「ぐはっ、があぁっ!!」

　塔から降りる階段で扉？　だけど中央はあっちの天窓だよね？

「あぁー、もしかして鐘？　俺が先に拾ったんだから俺のなんだよ？　優先順位を守ることこそが法の秩序というもので、わかりやすく言うと早い者勝ちなんだから俺のなんだよ？　うん、吊られ落ちてたんだよ？」「こ、殺せ！」

　迎撃は蛇(ヒュド)さん、鶏(コカ)さん、蜥蜴(バジ)さんの猛毒と状態異常の一斉攻撃。もう、大聖堂の加護はない。そして殺せと言うからには殺される覚悟も有るのだろう？

「あ、あれは神敵だ、討ち取れ！」「「「はっ！」」」

また、神敵扱いだよ。俺は全く敵対しないで、一方的にボコるんだからせめて神叩き（しんボコ）くらいにならないかな？　うん、それもなんか嫌だな!?

「いや、神敵さんだけど、別に俺が自称してる訳じゃなくって勝手に付けられたんだけど、付けたのってここじゃないの？　まあ、神（じじい）の味方でも信者でもないけど、普通の男子高校生さんは神（じじい）嗜好趣味（フェチ）な御趣味は持ち合わせなくて至極当然なんだよ？　うん、自分達（たち）の変態趣味（アブノーマル）を押し付けて異端認定とか神敵認定とかされてもいちいち知らないよ！　だって俺はいつだって正常（ノーマル）で清浄な心を持った男子高校生さんだから爺（じじい）より美人さんを大信仰なんだよ！　異論はボコる!!」

　邪魔な苦しみ悶（もだ）えるおっさん達をボコりボコり階段を下りて行く。突き当たりには扉、それが目の前で閉ざされて――滅茶（めちゃ）感じ悪いな！

「ま、まさか日（N）なんとか引（H）き籠（K）もり協会の方から来たと思われちゃったの！って、あれって空に有るの!?」

　まあ、最初からここから入るつもりはなくって用事も入り口も上。大聖堂の頂上に位置し、ほぼ中心にある天窓。その直上になるように鐘は吊られていた。

「やっぱ、天窓（ここ）が集められた魔力を中へと注ぐ放射用の仕掛けだよ？　つまり、この下が最も魔力の強い部分か……まあ、つまり罠（わな）だな？」

だから割る。何故ならば昔の男子高校生とは、窓硝子を壊して回る習性があったと言われているんだよ！　ちなみに盗んだお馬で走り出す習性もあったと言われていて、昔の男子高校生さんも大変にご苦労をされていたようなんだよ？

「ぐげえええええぇ！　ぐうぅ、ぶっ、無礼者めが、わ、我は教皇おぉ……」

うわっ、何か踏んだ！　ちょ、感触がキモかったから蹴飛ばしたけど、猿顔の……蝦蟇？　うん、新種の魔物なのだろうか。かなり不細工で喧しい生き物なので蹴り落としておく。成程、鐘とこの椅子が相乗効果で破壊する兵器であり封印。

「上の鐘がここに落ちるのかー……」

玉座の放つ魔力に惹かれ辿り着くと、落ちて来た鐘が玉座と合わさり封印になる仕掛け。その効果は内部の音響破壊魔法、その密閉空間で反響する振動波で延々と破壊し尽くす玉座の牢獄。そして大迷宮の最下層まで叩き落とされて、崩落する大聖堂の膨大な瓦礫の質量で押し潰される……だから此処は封印で墓所。此処はその為に造られ、護り遺された大迷宮と戦った遺跡だった。

「全く、護りたかったのか、殺したかったのか……」「ぐげえっ」

よく見たら鳴いてる猿顔の蝦蟇は魔道具を持っていた。珍しい魔物なの？

「まあ、転げ落ちてたから、持ってる物も落とし物だから拾ったんだよ？　うん、俺のなんだよ？」「ごぎゅうぉおおおっ!!」

ドロップ品ゲット！　そして、血飛沫が血風を巻き、空気が朱く染まる。此処に良い奴はいない。恨みの有る奴も此処には居る。だから手加減してやる謂（い）われもないし、言われてもおっさんばっかりだからボコる！

「討ち取れ！」「侵入者はたった一人だ！」「殺して構わん、殺（や）れっ!!」「非常事態だ、猊下（げいか）を巻き込んでも構わん、許す！」「ま、待つのじゃ……うひいっ!?」

殺到する殺気、卒倒する猿顔蝦蟇？

「ふっ、鬼に金棒、男子高校生にバールのようなもの！　でも、女子高生にモーニングスターは危険過ぎる組み合わせだから禁止して欲しいものなんだよ？　うん、銃砲刀剣類所持等取締法も銃砲や刀剣類ばっかり苛（いじ）めて鉛筆も削れなくする暇があるなら、鎖付棘棘鉄球棍（モーニングスター）所持等取締法こそを施行すべきなんだよ？」

うん、誰がどう考えたって刃渡り五・五センチのちんまいナイフ持った奴より、モーニングスター装備の鉄球を振り回す女子高生の方が絶対に怖いよ！

「うん、賢者の石問題についてはともかく、やっぱ、おっさんをボコる時はバールのようなもので殴るに限るな？」

剣を砕き、甲冑（かっちゅう）を貫く。異世界でもとっても便利な万能工具（バールのようなもの）で、最上階にいたおっさん達をボコり、装備品も毟（むし）り取って一度ちゃんと床に置いて落とし物にしてから拾う。そして纏（まと）めて蜥蜴（バジ）さんの毒で硬直させる。

「うん、全員主犯格だから全員シスターっ娘（こ）に引き渡そう？」

そう、宗教は連帯責任。だって聖職者の犯した罪を認めない宗教なら、そんな犯罪組織なんてこの世に無い方が良いに決まっている。権威を失わぬように過ちを認めず、言葉で濁して無かった事にしようとした時に宗教は神の言葉を騙るペテン師の集団に変わる。

「大体、その語った神が呆けてたらどうすんの？」

全員一応縛っておいたけど、おっさんを縛っても何も楽しくない。当然エロい展開もお断りだ！　騒ぐ喧しいのはバールのようなもので優しく撫でたら大人しくなったけど、おっさんという物は何故に斯くも煩わしき物質なのだろう？　ウザいな。

そして問い質して質問する。此処にはいない本当の黒幕の居場所を。全ての始まりから大聖堂にいる、長老衆のいる裏側への入り口を。大聖堂と全ての聖遺物を管理し、教会と歴代の教皇を裏から操る真の黒幕に会いに行こう。うん、聞きたいことが有るんだよ？

「何か暗い、狭い、貧乏くさい。うん、思ってたのと違う！　もっとこう、お宝ザクザクで囚われの美女満載でキャッキャウフフな展開を思い描いてたのに地味だよ!?って言うか誰もいないじゃん……何か一人で喋ってたらぼっちで友達いない可哀想な人みたい……ぐはあっ！　精神攻撃の罠だったのか滅茶効いてるよ！　恐るべし、長老衆の罠!!」

お返事はないらしい。一際堅牢で装飾の一切ない剝き出しの石壁が並ぶ薄暗い通路。清潔だけど質素というより余りにも生活感の無い倉庫のような造りで、教会の陰で栄華を極め贅沢をしてるのかと思ったら質素な倹約家さんで吝嗇家さんみたいだ。魔導ランプすら必要最低限の、暗くただ永い通路。

さっきの精神攻撃の罠以外には警備も罠もなく、ただ永い回廊を進む。閉ざされた扉を開けようか壊そうかと逡巡していると、迎え入れるように内側へと扉が開く。呼吸を整え、練気を高めながら進むと次々と扉は開かれ……だけど人の気配がない。罠かな？

ただ、人とは思えない僅かな気配が待っていた。それは巨大な古木のような静かな気配と消えそうな僅かな生気。それ以外は死に絶えている。これは全てが滅んだ後の静寂。

そう、此処には死に逝く者達の醸し出す荘厳さが室内を満たしている。うん、完全に予想外の展開だ、汎ゆる可能性を列挙し吟味した中に無かった可能性。マジで教会どころか宗教や神すら全く無関係な人達――長老衆。

そして、もう衆と呼ぶには残り僅かで、口を利けそうな者も一人しかいない。後は風化して崩れ去る者と、崩れ去るのを待つ者達だけ。大迷宮の再生が消え、遂に引き延ばしていた寿命が訪れたのだろう。

どれほど永い間こんな何もない部屋にいたのか想像もつかない。そして今も魔力を集めて生き延びようとした形跡すら無く、その顔は安堵するように笑みを浮かべている。

「お待ちしておりました強き方よ。我等は長老衆と名乗る、今は大聖堂と呼ばれる封印の管理人でございます。この封印の堂を建立され、我等に託されし賢者ザッシモフ様からこの大聖堂すら踏破する強き者が現れるのを待ち、そして伝えよと申し付けられておりました」

賢者ザッシモフ――それって！

「主の言葉は『この大迷宮の封印、大聖堂を踏破せし強き方よ。どうか正教の聖女ファレリア様を、そして異教の聖女ネフェルティリ様をお救い下さい』と。永き永き間お待ち申して居りました。嗚呼、大聖堂が朽ちる前にお越し頂けて良かった。これ、で……やっとザッシ、モフ様の……もとへ――」

頭を下げながら、それだけ言うと木乃伊のように乾涸びた老人達は朽ち果てるように砕け、塵となって風になり消えていった。そう、この大聖堂と呼ばれる封印の巨大魔道具の製作者の名は賢者ザッシモフ……知ってる人だった!?

「ちょ、それって『ハァウ トゥウ 魔道具！』の作者さんじゃん！　全く、こんなでっかい魔道具まで作って、大迷宮と死んだ後まで戦っていたっていうのに……」

その守った者達から著書を禁書指定されて発禁だったなんて……まあ、タイトルがな？

そして、そこまでして人々を護りながら、その願いはたった2人の聖女を助けることだった。しかも1人は踊りっ娘さんだったんだよ。

「そして、その願いを叶えるために大聖堂で永遠の時を再生され続けて、不死のまま言伝を護り続けた老人達はようやく全てをやり遂げたドヤ顔で灰になって崩れ去っていった……って、それ俺に全部丸投げられてるよね!?」

大迷宮を倒す術がなかったのか、聖女を救う手立てがなかったのか。だから大迷宮の魔力を吸い上げながら封印し、いつか救けることができないまま迷宮を抑えきれなくなった時は――全てを終わらせようと大聖堂を用意し、それでも待っていたのだろう。死しても願いを諦めないまま、永劫の未来に望みを託して……そして俺に丸投げられた!!

「まあ、踊りっ娘さんの知り合いみたいだし、その踊りっ娘さんも救おうってずっとずっと頑張ってくれてたんだし？」

それにタイトルについて言いたいことは山程あるけど、それでも『ハァウ トゥウ 魔道具！』シリーズには随分とお世話になった。

「お爺(じい)さん達も勝手に託して、勝手に満足気にドヤ顔で消えていったし？」

俺は約束を破るのも、頼みを断るのも超得意なんだけど……相手が居なくなっちゃったら、約束も願い事も反故(ほご)にできない？　全く勝手に頼んで勝手に満足して勝手に消えて。

「これだから最近の老人には困ったものなんだよ？　全く我儘(わがまま)だな？」

大聖堂を裏から操る教会の闇の一族だと思っていた長老衆は、地下の大迷宮を押さえて人々を守り、来たるべき氾濫(スタンピード)のために備える戦士達だった。なのに永い時を経て、自らは戦えない身体(からだ)に零落(おちぶ)れ教会を取り込んだのだろう。

大聖堂から一歩でも出れば朽ち果てる身に成り果てても、大昔の約束を果たそうと気の狂いそうな永い時を生き抜いた一族。それが大聖堂が再生の力を失い最期を迎えた。それでも待っていたんだろう——この最期の言葉を伝えるために。うん、ドヤられたんだよ？

「そのためだけに、ずっと死ねなくて。それがやっと使命を果たして逝けたから満足気で、誇らしい最期の顔(ドヤ)って……」

永い永い約束を果たして、あんなに満足気に逝かれたら反故にできないじゃん？　あの誇らしげな死に顔(ドヤ)は、誇り高く生きたからだ。その誇りなんて大層なものを伝えるだけ伝えたら話も聞かずに逝きやがった我儘な爺だったんだよ。

「まあ、俺がその大聖堂をぶっ壊しちゃったんだし、断り辛くは有るし、『だが、断る』って言う相手も笑いながら塵になって風に乗ってどっかに逝っちゃったんだよ？　全く年寄りっていうものはせっかちで我儘で、若者や男子高校生の言う事なんて全然聞かなくて困ったものなんだよ……うん」

結局、救いたいのに救えなくて封印した。そして止められないのなら、最期は我が手で殺そうとした我儘。それは決して聖女さんに誰かを殺させないように、救けられないのなら死なせてあげたかったのだろう。まあ、もしかしたら——最期の時まで、その決断ができなかったのかもしれない。

もう、誰もいなくなった広間の、その壁に在ったのは古く朽ち果て風化した壁画。羅神眼だから辛うじて視えるほど風化して劣化した古の伝承。

『かつて世界を最古の神が創られた。そして世界は永い時を終え終焉に向かった。だが最古の神は新たなる神を呼び寄せ、生きとし生ける者の全てをお救いになろうとされた。

そして新たなる神は世界を滅ぼす闇を魔法に変え、世界に魔法を齎されて闇と戦う力を与えられた……』

これが一番古い伝説、最古の神の伝承だ。王国の王宮の書物にも、獣人国の語り部の伝承にも残っていない世界の最初。俺だけが『村人Aさんの日記』で読んだ最も古い言い伝え。それは魔法もステータスもなかった時代の終焉と、剣と魔法の世界の始まりの遠い昔の物語。

「でも、その魔法で救われたはずの世界は、その魔力で生まれた魔物で滅びそうだったんだよ？　うん、始まりの女神って始めておいて無責任だよね？」

次の壁画には戦女神の伝承。それは最古の聖女にして一度は魔を辺境まで追い込み滅亡寸前に追い込みながら、人に裏切られ迷宮の底に落とされたという伝説の悲劇の一幕。此処からは辺境と王国に伝承も在り、獣人国の語り部も知っていた。エルフっ娘も知っていたし、此処からが正史の始まりになり……村人Aさんの日記は此処で終わっていた。

そして最後の3枚目には、2人の聖女が描かれている。最古の神の巫女（みこ）と、新たなる神の巫女。これが真実なら、これが踊りっ娘さんと眠りっ娘さんの過去。

だから世界樹の杖（バールのようなもの）で粉砕する。うん、こんな悲しくて救いのない過去なんて思い出す価値もない。

「2人で力を合わせて、いつか戦女神を救い出そうとしただけじゃん？　それが裏切られて迷宮皇になった挙げ句、最期は2人で殺し合うとかそんな悲劇の幕切れなんてお断りなんだよ？」

最古の神に仕える踊りっ娘さんを、新たな神に仕える教会が異端とし魔女と呼び、騙（だま）して迷宮の底に落とした。そう、まるで戦女神の時と同じように。

それを聞いて、たった一人で迷宮の最下層まで辿り着き踊りっ娘さんを救おうとしたのが眠りっ娘さんだ。だけど、そこで力尽き最下層の闇に囚われて物語が終わる。だから破壊する。うん、こんな終わり(エピローグ)は認めない！

「全く以(もっ)て現代の男子高校生を舐(な)め過ぎなんだよ。本もない世界でやっと見つけた壁画は悲しい悲劇？　だが、断る！　超却下だ、だって面白くないいんだよ!!　うん、こんなもの見たくも読みたくもないから認めないし、ちょっと悲劇を書き直しに行こう？　全く今時こんなの流行(はや)らないいんだよ？　だから最下層(した)に行って駄目出ししてこよう。うん全く以(もっ)てプンプンなんだよ？」

　そして、その最古の時から暗躍する一派が神人派。神は人にその力を託されたが故に、人が神の後継者であり神の子である。そして自らを神の導き手と呼び、魔道具の生産を牛耳る一派。だから魔導ライトとかのしょぼい工房しか無かった。長老衆は黒幕なんかじゃなく、ここに居ない黒幕がいた。うん、やっと見つけたよ。

「なるほどー、大聖堂の危険さを知って毎日来るのに住み着かない一派。こいつらが仕掛けたのか……未(いま)だにそうだっていうことは、知っててやってるんだろうねー？」

　現教皇は傍流の王家の血を引くだけの新参の教派だ。最も古き初代教皇の派閥はわざと離れたところにいる。

「しかも大聖堂の魔力を大分吸い取ってる。だから大聖堂の維持力が激減したのか」

　きっと『ハァウ　トゥウ　魔道具！』の作者のおっさんは未来永劫の要塞を目指したっていうのに。いつか救われる日を願って、地下の大迷宮が死ぬ時まで朽ち果てない反転迷宮(リバース・バベル)まで造り上げたっていうのに。

「何もかもを台無しにする奴らがいるから、こんな面白くない悲劇になっちゃうんだよ？　うん、そんな一族は没るんだよ？」

そして、それが戦女神と2人の聖女の敵の一派だ。うん、潰そう。だってこいつらを探してたんだよ？　まあ、出る前に拾う物は拾おう。聖遺物の管理人の長老衆は消え去ったから、こんな危険な落とし物は放置できないし全部拾っとこう。

「うわあっ！　まさかの『保存版　ズィ　ヴェスツ　オブゥ　魔道具大全集』！　なんか禁書にして焚書した気持ちがよくわかるタイトルなんだけど、相変わらず中身は真面目一辺倒なんだよ……うわっ、これがあの魔導ライトの原点！　手を抜き過ぎて原形留めてないじゃん!?」

学者であり職人であり研究者だった賢者。使う者のことを考え抜き、頑丈さと燃費の良さを追求した記録。事細かに膨大な多様性の研究成果が書き込まれていて、その膨大な試行錯誤の資料まで丁寧に纏められている。それは、いつか誰かの役に立つようにと、ただその思いだけで書かれた本だった……タイトル以外は？

「これを世に残したかったのに……駄目魔導ライトが残っちゃったの!?　うん、あれ滅茶黒歴史だよねえ？　うん、もう俺が全部拾ったから証拠は隠滅なんだよ？」

やはり金儲けと物作りは相反する。人は易きに流れ、天秤は金貨の重さに傾くのが理だから。だから、これは遠い遠い昔の内職仲間さんの頼み。だから王国中の工房に広めてやろう。きっとこの明かりが魔の森や大迷宮を照らすことを信じて書き残したのだろうから……うん、儲かりそうだし？　そして窓から見下ろす。見下し、蔑み、眼下に睥睨し唾棄しながら侮蔑する。

「見ーつーけたっ！」

帝国派の教皇に与し、それ以前から教会を操り陰から教国を支配してきた教派達が立て籠もる聖堂。そのドーム状の造りは大聖堂よりも物理的に堅牢な要塞。狂信的で熱狂的な独善的人族崇拝の異端排除主義者の巣窟。あれこそが癌だから外科的治療が必要そうだ。うん。切除して、灼き斬って、完治するまで親切丁寧にボコろう。

「まあ、挨拶代わりにメテオなんだよ？　うん、初めまして、さようなら」

空歩で宙に舞う――目標は見つけた。うん、ずっと捜してたんだよ？　いつか絶対にボコるって決めてたから。

## 落とし物のお出迎えとは気が利いてるけど拾い尽くして落とし物が打ち止めだ？

### 115日目　朝　教国　大聖堂

聖都――先ずは私達だけで侵入し、大聖堂へと向かう。教国軍と教導騎士団が包囲しているのを、私達に気付いたシノ一族のお姉さんが通してくれた。だけど大聖堂は遠目から視えた純白の輝きを失い、今にも崩れそうな老朽建造物に変わり果てていた。

「これが……大聖堂？」「うん、今にも崩れそう？」「そ、そんな……」

それを遠巻きに聖都中の人が見つめている。教会の権威の象徴が朽ち果てた様を複雑な想いで見やっている。だけど戦場は大聖堂じゃなかった、離れたところにある半球状の聖堂……あれは要塞。そこに降り注ぐ岩石の集中豪雨で、岩の鉄槌が打ち付けられる。それでもびくともしない。そして一緒に降ってくる黒影――敵はあっちだ！

「「何事なのよ!?」」「いや、御挨拶なんだよ？」

御挨拶だったらしい？　その、激しい岩の打撃で狂騒を極め、教会騎士達が蜂の巣を突いて叩いて蹴り飛ばされたかのように、聖堂から飛び出してくる。そして……ネフェルティリさんに吹き散らされる。

「私達も！」「駄目、索敵スキルを使って！」「えっ！」

それは強い悪意や殺意の反応。遠巻きに見ている群衆の中から出てくる人達。普通の身なりの一般人だけど、その目はみな等しく尋常じゃない濁った輝きを湛えている。だから識別は簡単で判別は容易い。

中から出て来る教会騎士と、外から集まる怪しい人達。そして聖堂から現れるゴーレム達に街中に恐怖が伝播していく。その混乱こそが味方で、町の人々こそが武器なんだろう。そして逃げ惑う人達に紛れた、最も危険な狂信者達。

「は～い、いくよ～（ドッガーン！）」

でも、所詮は狂信者。そんな相手に真面目な策なんて無用で、煽れば勝手に暴れ狂うからこその狂信者さんなの？　だから、遥君のところへは絶対に行かせない。だって——私達は狂信者さんが大々々嫌いだから！

「狙いは神像！」「「「了解♪」」」「き、貴様ら！」「なんという罰当たりな!!」

先ずは無関係な人と切り分ける。そして、絶対に遥君の邪魔はさせない！

「この異教徒共が！」「汚れた黒髪めが！」「地獄に落ちろ！」「許さん、許さんぞ!!」

豪奢な神像が破壊される度に泣き喚き、飛び出し襲い掛かってくる愚者の群れ。次から次へと隊列も組まずに、怒り心頭で闇雲に突進して遠距離から狩られていく無能な無思考。見つからないよう攻撃されないように人波に紛れているから脅威。だけど、泡を吹いて飛び出してくるならただの雑魚。戦いにもならないただの卑怯者。

「次行っちゃうよ！　せいっ（バッガーン！）」「「「やめろ、貴様ら許さんぞ!!」」」

人の命よりこんな像が大事なら、誰もいないところで神の像と暮らせば良い。それなら誰も傷付けないし、そしたら誰も神の像なんてわざわざ壊さないの。でも、人の命よりただの像が大切になった時点で……それはもう狂信で宗教ですらない狂気。

「3番、行きまーす（ガッシャーン！）」「殺せ、神罰を下してやる!!」

弓っ娘ちゃんの遠距離狙撃で爆発して黒炎を上げ炎に包まれる自爆兵達。それは遥君が危険だと言っていた自爆攻撃すら厭わない狂人達。それは斬ると爆発する仕掛けを装備しているんだって……うん、だから何？

「総員、モーニングスター装備！　毎日遥君をボコって鍛えたモーニングスターでぶっ飛ばすよ！」「「了解！　装備!!」」

私達は中距離戦もできるし、何より私達には数があり装甲がある。そして遥君に護って貰い、いっぱい助けられてＬｖ１００を超えた。今身に着けているものは私達が死なないようにって、ずっと試行錯誤を重ね無理難題を超えて一心一意に鍛え一心不乱に作ってくれた至高の甲冑。それは壊れ果てる最後の時まで、絶対に私達を護ってくれるＬｖ１００超用の遥君の手作りの甲冑。そして全員が迷宮皇さんに鍛えられた、お墨付きで太鼓判の最強のモーニングスター使い！　自爆兵や死兵なんて児戯にも劣るの！　そんな物では私達は絶対に傷付けられてなんてあげないから!!

「総攻撃、鉄球制裁！」「「了解！　殲滅します！」」

爆散する人体に、炎と血肉が飛び散る狂乱。狂信者達は私達に近付く事もできず、自ら飛び出し自爆する前に鉄球攻撃でぶっ飛び爆散する。吹っ飛んでは仲間を巻き込み、爆発し誘爆して一斉に連爆する無意味な愚物。

あのＭＰを使えなかった状況では、遥君にとっては酷く苦手な相手だっただろう。だけど私達にはただ邪魔なだけの塵芥屑。こんな愚劣な教会の言うままに死ぬ狂人如きに遥君は焼かれて壊れながら辺境を護っていた。

ちゃんと戦えれば戦いにも成らない、死ぬ事しかできない屑達。それが、ずっと辺境を護ろうとしただけの遥君を灼いて壊し続けたの！

「こんな奴らにあの時、遥君は……潰す！」「ネフェルティリさんが初めて会った時にはもう襤褸襤褸だったって言ってました。死ねええぇ！」「ええ、どうして生きて動けるのかが不思議だったって言ってましたね。こんな塵芥共のために」

遥君が王国の戦争で最も苦戦し、切り札すら全部切らされた相手は塵のように消し飛んでいく。確かに自爆攻撃は苦手だっただろう。MPだって温存してたんだろう。

だけど……それ以上に躊躇った。助ける方法を考えてしまった。もしかして脅迫され強要されてるんじゃないかと心配してしまった。それこそが遥君が、こんな相手に苦戦した理由。絶対にそうだ！

なのに狂信者達は、その遥君を焼いた。刺して、砕いて、壊して、切り裂いて、何度も何度も破壊した。殉教したいなら一人で死ねば良い。勝手に仲間と死んで、大好きな神の下へ逝けば良い！　私達は絶対に許さない。あの日の事を聞いてから、ずっとずっと許せなかった。ここで会ったが百年目、不埒千万に八つ当たりなの！

「ほらほら～、来ないと神様が～……え～い（ゴオォガーン！）」「やめろおおおっ!!」

口から泡を吹き、血走った目で怒り狂って押し寄せる。うん、わざわざ狂って見せなくっても狂人風情が生意気だ！　豪華絢爛な神像の瓦礫に埋まって死ねれば本望なんでしょ？

「この神像は立派だねー、てえぇ～いっ（バッカーーーン！）」「ああー、こっちは首と腕が捥げちゃったー（テヘペロ）」「き、きさまらー!!」

爆炎が立ち込め、粉塵が立ち昇る。黒煙の向こうに遥君がいる。やっと会えた。

「目標発見、残敵を粉砕し疾風怒濤に消し飛ばせ！」「「「了解！」」」

そこには数え切れない無数の輝くゴーレムに囲まれ、戦う事もできない遥君と合流したネフェルティリさんがいた。身体を襤褸襤褸に抉られ、頽れそうな酷い有様。それを毟り奪い尽くすように襲い掛かる、邪悪極まりない笑みを浮かべた……遥君！

うん、ミスリル・ゴーレムさんだったんだね？　満面の笑みで無数のゴーレムに襲いかかり、錬金で溶かして身体を刳り毟って奪い尽くす残虐で残酷で残忍な光景だったの？

「あ、あれは物理も魔法も効かない最強のゴーレムでは？」「最強のミスリル合金で作られたゴーレムは……最凶の天敵に出会っちゃったね？」「うん、嬉しそうだね？」

それはもう戦いとも呼べない凶悪な情景。その強大な体躯で圧を掛け、豪腕で叩き潰しに掛かる無敵のゴーレム達。その破壊と殺戮の限りを尽くす身体は、錬成分解されてみるみる小さくなり、数は次々に減り遂には勢いは衰えていき……その感情のないはずのゴーレムの顔に絶望感すら漂っているの？

「この世に重力が有る限り、万物は万有引力に従うんだよ！」「「「うん、でもそれって万有引力って読まないからね!!」」」

最恐の魔導人形はミスリル成分を分解分離に遭い、みるみる身体を失い崩れ去っていく。あとには核の魔石だけが転がる静寂の世界と、儲かったとほくほく顔の遥君。そして、その様子をヤレヤレってしてるネフェルティリさん。

「おおーっ、器用にヤレヤレってしながら、沼から湧き上がってくるマッド・ゴーレム達を土塊に変え吹き飛ばす謎の体術！」「あれが噂の!!」「まるで喜劇のように飛んでいくマッド・ゴーレムと……悲劇に身体を毟り取られるミスリル・ゴーレム？」

　こう、覚悟を決めて戦って。色々気持ちを盛り上げ、沢山の思いを抱えて遥君に会いに来たんだけど……その思いも勢いも空転して、どっかに転がって行っちゃってるの？

「たった2人で沢山の魔物達と戦ってた味方に再会すると、普通はもっと感情的に盛り上がるよね？」「そうだとは思うんだけど……あの身体を奪われて、剝き出しのまま転がる魔石を見てると盛り下がるよ（泣）」「うん、色々あった思いが、全部ゴーレムさんへの憐憫に錬成されちゃったよ!?」

　そう、何度見ても涙が滲む、哀れと言うには余りにも無残なミスリル・ゴーレムさんの成れの果て。そんな深い悲しみなんかお構いなしに、遥君が聖堂の壁に手をつく。それで終わり。物理破壊困難な分厚い壁、その難攻不落な要塞は……とっても攻めやすいから簡単に落ちる。だって岩とゴーレムって遥君の鴨なの？

「「ああー、ゴーレムの核がいっぱい転がってるもんね？」」

　その頑強な城壁が歪み、形を変えてゴーレムに変わって次々と聖堂から剝がれていく。そのストーン・ゴーレム達が沼から湧き続けるマッド・ゴーレムを叩き潰し、核を引き抜いて遥君に渡す流れ作業。

「うん、これは内職の流れ作業！」「ああー、ゴーレム・メーカーの指輪」を持ってきてるんだ？」「それだと　偽迷宮は？」「もう王国は平和だし、ムリムリ城もあるから偽迷宮要らなくない？」「今は王国の王宮からパクってる『千古不易の罠(わな)』で、トラップ迷宮に変わって大人気で挑戦者が後を絶たないんだって？」「いらないんじゃないのよ!!」「結構人気でお土産屋さんも繁盛してるらしいよ？」「まあ、また茸形(きのこ)辺境ペナントだけが沢山売れ残っていたけどね」「「「うん、あれって、どんだけ余剰在庫があるの!?」」」

　要塞の石壁はストーン・ゴーレムになって次々と無くなり、その壁だったストーン・ゴーレムさん達が解体作業を始めちゃうと……うん、崩落するよね？

「迷宮とか建造物とかを信じたら駄目なのに……」「うん、どうして気付かないんだろうね、何かを作る人は何かを壊すのもとっても得意なんだって」

　そう、要塞に籠もるなんて愚策で下策で無策よりも酷いよね？　そうして挨拶代わりの巨岩(メテオ)の雨すら耐えた強固な要塞は、主要構築部位(ストーン・ゴーレム)を失い崩れて瓦礫の廃墟(はいきょ)に変わる。中からは乾涸(ひから)びた老人達が逃げ出して、皺々(しわしわ)の触っただけで折れそうな乾涸びた身体で這(は)うように逃げ出すが誰も助けない。そう、誰も許さない。

　その後ろで静かに笑う。笑いながら、その瞳は怒り狂っている。遥君があんな瞳をする相手は、きっとアンジェリカさんやおそらくネフェルティリさんを迷宮に落とし、その偉業を貶(おとし)めた相手だけ。

　優しい人なの。だから、誰かを護ろうって頑張ったの。だから辛(つら)くても苦しくても戦った、ずっとずっと戦って護り続けて悲劇に立ち向かった。そんなアンジェリカさんを酷い目に遭わせ、それを貶め貶(けな)して教義として教え広めた一族。それを正義と騙(かた)り、永遠に生きようと足掻いた老害達が哭き喚く。

「神への反逆者じゃ、我等を助けよ！」「神のために戦うのじゃ、神を汚す者共じゃ！」

「何をしておる、殺せ！　神罰を与えよ！」「許さん、許さんぞ!!」

お年寄りを労る？　それは何か正しい事をした人のお話。人を裏切り、人に非ざる事をして人を騙らないでね。憐れそうにしたって絶対に許さない、眼の前で死んだって許さないし死んでも永劫許さないからね。

「怒ってるねー？」「罪を贖ってもいない者が、崇められる訳ないでしょ！」「悪い事しながら年を取ったって、増えるのは罪状だけなのよ!!」

あんな暗い地の底でずっと一人ぼっちだったの。それでも人を護るために、闇に抗って永劫の痛みと苦しみに耐えていた。永遠の孤独な闇の中を、ただ殺してくれる人が現れるのだけを待ち続けていたの。だから、年老いて朽ち果て砕け散っても許さないし、ここまで来て縋り付いてきたら容赦なくその手を踏み潰す。絶対に、あなた達だけには許しなんてない。死ぬ事すら許しがたいけど、生きるなんてもっと許せない！

「我等は神の使徒であるぞ、何故助けぬのじゃ！」「この異端者共め、小奴らを討たねば異端審問にかけるぞ！」「許さぬ、我等は最古にして唯一の真理を説くものじゃぞ！」

まあ、私達がどれほど怒り狂っても、怒るだけだからね？　だって本当に怒ってる人が後ろで静かに笑ってるよ？

「あの笑顔は本当に怒ってるねー？」「「「うん、笑顔が怖い！」」」

撒き散らされる重い恐怖に震えて振り返れず、爪が剝げ、腕が折れても必死で這い摺り逃げ惑う。引き摺る身体が削れ、肉が削げ落ちても這い回る。だって……怖いから。

うん、『再生』を掛けられてるから死ねないんだね？　死にたくなくて人々の幸せを奪い続けて生きてきたのに、今はもう死にたがっても認められないんだね。ほら、すぐ後ろにいるよ？

その身なりは立派で、今も随分と立派な言葉で立派な立場を喚いて立派そうに振る舞っても容赦なんてしない。誰よりも立派に生き、誰よりも尊い人達を裏切り、その死すら汚した汚らわしき者にかける優しさなんて欠片もないの。それは人である者が、決して汚してはならないものだったんだから！

「ひいいぃっ、貴様……あぁ……」「やめろ、罰当たりな……あああぁ!!」

そして振り向く。その恐怖に思わず振り返り、その黒瞳を覗き魂の煉獄に堕ちる。それは坩堝、それは奈落、その永遠に続く地獄巡りへの永劫の旅路。

「ちょ、ちゃんと目を見てお話しましょう、そうしましょうって習わなかったの？」

魔眼――あれは暗示とか催眠とかそんなちゃちなものじゃ無い、真の魔眼が見詰める。目と目があった瞬間から精神の地獄へ閉じ込められ、恐怖で顔を歪めて骨が折れても激しく震え続ける。それはまるで哀れな老人を残酷な永遠の悪夢に引き摺り込む悪魔のように……だけど、私達はその人の瞳がどんなに優しいか知っているの。優しい瞳で子供達を見守る、その瞳をいつも見ているから。だから決して恐れないし、怯えたりなんてしない。

「えっと、ムンクの叫び？」「「「ああー、既視感はそれだ!!」」」

やっと仇が討てたんだね。それは、もう手遅れで今更どうしようもない無意味な事かもしれない。今更罪なんて償わなくっていい、ただ罪の重さを思い知って恐怖に苦しみ抜いて死んでいけばいい。だって、もう……死んだって許される事はないんだから。

## お化け屋敷のお化けに襲いかかり蹂躙する女子高生は出入り禁止になるだろう。

### 115日目　朝　教国　聖堂跡

甲冑委員長さんとスライムさんだ。ぽよぽよと跳ねてくるスライムさんを抱きかかえ、小走りでやってきた甲冑委員長さんにありがとうの頭撫で撫でしていると女子さん達も合流……その手に手にモーニングスターを持った女子さん達が、包囲の輪を狭めるように近づいてくる！　そして、その視線の先には完全武装で教導騎士団と行動していた獣人姉妹がこっちに駆けてくる。

「「「やっぱり増えてる！」」」「うん、しかも獣人さんだよ!!」

　実際問題として過去の話を甲冑委員長さんと踊りっ娘さんに伝えた方が良いのか、伝えるならばどう伝えるのが良いのかを女子さん達に相談したかった。だけど、手に手にモーニングスターを持っている。女子の気持ちなんて男子高校生にはわからない、何故モーニングスターを持ってるのかもわからない!? わからないけど怖い? うん、逃げよう!!

「「「何で逃げてるのよ!?」」」「はっ、さては疚しい事を!!」

獣人っ娘達で鍛えた新たな技「僕の棒カステラをお食べー!」で、お久の挨拶と共にお口に突っ込んで片っ端から塞ぐ。そして偵察任務の華麗なる潜入の報告書だけを提出して、大聖堂へ戻り礼拝堂の祭壇を叩き壊す!

そう、ここが大迷宮の入り口。氾濫は起きていないが、魔力は高まっている。封印が解けた以上は、何時何時に氾濫が起きてもおかしくはない。そう、決してモーニングスターが怖かったから逃げているわけではないが、怖くなかったとは言わない! ついでに獣人っ娘達も任せてきた。そう、だいたい困った時は智慧さんか委員長様に丸投げすると問題は解決するんだよ?

「うん、ヨロ!」

そして頼まれてしまったし、きっと踊りっ娘さんの友達だ。実際問題として助けられる可能性は無いに等しい。闇に囚われても、乗っ取られなかったこの2人が奇跡なだけだ。だけど、救けられないのならせめて終わらせてあげよう、ずっとずっと誰かのために頑張って、身を捨ててまで踊りっ娘さんを助け出して——そこで闇に囚われた聖女さんの永劫の苦しみを。そして闇に支配され、護りたかった人達を自らの手に掛けるなんて残酷過ぎるから。だから最期かもしれないから……踊りっ娘さんも連れて行こう。

壁画に描かれていた、この大迷宮の物語の最初の迷宮皇は踊りっ娘さんだった。だから現在は2代目の迷宮皇さんがいるはずだ。それが、おそらくは囚われた正教の聖女さん。それが変なタイトルのおっさんが助け出したかった、もう一人の聖女。

「じゃあ久しぶりな気がする割に、いつも通りにまったり感でやっぱりいつも通りに言うのもあれなんだけど……俺の分は残してね？」（ウンウン、コクコク、ポヨポヨ）

うん、久しぶり目つ、いつも通りのお返事だ。つまり……抜け駆けの超加速！・アンデッド・ヘルハウンドのドロップ『疾駆のアンクレット　ＳｐＥ30％アップ　加速30％アップ　疾走　疾駆　跳躍　足技　瞬歩　超加速』の効果で、速度が上がった利を活かし加速して高速移動で疾駆する！　そして超加速！

「だって。絶対そのお返事は譲る気のないお返事だよね！　うん、過去の経験から導き出された結論にして真理で、わかりやすく言うと毎度おなじみのいつもの日常的な早い者勝ちだよね!?」（ウンウン、コクコク、ポヨポヨ♪）

道を塞ぐゴーストっぽい魔物を速度を緩めずに浄化して下層に向かう。群れは火葬で屠り、最速のまま下を目指す。

「うん、甲冑委員長さん達の速度と互角まで加速できてるけど、直線番長な効果で曲がり角の加減速と進路取りが厳しいだよ！」

辛うじて喰らい付けている理由は、複合してからずっと地味に役立つ『吸着のブーツ：【壁や天井に立てる】』のグリップ感。そう、クッション性も良いスニーカー感溢れる地味だがお役立ちの素敵装備だったりする。うん、大聖堂の壁や天井に張り付いてたイモリな暗殺者（おっさん）達から、下位互換の『接着のブーツ』を大量入荷したから改造したら売れそうだな？

「疾（はや）っ！　もう、甲冑委員長さん通背剣を会得しちゃったの！　それって悠久の歴史があるから一瞬で開眼されると悲しまれるんだよ！」

36階層でも速度は落ちない。だって無理に敵の数を減らす必要もない。この程度なら女子（JK）さん達の蹂躙壊滅騎士団は傷一つ負う心配はない。そして多分俺に心配されたくない、心配をかけないように強くなっている。うん……あれ（JK）って元の世界に戻しても、元の世界さんは大丈夫なんだろうか？

「って、一刀で進路（コース）が開通ってズルいよ！って、そこでまさかの通背ぽよぽよ!?　しかも魔物をふっ飛ばしながらスライムさんまで吹っ飛んでて速いな!!」

実際この程度なら『世界樹の杖（バールのようなもの）』の二刀流はMPの無駄。だけれど、最下層までに慣らして調整を済ませる――だって最下層には絶対に闇がいる。

そしてなにより装備能力全開で駆けないと置いて行かれるんだよ！　うん、全く久々の迷宮だと言うのに格好良いポーズは1階層でしかできなかったほど忙しい!!

「通背凶器（バールのようなもの）！　通背凶器（バールのようなもの）！　通背凶器（バールのようなもの）！って、もうバールで良いんじゃない？　いちいちバールのようなものって言い難（にく）いんだよ？」（ポムポム？）

そして迷宮だからこそ実感する『天魔のローブ　ALL30%アップ　全強化　魔力魔術制御（特大）　魔力整流　魔力循環増幅　効果調整相乗』、魔纏（まてん）が強化されつつも安定感があるし調整しやすくなった感すらある。できれば武装強化の自壊分を装備強化で補えると良いんだけど……常に自壊要素が多めな成分表示らしい？

「ほらー、踊りっ娘さん。やっぱ教えちゃったから俺が不利……って、通背三角蹴りで加速(アクセル)だと――――！　うん、通背拳ってなんだったたっけ!?」

　駆け抜け、抜け駆け、抜け抜けとドヤってる。くっ、遭遇した魔物の大半がバールのようなもので殴られる前に魔石に変わる。迷宮皇級3人相手に出し抜くのは至難の業、一瞬でも格好良いポーズを取ろうとすると魔物さん達は消し去られてしまうデッドヒート！

「だって、バールのようなもので格好良いポーズは結構難しいんだよ？　うん、どうも解体作業員風になっちゃうんだよ？」（プルプル）

　まあ、教会の神人派は全部俺がボコっちゃって、復讐(ふくしゅう)もできなかったから御不満で力が有り余っているのだろう。あと……通背拳が気に入ったのだろう？

「でも、通背ぽよぽよは想像を絶する破壊力だったんだけど、ゴーストさんって通背拳でふっ飛ばして良いもんなの？」（ポー……ヨー……ポー……ヨ――――!!）

　最短距離を一気呵成(いっきかせい)に踏破するから速い。加速状態で突っ込むから、魔物も出遭って即座に瞬殺だ。後ろに殲滅部隊(じょしこうせい)がいるからこそ可能な速攻戦術。武仙術によって最適に錬成された身体(からだ)が合理的に無駄のない動きを可能にして、超加速状態での戦闘を可能にする。うん、成長期って凄(すご)いんだよ？

「あっという間の50階層で、お久しぶりの階層主さんは轢(ひ)かれてお亡くなりに……いや、

久しぶり過ぎて忘れてたんだよ！　真ん中に立ってたら危ないって？」（ウンウン、コクコク、ポヨポヨ）

急ブレーキで止まった時には、４人の通背踏ん付けちゃったで轢死されて歴史に残る大迷宮の階層主さんは何だったかもわからずに魔石になってしまった。

「うん、まあ多分ゴースト？っていうか、ずっとゴースト？」（ポヨポヨ）

50階層の入り口近くの地面から、急に湧き出てくるから階段を駆け下りて来た加速でそのまま踏んじゃったんだよ。おそらくゴーストさん的にホラーな登場を目指したのかもしれないんだけど、超加速からの階段急降下５段飛ばし走行中の飛び出しは危ないんだよ？

「階層主のドロップだと思うと、懐かしくて感慨深いなー……戦いの記憶が無いけど？　まあ、でも４人で迷宮って久しぶりだよねー？」（ウンウン、コクコク、ポヨポヨ）

辺境を出る時は最終調整で１人で迷宮踏破していたし、お目付け役もスライムさんと尾行っ娘が付いていた。いつの間にか賑やかさに慣れて、みんなが揃うと懐かしさまで感じている――うん、何が懐かしいって、魔物の奪い合いこそが日常だったんだよ!!

そう、久しぶりで油断してたら魔物が出てくる端から奪われて、俺が倒したのって踏んだゴースト何体かと衝突しそうになってバールのようなもので殴ったゴーレム数体。あとはちょっと焼き払ったくらいで、ほぼ全部が奪い尽くされているんだよ？

「しかし、『超加速』のお陰で駆けっこでは互角の展開だよ、ポーズ取らなければ」

戦闘に入る瞬間の僅かな予備動作で負けているけど、コース取りさえしくじらなければ正面の魔物は殺れる。これは格段の進歩、俺にとっては小さな一歩でも階層主からすると致命的な一歩だった！　うん、片っ端から踏まれ死んでも良いものなのかな？

「えっと、ドロップは『鋲打ちブーツ　PoW・SpE・DeX30％アップ　加速30％アップ　急加速　急停止　吸着　壁面天井歩行』って、これを履いてちゃんと止まれって言うことなの？　でも、踏んづけられてからドロップされても、既に手遅れ感しか無いんだよ？　誰かいる？」（イヤイヤ、ブンブン、プルプル）「久しぶりなんだからちゃんと喋ろうよ！　踊りっ娘さんも昨日まではもっと喋ってたよね⁉　じゃあ俺が貰ってお菓子払いで良い？」（ウンウン！　コクコク！　ポヨポヨ！）

どうもカステラが気に入ったらしい、さすがは南蛮渡来の銘菓さんだ。

「迷宮でおやつするのも久しぶりな気がする……大聖堂ではずっとしてたけど？」

次々にカステラをあげながらスライムさんを愛でる。うむ、見事なポヨポヨ感。甲冑委員長さんや踊りっ娘さんもたっぷりしっぽり愛でたり撫でたり舐め回したりしたいんだけど、街中の大迷宮の封印を解いてしまった以上は油断できない。何せちょっとだけならと思って、ちょっとで済んだことが今までたったの一度もないんだよ！

「問題は入れ替え候補だな？　役割的に被るのは『吸着のブーツ：【壁や天井に立てる】』なんだけど、このグリップ感とクッション性が良いお気に入りの装備なのに？」

まあ、物は試しと入れ替えてみると、上位互換でクッション性に反発力が加わり、なんとグリップ感に至っては別世界。滑らないから、慣れないと急制動で身体が泳ぐほどの強力なグリップ感。自分の感覚で調整も可能なようで、グリップ感を減らしてみると滑る滑る——受験前の高校生がこんなに滑って良いのだろうかというくらいの華麗な滑りで、氷上を滑走するように地面を滑り回れる。

「うん、これなら受験で滑っても、一瞬で学長室まで踏破できそうだよ？」

それ故に調整と制御が複雑で、止まりたい時に必要なだけのグリップ性を適時に的確な操作が求められる。だが、使いこなせれば戦闘時の加速で置いて行かれる問題は解消される。これは練習しながら智慧さんに制御を投げて様子を見よう。

地に足が吸い付く。超加速状態でもしっかり床に食い付き、その勢いのままに大地を蹴り出して加速する。その余りある勢いは余りに余って持て余し7回転んで8回倒れて9回壁にぶつかって十中八九は事故っているが速い。転んでもコロコロ速度が半端なく速い！

重力魔法で体重を消し、武仙術で軽気功状態のまま加速する。空歩を織り交ぜても確実に踏み込み、複雑な立体機動を描き迷路の中を駆け抜けられる。

「まあ、壁や床や天井にぶつかりまくってるピンボール状態だけど、それでも速いな？」

神に至る過程の仙人の伝説の中でも、異彩を放つものが軽気功。軽功とも呼ばれ、身を軽くして人の数倍の速度で疾駆し、水面であろうと垂直な壁だろうと疾走する技。

そして境地に達すると、宙すら自由自在に駆けることも可能になると言われる脅威の仙術で、舞い落ちる木の葉を足掛かりに宙高く空を跳び交う、人を超え境地に至ったという技。それが効果(スキル)で体現されている。うん、空歩との違いはわからない？

「うん、風に弱いんだよ！　追い抜かれる風圧にきりきり舞いって、なんだか野外での使用には注意が必要な突風で飛ばされる洗濯物のような武術だったんだよ！」

空歩で空を飛ぶ時に使っていた組み合わせなんだけど、墜落の原因は風だったようだ。まあ、未だに着陸方法がないから無風でも落ちるんだけど。

だが疾い。鈍く輝く「メタル・ゴーレム」の群れに躊躇無く飛び込む。ゴーレムの叩き付ける豪腕を舞い落ちる木の葉のように舞い躱し、潜り込んで擦れ違い様に斬り裂く。

そう、風に舞うほど軽い身体はゴーレムの拳が巻き上げる風圧だけで揺らぎ、だから当たらずに風に押されて流れるままに舞い躱せる。

己を無に等しくする。それは無に至る境地、存在すら限りなく無に近づける極致。そこに至れば汎ゆる攻撃を受け流し、衝撃すら霧散させるチートな仙術だけど――そんなのが効果で真似してるだけで出来たら苦労はしない。

「ちょ、踊りっ娘さん。何気に『幻影の舞扇』で扇ぐの止めてくれる？　うん、さっきから制御が乱れると思ったら、煽られずに扇がれてたんだよ！　でも、これって空歩で上昇気流とかに巻き込まれたらヤバいスキルだな!?」

駆ける――加速し超加速のまま魔物さんを蹴散らしていく。うん、スパイクなんだよ？

迷宮の迷路の頭上から突如悪霊が湧き出して、降り注いで道を塞ぐ。だから最大加速からの通背双足飛び蹴り！　うん、邪魔だよ!!

武仙術による軽気功もどきは気功か魔力による攻撃が必須。なにせ重力魔法で体重を消し去り軽量化され速くなってる分だけ、質量が無くなり破壊力がなくなっている。だからこその通背拳の気功攻撃だ。

「どうも、この大迷宮って、ゴーストさん達が気を利かせすぎて無駄なホラー感を出そうとしすぎているんだよ？　面倒だな？」

勿論（もちろん）男子高校生さんとしては「きゃー、怖――いっ」とか抱き付かれるのはウェルカムで、なんならウェルカムボードだって手作りでお待ちしたいくらいだ。

「どっかにいないかなー、悪霊（ゴースト）を見て怖がる女子さんって。うん、斬り散らされてるんだよ？　うん、最近の女子ってゴースト見つけると斬り込むんだから、ホラー感出しても駄目なんだよ？　うん、お化け屋敷のお化けに襲いかかり蹂躙（じゅうりん）する女子高生って、確実に出入り禁止になりそうだな!?」

現状で5割の力までなら制御できている。自壊も殆（ほとん）ど感じない。次は60階層だし6割で行ってみよう。そう、ちゃんとご利用は計画的なのに、誰もお金を貸してくれないのは何故なんだろう？

# なぜだか迷宮の上層で謂われのない酷い罵詈雑言で虐められている気がする。

## 115日目　朝　教国　大聖堂地下大迷宮

「頼まれたんだから、ここで退いたら女子の恥だよ！」「「「準備完了！」」」

言いたい事は沢山あった。聞きたい事だっていっぱいあった。でも、私達はお願いされたの、頼られたの。そしてカステラさんは美味だったの！

だから、今はそれだけで良い。遥君にお願いされて頼られて、出来ないなんて事になったら何の為に強くなったのかわからない。

魔眼の闇に堕ち、終わりのない恐怖に怯えた苦悶の顔で苦しみまわる乾涸びた老人達には一瞥もくれずに歩いてきた。そして私達を見つけ、モーニングスターを見て、怯える遥君はそそくさと用件だけを伝え、いつもの4人でいそいそと逃げるように地下へ向かった。

「突入からの殲滅戦、久々の迷宮で昔酷い目にあった大迷宮への復讐戦だからね！」「「「ＯＫ！　いつでも行けるよ！」」」「「よろしくお願いします！」」

その時に預けられた獣人さんの姉妹も、こっちに参加。その腕前はネフェルティリさんの保証付き。上層で戦いの様子を見て癖を摑み、一気に中層に行くまでに戦力に組み込む、だけど安全第一。遥君が救けた娘に怪我なんてさせないし、遥君に救けられた私達は万が一なんて有っちゃいけないの！

「えっと私は委員長って呼ばれてるんだけど……何って呼んだら良いのかな？」「うん、名前を教えてくれる？」「姉妹って双子だったんだ～？」

何故か挨拶はちゃんとしてくるのに名乗らない。うん、とっても嫌な予感がするの。

「えっ、人族ってちゃんと名前で呼び合うんですか!?」「全く一度も名前を聞かれないんで、てっきり人族は名前を秘密にしてるのかって……えっ、委員長さん？」

やっぱりだ。いつもの事だけど段々みんな毒されて、一緒にいたネフェルティリさんまで名前も聞いてなければ名乗りもしていない……その、あまりの自然さに人族の風習だと思われていたみたいなの。うん、存在自体が人族の風評被害を広げて行ってるよね！

「えっと、私は姉兎っ娘って呼ばれてます、兎人族で姉ですが双子なんです。名前はサーシャと言います、よろしくお願いします」「私は妹狼っ娘って呼ばれてます、お父さんは狼人族なんです。名前はネーシャです、ネーちゃんとも呼ばれますが妹です」

全員で名前を教え合う自己紹介の新鮮さ。過去の経験から、きっと3日もすれば渾名に変わってるってわかってるんだけど……久々にみんなの名前を聞いた気がする！ まあ、慣れちゃって渾名の方が呼びやすかったりもするのが毒されてきてるね。そして……名前を呼ばれても一瞬反応できなくなってるのが少しだけ悲しいの？ 名札作ろうかな？

「よし、往くよ！」「「「了解!!」」」

獣人の双子さんで、普通に兎っ娘と狼っ娘と呼ばれてたらしい。うん、ウサ子とかワン子とかじゃなくって良かったと思おう。

「行くよ！　1Fからサーシャさんとネーシャさんのツートップで各自フォロー！　みんなは戦い方を見て覚えてね」「「「了解（ヤー）！」」」

Lvこそまだ70台だけど強い。疾（はや）く鋭く的確、感覚としては柿崎（かきざき）君達に近いけれど、柿崎君達と違って常識も有り調教の必要もなく指示に従ってくれる。近接戦において亜人最強の獣人族、その中でもずば抜けて強い天性の強者。

「素早いけど、綺麗（きれい）に身体（からだ）を使うよねー。遊撃かな？」「ネーシャちゃんは機動戦も行けるね、サーシャちゃんは突撃戦？」「大盾は持たせない方が良いみたい、動きの良さに合わないよ」「やっぱ俊敏性と膂力（りょりょく）が凄（すご）いよね」「うん、滅茶（めちゃ）鍛えられたんだね！」

双子なのに戦闘（スタイル）が全く異なっていながら、見事な連携。種族特性による独特の動きを織り交ぜた独自の戦闘（スタイル）。しかも軽く流す程度で全て瞬殺、7階層の魔物程度では実力が全く見えない。

「しかし、ゴーストとファントム系が多いねー？　あと、ゴーレム？」「それより霊を見て迷わず殴って斬るって言うのが毒されてる気が？」「あっ、いつの間にか斬れるのが当然に！」「って言うか、『浄化』魔法っているのかな!?」

10階層からは魔物が一気に増えたけれど敵じゃない。もう、あの頃の私達とは違うの。うん、今ならスフィンクスを見た瞬間に逃げる。あの時は焦燥感の余り小田（おだ）君達や柿崎君達まで進もうとしたけど、あの時は異常だった。もう、絶対に判断は誤らない。それこそが今も指揮官を任されている私の責務だから……うん、委員長ってなんだっけ？

「円陣！　釣るよ!!」「「「了解(ヤー)！」」」

兎っ娘のサーシャちゃんには副委員長Bさん、狼っ娘のネーシャちゃんには副委員長Aさんが指導についている。遥君命名の保母騎士っ娘のレイテシアさんにはアリアンナさんと副委員長Cさんが付いて集団戦の指導中。結構大所帯になってきてるけど、自分で言うのもあれなんだけど全員美少女と言って良い錚々(そうそう)たるメンバー。遥君はJK騎士団って呼んでたらしい、ただし女子力(JK)壊滅騎士団とも言っていたそうだからお話し合いが必要だね！　ちょっと女子力(てっきゅう)を見せた方が良いみたいだね？

「全然追い付けない！」「だって遥君にアンジェリカさんとスライムさんとネフェルティリさんをお供だよ？」「「「ああー……抜け駆け合って駆け回ってるんだ!!」」」

だから私達の役割は掃討と殲滅。聖都の中心、その地下にある大迷宮の魔物を絶対に外に出さない事。万が一に備えて出口は教導騎士団が見張ってくれているし、魔物さんも地上に出た瞬間に剣を舐(な)めてる兵隊さんに囲まれていたら、さぞや恐怖する事だろう。

「発見(サーチ)、『スピア・スピリット　Lv10』！　幻覚、幻影持ちです！」「引き付けて、接触と同時に殲滅」「「「了解(ヤー)！」」」

今は焦らなくて良い。まだ集団戦の訓練で良い。私達では大迷宮の最下層には届かない。だってそこには迷宮皇がいるから。今のアンジェリカさん達よりも強い強大な敵になんてまだ勝てない。だけど役には立てる、私達は数こそが力だから！

そう、時間の掛かる殲滅戦は手分けして私達が受け持つ。遥君達は一路最下層を目指す。

「大迷宮って階層主さんがいっぱいいるはずなのに？」「でも、あの４人を階層主さんが止めるのって、あまりにも酷だよね？」「「「うん、大迷宮に大迷惑だね!!」」」「円陣のまま各自散開、殲滅！　文化部は階段前で残敵掃討をお願い!!」「「「了解(ヤー)！」」」

霊体の槍を弾き、返す刀で斬り裂く。百の槍を百閃で迎え撃ち、手数と人手と頑丈さだけ認められれば良い。だから圧倒して、怪我一つせずに踏破する。

「遥君達って過剰戦力の攻撃特化の速攻の殺戮者集団だもんね？」「うん、魔物の掃討より魔石拾いに時間が掛かってるって？」

そう、突破して最下層を目指すなら最速最強の攻撃部隊。その後始末が手伝えて、役に立てているなら私達にだって意味がある。存在意義すらもない、惨めな思いはもう嫌なの。

「残存無し、敵全滅です！」「霊体系中心みたい、装備どうしよう？」「何が有るかわからないから通常装備。ここで遥君達の足を引っ張って助けられたら恥だからね！」

大迷宮は上位種魔物が多く、数も多い。普通の迷宮よりも手強いから油断はできない。

でも、辺境の大迷宮は毒や状態異常の地獄のような迷宮だったけど、ここは精神攻撃が主体。そして、この甲冑に状態異常は無意味。ただ力と数で押し勝つ、華麗さも奇策も要らない。ただ泥臭く確実に殲滅する。遥君達が無駄にＭＰや時間をロスする原因なら、後始末が私達の役割。それが地味でも泥臭くても、これはやっと手に入れた一緒にいる意義。

だから、絶対にやり遂げてみせる！

「はい、潜入だって言って、あの全く神父さんにだけは絶対に視えない神父服で街に行っては全滅させていました！」「えっと、街に行っては、倉庫に入って『落とし物だー』って強奪し尽くしてました。武器も食料も何もかもです？」

サーシャちゃんとネーシャちゃんから詳しい話を聞きながら、その状況を推測する。そして、やっぱり偵察は暴力で何処でも教国でも助けて回り、この2人もそのお母さんも獣人の人達も人族の奴隷も片っ端から助けて回っていた。

「良かったー、本当に潜入工作とかしていたらどうしようかと思ったよ？」「うん、予想通りに教会軍と施設と備蓄を叩き潰して拾って回ってたんだね」「軍事拠点も破壊し尽くしてくれていたし、だから私達は一挙に街々を攻め落とせて間に合ったもんね」

そう、破壊と壊滅と強奪を齎した恐怖の発見即殲滅な偵察で、敵兵力の報告は全部皆無だったの？　偵察で敵兵力は皆無にされちゃってたの？

「あの、武器も食料もない軍って可哀想だったよねー？」「剣も甲冑もなくって、略奪どころか街の人に叩き出されてたし？」「せめて破壊工作だったら納得もできたのにねー？」

「うん、ただの偵察で無力化って……酷かったね!!」

そう、きっと本人だけが偵察だと思っている彷徨える災厄。だから、いらないって言ったのに報告書まで貰ったけど、見るまでもなく全部全滅だったの？

「街の人には棍棒と一緒に食料を配ってました」「人が一生懸命作ったり働いて得たものは落とし物とは違うんだそうです？」「みんな凄く感謝してました。でも、誰も神父だとは思わなかったようですし」「あと、遥さんは一生懸命に壁に張り付いたり、角を一々覗いたりして謎の潜入感を出して滅茶目立ってました！」「「「ああー。やっぱり？」」」

うん、ネフェルティリさんからも分厚い報告書を貰ってるけれど、この件が終わったら緊急女子会が必要そうなの。きっと偵察活動報告会議（OHANASHIAI）で会議は踊り鉄球は乱舞しお説教が降り注ぐだろう。

だけど遥君の本当の報告書に有ったのは、アンジェリカさんとネフェルティリさんの過去。そしてその相談。そして、ネフェルティリさんの友達が迷宮皇になっているだろうという予想。その文面には可能性が僅かでもあるならば助けたいけれど、駄目だったら全てを終わらせて眠らせてあげたい……その思いと、ネフェルティリさんの気持ちを慮る悩み。そして過去を思い出したら、アンジェリカさんとネフェルティリさんが居なくなるかも知れないからと言う別離の可能性が書き記されていた。

「「「やっぱり偵察の才能は皆無だったね」」」「うん、だって全てを見通す羅神眼まで持っていても、乙女に対する洞察力がなってないよ！」「そうだよ、もうアンジェリカさんもネフェルティリさんも過去なんてどうだって良いと思っているに決まってるのに！」

だから、毎日あんなに楽しそうで、嬉しそうで幸せそうなの。過去を知ったところで、何も変わるわけがないの。だって、今がどれほど大事で、どんなに幸せかをずっとずっと語り続けていた。まあ……ずっとずっと深夜の凄さも語っていたの？

「やっぱり遥君は全知全能の智慧を持っても、汎ゆるものを見通す羅神眼を持っても唐変木のすっとこどっこいの頓珍漢のあんぽんたんの朴念仁のままなんだね？」「そうだよ、だってアンジェリカさん達だけじゃなく、みんなの気持ちは一緒なんだから！」「本当、鈍感大魔王の性感大性王で、エロい事ばかり上手くなって乙女心を全くわかってないよ！」

だから、私が2人に過去を知りたいかを聞いてみる事になるんだけど、きっとあの2人には過去の事なんて遠い昔の誰かのお話にしか聞こえないだろう。それほどに永い時間が経ち、それ以上に今の幸せさを何よりも大切にしている。

だから、過去の話なんてどうでも良いと思うくらいに、ちゃんと今を幸せに生きてるんだからね？

## 高校2年生に対する中2的装備の強要な異世界虐め問題の虐め相談室はどこにあるんだろうか？

115日目　昼前　教国　大聖堂地下大迷宮60階層

嘗て60階層の階層主が此処には居たと云われている。って言うか、魔石になってるから居たんだろう？　そして、ドヤ顔の甲冑委員長さんとスライムさんと踊りっ娘さん。

「くっ、屈辱だ！　カノッサさんも目じゃない男子高校生さんの屈辱だったよ！」

いや、直前まで先頭だったんだよ！　ついに先頭に躍り出たと思ったら直角S字カーブで激突に継ぐ激突で、壁面の間でピンボール状態で跳ね回ってる間に階層主戦は終わっていたらしい。うん、追い抜いたと思ったらみんな減速してたんだよ！

「此処の迷宮皇さんはちゃんと看板だそうよ、急に急カーブとか道に不案内な侵入者さんが危ないいんだよ!?」（（（ニヤニヤ♪）））

ちょっと大きい程度だが、純度が高く透明感のある魔石。さぞや名のある階層主さんだったのだろう……名前も種族もわからないけど？　まあ、お亡くなりになられた幽霊さんなら寧ろ成仏っぽいけど、迷宮皇3人掛かりでボコって嫌な成仏だな！

「ゴーストとゴーレムばっかりだね？　蝙蝠とか蠍が居ただけで後は全部って『ゴー』繋がり？　ゴーヤのドロップとか出ないかな？」（ウンウン？　コクコク？　ポヨポヨ？）

この反応は異世界にゴーヤは無さそうだな。うん、ゴーヤチャンプルは難しそうだ。

しかし久々の超ぴっちり女体型甲冑は、やはり男子高校生には危険だ。セクシー修道服の方がエロかったはずなのに、輝く曲線美の新鮮さが艶かしい。

「うん、早く終わらせて宿屋に行こう！　だって宿屋では男子高校生の浪漫が待ってて、会えない時がエロを育むと歌われていたし、きっと育まれ過ぎて大豊作なんだよー!!」

だから、さっさと終わらせようと70階層を目指す。通背ぽよぽよがお気に入りで、跳弾しながら蹂躙して進むスライムさんと、壁や天井にぶつかり回りながら跳ね回る男子高校生のデッドヒート！　そして、後方から懐かしいジトを浴びながら、もう一段加速する――って言うか止まれないいんだよ？　その新たな加速装備と新たな急制動で、滑走装備の効果が鬩ぎ合い反発し反応して制御不能の大騒ぎの大激突のまま加速する疾走！

段々慣れてきたようで、壁に激突して弾かれながら世界樹の杖を振るいゴーストを消し飛ばす。そして、振った勢いで回転しながら壁に突っ込み、弾き飛ばされつつ更に加速する。

体重を打ち消した状態の軽気功は制御が難解で、自分の知らない感覚にイメージが掴めない。しかもチョイチョイ踊りっ娘さんに扇がれてる！

「って甲冑委員長さんまでフーフーしないでね？　うん、耳元をフーフーされると別の方向に煽られちゃって迷宮内で終わりのない戦いが始まって、女子高生さん達に追い付かれた時に大変な事になるから止めようね？　うん、中学生さんも交じってるから色々と目撃されると不味いんだよ……異世界R15問題勃発だな!?」

滑走して弾け飛び、激突して乱反射しながらさっき拾った謎の布を鑑定してみると名も無き階層主さんのドロップは『黒魔の刃翼　ALL30％アップ　斬撃補正（特大）　飛行補正（大）　刃翼作製』と言うマントだった。

「どうも名もなき階層主さんは黒魔の悪魔さんで、剣の翼を持った空飛ぶ魔物さんだったようなのに……離陸する間も無く事故に巻き込まれちゃったの!?」

やはり、異世界の交通事情には多くの問題が偏在するようだ。主に迷宮に？

「うん、高速移動に縮地や瞬歩が使えて、飛行まである世界なのに暴走者学校的な交通の教育機関がないし野原交通法すら整備されてないのが問題なんだよ？　しかも、標識も無いのに街中飛んでたら怒られた事がある、不条理極まりない異世界の交通戦争が生み出し

た被害者さんだから俺は悪くないんだよ？」（プルプル）

　いかにもな、広間一面に湧き立つ亡霊（ファントム）。床や壁から続々と湧き立ち、天井も覆い尽くす圧倒的な演出感。うん、努力は認めるんだけど、視（み）えてるからね？

「って言うか、その演出をしてる間にもう広間を通り過ぎたから一々戻らないよ？　超加速で通り過ぎてるのにのんびりと部屋中から湧いても間に合わないんだよ!!」

　そう、一瞬で通り過ぎたのに、のろのろ出てきて入り口を見てキョロキョロしてたから……背後から聖魔法をぶち込んで階層を通過した。そう、異世界初の攻撃聖魔法の効果は不明のままで、だって止まったら負けなんだよ！

　新装備のマントの制御に苦慮し推考してるのに、暑苦しそうなゴーレムがドロドロと群がる「マグマ・ゴーレム　Lv69」。つまり、次はもう階層主さんだ？　うん、実は魔物さんって階層表示係なのだろうか？

「通排水！って排水じゃない綺麗（きれい）な水なんだよ？　いや、通背水なんだって！　うん、説明しよう、通背水とは『マグマが熱そうなら水を流し込めば良いじゃないの』と言う御意見から大量の水を勢い好（よ）く流し込んだだけで通背拳は全く関係ないよねとも云われる通背水なんだよ？　うん、何でジト？」（（ジトー……））

　放水による水蒸気爆発と、急速冷却の急収縮による劣化で砕けていく元マグマ・ゴーレムにして現ストーン・ゴーレムの劣化版の壊れかけ？

「旅先では現地の生水が合わないと困るからって、辺境で大量の蒸留水を精製して大量保存で急な火災やマグマ・ゴーレムにも安心な貯水槽を前に水不足という言葉はないんだよ？　うん、でもマグマ・ゴーレムさんは水合わなかったっぽいな？」

そして、下層への入り口70階層の「フレア・ゴースト　Lv70」は、流れ落ちてきた怒濤の鉄砲水の2次被害に遭われて鎮火しそうになっている！　急ぎ駆けつけてバールのようなものでの懸命な鎮火活動も虚しくお亡くなりになられたようだ？

まあ、よく考えれば助ける必要もなかったし、燃焼なゴーストさんだからバールのようなものでボコボコ叩いて消したら、どっちみちお亡くなりになる運命だったらしい？

「何で下流に燃焼系のゴーストさんがいるんだろうね？　懸命の消火活動が仇になって2次被害で命まで一緒に鎮火しちゃったよ、まあゴーストなんだけど？」（プルプル）

しかし床が水浸しで歩きにくい。もっと迷宮皇さんは水捌けに気を遣うべきだと文句を言いたいが、後ろの迷宮皇経験者さん達が怖いから黙っていよう！　うん、既にジトられてるし……やはり迷宮の中のジトは一味違うな、あざっす。

「新たなドロップ……の前にさっきのマントで、現在の壁面連続激突事故に『黒魔の刃翼』って飛行補正は効きそうな気がするのに、更に加速しそうな気もするから結局激突？」

ただし刃の翼だから魔物さんで減速すればワンチャンありそうだ？　思い入れ深い、街で怪しい行商から購入した『隠形のマント：【姿を認識しにくくする】』を外し『黒魔の刃翼』を複合する。異世界に来てから共にコソコソし、教国でも一緒にヒソヒソした思い入れ深い装備なのだが何故か全く効果が実感できなかった気がするのは気の所為なのだろうかと外(はず)してから鑑定してみると『隠形のマント　隠形効果補助（極小）』と気休めな装備だったようだ?

「そう言えば、鑑定Lvが上がったのに確認してなかったって、一々外すの面倒だよ!!」

それでも異世界で生き抜くのをずっと助けてくれた初期装備さんだ。丁重に仕舞い、丁寧にたたみ徹底的に高く売りつけよう。うん、一度女子(JK)さんに装備させて「女子高生着用済み、生マント」とか書いとけば高価買取間違いなしだろう。

そして『黒魔の刃翼』は鋭利な飛行翼をイメージしていたら羽だった。その羽根が刃になった大羽で、きっと俺の天使のような日々の清らかな行いが呼び寄せたのだろう……黒いけど?

「まあ、聖人だし天使の羽が黒鉄色だって問題はないけど、寧ろ中学2年生の黒歴史に記されそうな見た目(ヴィジュアル)が心配な……うん、痛いな?」

疾駆――羽が風を摑み、操ることで超加速状態でも姿勢が制御できて、飛翔(ひしょう)するように駆けられる。何より軽気功最大の問題点であった、踊りっ娘さんのパタパタ扇ぎ攻撃を撥(は)ね除(の)けられる!　使い勝手も魔手さんの羽バージョンで、刃が付いているだけだから使いやすい。相性が良さそうなので魔手な羽にしてウニョウニョしてみたら甲冑委員長さんと踊りっ娘さんが抱きあって震えている?　俺も交じりたいな?（ポヨポヨ！）

スライムさんも気に入ったようなので、頭に乗せて超低空滑空で駆けると大喜びだ。途中の魔物も羽で斬り裂き、超高速飛翔型通り魔装備のようで使い勝手が良い!

「ちょっと自壊が悪化してるけど、壁にぶつからない分だけ自壊している感じだから損得なしで速くなってオトクな装備？」（プルプル♪）

ただ、滑空は良いけど、飛翔しようとしたらとんでもないMP消費だったから疾走と空歩の補助用の翼らしい？　まあ、でも墜落が滑走に変わるなら大助かりだよね？

試しに「ゴースト・グラディエーター　Lv71」達と羽付き軽気功で、空中立体機動戦をしてみたが使える。空を蹴って宙に舞い上がり、前宙や側宙しながら無限軌道に流れ立体機動で汎ゆる方向から斬り飛ばせた。宙を蹴ってジグザグに加速し、襲撃し突撃し飛び回り、グラディエーターの剣風に乗って回避しながら2対の羽と2対の剣で斬り回るが目も回る！　だけど、これは立体機動の3次元姿勢制御の複雑さと、軌道計算の莫大な演算さえ智慧さんが頑張ればいける！　がんばれ？

「しかしMP消費が凄くなってきたから、迷宮や辺境なら良いんだけど魔素の薄い他の所用の装備も考えないとね？　MP消費効率化の技術体系化って『保存版　ズィ　ヴェスツオブゥ　魔道具大全集』も読まないといけないんだけど、あのタイトルが……だって初っ端から『ズィ』だよ『ズィ』？　『ジ』でも『ザ』でも良いけど『ズィ』なんだよ！『ズィ』だけはなんとなく許せないんだよー！」（ポムポム）「たしかに言語学的な発音記号の変位に罪はないんだけど、タイトルだけなんだよ？　中身は普通なのにタイトルだけ『ハァウ　トゥウ』とか『ズィ　ヴェスツ　オブゥ』って言うのが何か凄くムカつくんだよ！　そんなんだから禁書とか焚書とか発禁とかされちゃうんだよ！」（ポヨポヨ）「そう、本のタイトルくらい真面目に考えて付けて欲しいものだ。これ、現代書店の本棚で見かけても即座に焼かれちゃうんだよ？」

技術の行く末と題名の関連性に思いを馳せ、思索に耽り高尚に語り合いながら超高速バールのようなもの突っ込みでゴーレムを吹き飛ばし撒き散らしてボコボコとボコる。

「硬いと思ったらスチール・ゴーレムさんだった！　しまった素材になったのに!?」

まあ、鉄なら掘って作れるんだけど、無下にすると勿体なさが……手が痺れたし？

「次で73階層だけど、そろそろ強いのが出て来そうだし速度を落とそうか？　隠し部屋も2つしか出てないけど、ここから先は増えるかもしれないし？」

70階層にまで入ってるのに、隠し部屋はわずか2つ。しかもドロップは『暴食の大盾　ALL30％アップ　反射　噛喰　＋DEF』と効果は良いんだけど、盾に描かれた顎が齧り付くって小狸と戦わせるんだろうか？　うん、欲しくなってきた？

「まあ、盾は優先的に女子さん達に販売で良いか？」（ウンウン、コクコク、プルプル）

「うん、頑張るのは良いんだけど頑張り過ぎなんだよね？　JKなんだからもっとチャラチャラしてれば良いのに……オタ達だってちゃんとオタオタしてるし、莫迦達だって莫迦莫迦してるのにね？」

そしてもう一個は『笑いの仮面：【3つ入る】　精神操作完全無効　気配完全遮断』と、死に顔なのに微笑ましい何とも言えない不気味系ニコちゃんマークなマスク。

だけど気配完全遮断は最高級装備と言って良く、だけれど被ると中学2年生でも顔を背けるほどに痛い好感度さんまでそっぽ向きそうな風情がある。うん、謎の眼帯『夢魔の眼帯　MiN・InT50%アップ　魔眼強化（極）　幻術　催眠　魅了　傀儡　記憶改変　意識支配　精神汚染』と同等の痛さを感じるんだよ？　よし、死蔵しておこう！

　そう、何故だか痛い装備って、甲冑委員長さんや踊りっ娘さんが着けさせたがるんだよ？　うん、あれって高校2年生に対する虐めなんだろうか？

## この大迷宮はツッコミ待ちの案件に溢れているようだ。

115日目　昼前　教国　大聖堂地下大迷宮73階層

　物は試しと、せっかくのドロップなんで『破邪の槌　InT20%アップ　精神異常耐性（特大）　悪霊退魔退散』と『暴食の大盾　ALL30%アップ　反射　噛喰　+DEF』を装備して、『笑いの仮面：【3つ入る】　精神操作完全無効　気配完全遮断』を被って「フィア・スピリッツ　Lv73」の群れに躍り込む。

　魔物さんの能力は『恐怖』に『恐慌』に『錯乱』と『失神』の精神状態異常を揃えた恐怖の霊魂が……俺を見て恐怖してビビってる？

「って、お前が恐怖してどうすんの！　いや、確かにフィア・スピリッツさん達って相手をビビらせる気満々なのに自分は精神系の耐性を持ってないんだけど、だから男子高校生さんを見てビビらないでくれるかなー？」

　まあ、確かに巨大な口が牙をむいた大盾と、悪霊を祓う気が全く無さそうな巨大ハンマーを担いだ不気味系ニコちゃんマークなマスク被った男子高校生が行き成り現れたらそれは怖いんだけどさー、「恐怖・霊魂」なんだからもうちょっと頑張ろうよ？　うん、何で悪霊が男子高校生に出会って怯えて震えてるの!?

「うん、思いの外に『破邪の槌』の悪霊退散効果は高かったようで、一撃で怯え震える悪霊は消え去ったけど……巨大ハンマーで殴った時点で、悪霊退散な退魔的要素は皆無だったと思うんだよ？　うん、絶対物理で、今のって本当に退魔効果だった？」（ポヨポヨ）

「いや、装備の試験だから2人でヤレヤレってしないでくれるかな？　一応ここって霊的な精神攻撃系の大迷宮っぽいから専用装備なら試しておく必要があるんだよ？」

　まあ、2人共ヤレヤレをしながら華麗に斬り払ってるから、実は退魔装備とかは要らないようだ？　うん、一応なんだよ？

「男子高校生って新装備とか使ってみたいもんなんだよ……だって、俺って、ずっと村人装備なんだよ？　うん、まあ異世界史上最も怪しい村人さんの装備なんだけど？」

　お昼御飯におむすびを食べながら74階層へ。何か飽きもせずにホラー感満載で天井から湧いて滴り落ちてくる黒い染みが実体化し、「ダークネス・ファントム　Lv74」が現れた端から通背肩盾剣で突き殺される。まあ、いつもの『護神の肩連盾剣』のファンネル攻撃なんだけど今はおむすびさんと唐揚げさんと焼き鳥さんにカップのお味噌汁でみんな忙しくって手が離せないんだよ？

「うん、歩きながらの食事って結構大変なんだから邪魔しないで欲しいよね、ちゃんとサラダさんもあるよ、茸入りだけど？」（ウンウン、コクコク、ポヨポヨ♪）

数は多く、ステータス的にも強いんだけど……弱い。その攻撃が精神攻撃特化で全然効かないのと、物理無効なのにそれを超える圧倒的な物理相手だと滅茶打たれ弱いのもある。

「それも確かにあるんだけど……こう、一々ホラー的な演出で登場をしようとするから、出た端から潰されるんだよ？　せっかく数が揃ってるんだから、ちゃんと並んで待ってようよ？」（プルプル♪）

　うん、お味噌汁をお代わりらしい？

「いやー、久しぶりに4人で迷宮に潜ると長閑だねー？　こんな暗くてジメジメした陰気臭い迷宮じゃなかったらレジャーシートを敷いて、ゆったりピクニックでも良かったのに狭苦しくて景色が悪いんだよ？」（ウンウン、コクコク、ポムポム）

　しかし、そうは言っても大迷宮の74階層ともなると、一匹一匹が強い上に数が多い。肩連盾剣の斬撃攻撃でも一撃では死なず、延々と空中戦が続いているのでお茶も出してみる。

（（（ずずずうーっ、ぷはーぁっ）））

　うん、終わったようだ。ただ、大迷宮だと75階層から下は5階層刻みにLｖ１００階層主がいる、しかも、迷宮王級ばかりのはず。食後の迷宮皇級3人が寄って集って通背拳で飛ばして遊んでいるけど、確か迷宮王級のはずだ？

「うん、実体のある相手で試したかったんだ？　ゴーレムだとすぐ砕けちゃうもんね？って言うか――『ナイトメア・バク　Lv100』って、悪夢を見せるのか、悪夢を食べるのかどっちかにしろよ！」（ウンウン、コクコク、ポヨポヨ！）

うん、75階の階層主は貘さんだったが、人の見る夢を喰らって生きると言われる伝説の生物なのにだ……悪夢を運ぶらしい？

「でもさー、ナイトメアって悪夢を象徴する黒い馬のことなんだよ？　何で貘なの！　しかも見た目が白黒のマレーバクっぽいから全く悪夢感がないんだよ!!　もうちょっと伝説の生き物路線に沿って行こうよ!?」

通背拳で三角キャッチボールの玉のように飛び回る貘が必死に灰色の靄を放出しているから、きっとあれが悪夢なんだろう……無駄だな？

「そんなのが通る様な相手でも無いし、通っても悪夢くらいじゃ足りないと思うよ？　だって、その3人は暗い迷宮でずっと一人ぼっちで居たんだよ。闇に囚われて抗い苦しみぬいた2人と、永遠の空腹に囚われていたスライムさんは永劫の無限の地獄を知ってるんだよ？　うん、それより怖い悪夢が見せられるの？」

巨体を以て突撃するも通背拳。精神攻撃を掛けようとしても通背拳。何をする間もなく通背ぽよぽよ。逆にあの3人の攻撃を今まで堪えているのだから驚異的な体力と生命力なのだが攻撃の手立てがない？

「うん、水中や水辺を好む温厚な草食動物さんがなんで魔物してるの？」

そして為す術無く力尽きて魔石になる。

「お疲れー、って疲れてないんだよね？　だって滅茶物足りなそうで、通背拳が気に入って良かったんだけど今現在それが本当に通背拳なのかが凄く心配なんだよ？　うん、オタ達に聞いた通背拳ならあってるんだけど、俺が知ってる通背拳って巨大生物が吹き飛ばないはずなんだよ？　なんでだか智慧さんがオタ達の意見を取り入れちゃってるから、教えた時点でなんかおかしかったんだけど、見てたら絶対に違う気がしてきたんだけど……まあ、楽しそうだからいいか？」（プルプル）

元々拳法を取り入れた理由は2つ。それは身体制御を補う為に型として覚える事、そして通背拳を3人に教える事。

そう、圧倒的な技術を以てしても数の暴力で押し潰される。集団の質量による怒濤の濁流こそが、単体である迷宮皇の弱点に成り得る。だからこそ、ずっと考え理論化し体系化して実際の技に置き換えた。何か違うものになってる気もするけど、これこそが甲冑委員長さん達に伝えたかったものだ。

「うん、その質量と圧力を弾き飛ばす技があれば、数の圧力を暴力で跳ね返す事ができるんだよ？　まあ、ただそれが本当に通背拳かどうかが疑問なんだよ？」（プルプル？）

だって、この3人は不死の可能性が高い。だからこそ俺達が居なくなった後も幸せでいられるように、有りっ丈のものを全部を教えてあげたいし、俺が居る間に美味しいものもいっぱい食べさせてあげたい。そして、今だけでも笑っていて欲しい。そして、でき得る事ならずっと幸せでいて欲しい。うん、きっと使役者がしてあげられる事なんてそのくらいだけで、ずっとそばにいてくれて助けてくれているのだからそのくらいはしてあげたい。だから可哀想な光景だったけど、魔石に変わった獏さんには我慢してもらおう！

しかし、現在7割の能力でセーブしてるんだけど、チョイチョイ新装備が増えているせいか自壊が始まっている。

「7割でこれかー？」

新装備は制御できるまで暴走気味なのは毎回の事で仕方がない。その為にも実戦訓練だ。

立体機動による空中戦、そして世界樹の杖の二刀流による完全制御。最下層の迷宮皇は闇憑きで俺にしか戦えないし、世界樹の杖以外では効果が薄い。そして推測が当たっているならばゴースト系、だとすれば――それは、眠りっ娘さんの魂。

霊魂相手なら空中戦と立体機動戦ができなければ圧倒的に不利で、迷宮皇相手に準備を抜かれれば何もできないままに殺られる。甲冑委員長さんや踊りっ娘さんは闇に囚われながらも自我を保ち、必死に抗い逆らってくれていた。だからこそ実力の数%、下手すると1%未満の力だった。それであの強さだった。

既に迷宮皇が完全に闇に堕ちているならば、勝てる見込みなんて無に等しい。だけど、まあ無じゃないならなんとかなるだろう？　だから汎ゆる手を用意する。

「少しずつ制御と感覚が摑めてきたかな？　うん、僅かだけど能力が上がってる？」

そう、せっかく感じが摑めてるのに、貘さんのドロップに76階層の隠し部屋でまた装備が増えた。貘さんのドロップは『精神破壊のグローブ　握力増強（特大・頭を摑むと発動、床や壁に叩きつけると効果大）』と、本当に精神を破壊する気があるのかどうか怪しい頭蓋骨自体を粉砕する気満々の破壊兵器だった。そして隠し部屋の宝箱に有ったのが『退魔の光水：【身体に掛けると魔力防御絶大、光る】』と言う小瓶。

「うん、想像力豊かでいつも想像を膨らませて妄想に悩まされている煩悩力豊富な男子高校生さんでも全く使い道が思いつかないよ！　退魔はわかるんだけど、何故光るのかが全くわからないけど突っ込んだら負けな気がするんだけど滅茶気になるよ!?」

うん、どうもこの大迷宮は俺のスルー力が試されている気がする。

「大体、『精神破壊のグローブ』の握力増大って、それ絶対精神攻撃する気無いんだよね!?　頭を摑んで床や壁に叩きつけると効果大って、それ精神じゃなくて精神が宿ってる部分を物理的に壊す気満々なんだよね!!」（ポヨポヨ！）

まあ、確かに頭蓋骨を粉砕すれば精神も壊れるだろう。でも、それって精神破壊で良いんだろうか？

「うん、普通に頭蓋骨粉砕で良くない？　でも、それならそれで、わざわざ光りながら頭摑んで壁に叩きつける必要がある状況こそが想像もつかないよ！　滅茶気になって、スルーできなかったよ!?」

うん、どうやらこれは持ち主への精神破壊効果だったようだ！　そして76階層には宙を泳ぐ人魂。ひゅーどろろろの効果音はない。無音の人魂を上から斬り上げ、左斜め横やや後方から薙ぎ払い、下から斬り落として、右前方やや下から突き込む……そして、華麗に床と間違えて壁に着地して……落ちる？

「ぐべえっ！」

水平移動は良い、全く問題がない。ただ宙を蹴り、羽で舞い、軽気功で羽毛のように身を翻して人魂を翻弄して遊んでいると……上下左右の感覚が消失して、更に目が回って着地しようとしたら天井で吸着し忘れて床に落下する。そう、身体の重さを無に近づける軽気功は杖を振るう度に体が回転し、攻撃の度に反転する。すると躱す度に舞い回るから、方向感覚が完全に無くなり上下すらわからず戦闘が終わると同時に床に堕ちるか天井か壁にぶつかる。だからワイヤーアクション並みに華麗な立体機動による戦闘シーンなんだけど、最後は堕ちるか転けるんだよ？

「いや、ジトられても難しいんだって？　だって迷宮って天井も床も壁も岩だから上下を見失うんだよ、それで着地してみたら天井だったり壁だったりして落ちるんだよ？　うん、地味に痛いんだよ？」（（ジトーーー））

どうやら立体機動の過感覚失調は理解して貰えないらしい……って言うかスライムさんも跳ね回ってるけど、感覚は失調していないようだ。まあ、スライムさん自体に上下があるかどうかも謎なんだけど、上下感覚は失くならないらしい。

「うーん、敵がいる間は敵の位置が中心になるから感覚はあるんだけど、全滅すると一瞬どこに自分がどう向きで居るのかがわからないんだよ？　で、感覚的な下に着地すると本物の下に落ちる？　うん、油断すると軽気功と吸着が切れちゃうんだよ？」

そう、迷宮内の迷路って上下左右がわかり難いよ、床だけでも素材を変えようよ！

そしてサクサク進んでいると79階に隠し部屋で、サクッと魔物を殺すとドロップは『制裁の鉄球　ALL30%アップ　衝撃貫通　浸透破壊　+ATT』……うん、封印しよう!!

「って何でお目々綺羅綺羅で『キラ☆キラ』って感じの少女漫画な瞳で両手を差し出してるの!?　うん、その純真無垢なつぶらな瞳の奥では、俺がボコられる姿がエンドレス再生されてるのに何でそんなに嬉しそうにお目々が輝いてるのかな？　あっ、再生中の俺が潰れちゃったよ！って2人共剣神持ちで剣職なのに、何でそんなにモーニングスターに喰い付いてるの、既にいっぱい持ってるよね？　収集者さんなの？って嫌な収集品だった!?」

渡すとヤバい！　うん、衝撃貫通と浸透破壊は掠っただけで殺される。だがしかし、両耳に囁かれる甘やかな交換条件が男子高校生の危機を上回る豪華ご奉仕のオンパレードだった!?　くっ、だが騙されん、騙されんぞー！

「お風呂、泡々。密着洗浄を……Wです。ヌルヌルローション付き……ですよ♥」

ぐはああっ！　想像しただけで俺の精神耐性が突破された！

「ボディーマッサージ　性技の極みの香油トロトロサービス　ねっとり極楽昇天です♥」

ぐぅばあぁっ！　鼻血が！　まさかの精神攻撃が左右お耳から囁かれて吐息が掛かって何故か太ももサワサワで素敵なご提案が交互に語られ耳までお口に含まれ舐められて……

うん、渡しちゃったんだよ？　いや、絶対無理だから！　あのお願いを撥ね除けるには精神耐性装備じゃ足りないんだよ!!　そう、きっと、効果『エロイの駄目なんです』をもってしても無理矢理おっきして（男子高校生的に）寝んねして（男子高校生的に！）股がした（男子高校生的にしょうがないんだよ？）って拳骨山さんすらボコる勢いだったんだよ？　うん、そこは男子高校生的に譲れない部分で大事だな!!

# 異世界大迷宮の真の恐ろしい罠は味方だった……うん、いつもだな？

## 115日目　昼　教国　大聖堂地下大迷宮80階層

何故だか80階層の階層主戦を前に、鼻血の出血大サービスで噴霧して大ダメージだ。

「精神攻撃が危険な迷宮だとは思っていたら、最強の恐ろしき迷宮皇2人による撫で撫でエロい囁きのお耳舐め舐めで両面攻撃だったよ……って、味方だよね!?」（プルプル）

スライムさんに慰められながら80階層に下り、遣り場のない憤りを憤怒の奮発でバールのようなものが舞い荒れ八つ当たる。うん、亡霊騎士のエストックの華麗な連撃の突きの猛撃を、バールのようなもので振り払い叩き落とす。

飛び回る悪霊の騎士「レストリガイスト・ナイト　Lv100」。

「また微妙な名前で来たなー……レストリガイストって残ったり余ったりのレストリと、

独語のガイストを借用して作った英語の言葉で、読みは『レストリガイスト』でガイストは独語の発音なんだけど英語圏でも広く使われてるって言う、英語なんだけど何処かのJKさん達のような独英合体語なんだよ？　まあ、わかりやすく言うと地縛霊さんだよね？」

空中を彷徨い、飛び回りながらの突きの連射が襲ってくる。だけど速いけど兎なお姉さんの全身全霊をかけ、研ぎ澄ました突きに比べれば軽くて緩くて遅い連続突きでしかない。

「全くバールのようなものを舐めないで欲しいものだよ。こんな甘い世界とは比べ物にならないほど凄惨な世界で、永い永い戦いと戦争の歴史の中で研鑽され検証され尽くし現代に伝わる最強の兵器こそバールのようなもの！　うん、現代の最強凶器で、比較し得るものは『姉妹品　花瓶のようなもの』だけなんだよー!!」

時間が止まる――遅滞した世界の凝固された時間の流れの一瞬の静寂の中を、ただ正確に最短距離を全力で遅々と進みバールのようなもので亡霊騎士の後頭部を目掛けて何度も何度も強打する。そんな集中力の極限状態でのみ可能な、究極の高速思考世界の中で究極の時間遅滞による撲殺……そして時間は流れ出す。

そう、時間が流れ出すと同時に顔から血が流れ出し、極度の貧血状態に襲われ意識が朦朧となる。一応『笑いの仮面』のお面をしてたんだけど、血が滴り落ちる。

「やっぱり時間遅延は瞬間的でも、やりすぎると脳が壊れるし眼もヤバいな？　うん、涙で疲れ目かと思ったら血だったんだよ？」「それ禁止、です！」「駄目、絶対駄目!!」

刹那の時間を引き延ばした終わらない一瞬の超加速攻撃は、負荷による自壊も悲惨だけど頭が割れそうに痛くて滅茶苦茶に脳が灼ける。だが、出来た。凄く痛くて瀕死だけど成功した。そう、自滅必死でも奥の手があるのは良い事で、相手が闇なら俺が駄目でも絶対に３人だけは逃さなきゃならない。だって、この３人が闇に堕ちたら世界は終わるし、それ以上に闇なんかに苦しめさせたくなんてない。だって、身体を乗っ取られ意識があるまま仲良くなった女子さん達を斬るなんて余りにも残酷すぎる。

だから、最下層の１００階層に着くまでに可能性だけ作れれば良い。それ以上なんて望むべくもなく、あと大体俺が困ったら智慧さんに丸投げすると解決する。それ以外の誰かが何かで困っていたら、それは委員長様に丸投げするとどうにかなる。そして、どうしようもない絶望のちょっと手前の時は、爆運で激運のＬｕＫさんに丸投げだ。

「いや、大丈夫だよ？　うん、鼻血はきっと若さの副作用なんだよ？」

賽を振る。賽達を放り投げ、ただ自分の都合の良い目だけを連続で出し続ければいいだけの博打。そこに可能性があるなら賽は投げられる。そう、なんなら相手に力いっぱい賽を投げつけて吃驚してる間にボコれば勝ちで、賽を投げ死も投げやりに俺の運に全部丸投げする。うん、頑張れ、豪運さん！

起き上がって顔を洗い、気分一新で復活だ。試せた、そして出来た。今はそれだけが重要で、その情報を得られた事こそが成功。これで情報解析が進み、多少の自壊は『アスクレーピオスの杖』と４つの『宝珠』で誤魔化す！

心配そうにしている甲冑委員長さん達にクレープを振る舞い、ご機嫌を取りお説教を有耶無耶にして雲散霧消で無い無いだ。そう、コツはメモを取り始める前にお菓子を差し出す絶妙なタイミング！　うん、もぐもぐは正義で、お口は正直なんだよ！

　そして、奪い合い。加速し斬撃が舞い荒れ、絶叫する「スクリーム・ファントム　Ｌｖ81」の群れが悲鳴をあげながら惨殺されて鎖で吹き飛ばされぽよぽよされる地獄絵図。その絶叫による『即死』効果や、各種状態異常の効果がある絶叫攻撃！

「って、その悲鳴は特殊攻撃じゃなくて、マジ悲鳴だよ！　これ絶対本気で泣いて、号泣して逃げ回っているよね!?」（ポヨポヨ♪）

　うん、俺は自壊の件で怒られて、俺は悪くないことを真摯に説明しようとしたら『制裁の鉄球　ＡＬＬ30％アップ　衝撃貫通　浸透破壊　＋ＡＴＴ』で黙らされた……うん、２人で仲良く鎖付棘鉄球をシェアし合う仲睦まじく微笑ましい光景だけど怖かったんだよ！　うん、俺が絶叫男子高校生さんだったよ！

　そして、75階層から下は殲滅戦に切り替えた。この辺りから一気に魔物も強くなり、その所有する能力も悪辣になる。そう、大迷宮の深層にもなると女子さん達でも万が一が起こり得る。特にケモミミ姉妹は未だＬｖ１００を超えていないし、まだＬｖ90手前のシスターっ娘だって付いて来ているかもしれない以上は危険物は撤去だ。

「って言うか、暴れん坊迷宮皇が３人もいると魔物不足が深刻だから手応えのある深層の魔物さんは貴重な獲物さんなんだよ？　うん、まあ手応えがなくってご不満そうだから次に行こうか……って、俺まだ参加しちゃ駄目なの？」（ウンウン、コクコク！）

そして、82階層で暗闇から悪魔が覗(のぞ)くから除く？

「って、逃げんなー！　魔物が男子高校生と目が合った瞬間に迷わず逃げんなー!!　くっ、ならば見せてやろう。中距離戦闘格闘術、新技『通背バールのようなものブーメラン』！　しかも今なら何ともう一本でＷでお得で遠距離も撲殺な素敵兵器なバールのようなものさんなんだよアタ～ック！」

　回転しながら宙を旋回し「イーヴィル・アサシン　Ｌｖ82」を薙(な)ぎ払い楕円(だえん)を描いて手元に戻ってくる2本のバールのようなもの。

「これ、どっちが世界樹(ユグドラシル)の杖でどっちが影王剣(レプリカント・グレートソード)なの？　シャッフルされちゃってるよ!?」

　まあ、ブーメランとか言ってるけど、バールのようなものは通常は常識的に物理法則に従い投げても戻ってこない。その戻ってくる理由(わけ)は、さっきの階層主の「レストリガイスト・ナイト　Ｌｖ１００」のドロップ、『呼び寄せの指輪(リング)　ＤｅＸ40％アップ　武器召喚操作　引き寄せ　誘引』の効果。

「召喚で手元に転移は、距離があるとＭＰが滅茶使われるそうだよ……うん、近くてもごっそり取られたよ!?」

　だけど、操作ならＭＰ効率は良い。そして『誘引』は魔物さんを呼び込んでみたのに、俺と目が合った瞬間に一斉に逃げ出しやがった！　やはりお笑いマスクがいけないんだろう、俺の目付きで逃げたんだったら全員蘇生(そせい)して後１００回ずつ殺す！　絶対だ!!

（ポヨポヨ！）

　そして、怒られた。全滅は駄目だったらしい？

「いや、ついカッとなってバールのようなもので殺っちゃったんだよ？　だって手にバールのようなものを持った男子高校生って、つい殺っちゃうもんなんだよ？　これで花瓶のようなものが置かれてたら異世界は滅びるんだよ？　あれってご家庭に必須な女性向け最終兵器で、大体この2つが有ると殺られちゃうんだよ……でも、そう言えば教国の辻馬車って『時刻表』があったな……」（プ、プルプル!?）

　しかし、未だに異世界で温泉が発見されていない。やはり最も危険なのは温泉宿での「湯煙殺人事件、美人女将と美人女子高生の団体のあられもない浴衣姿のはだけるバトル（ポロリもあるよ！）が美人迷宮皇さんの帯を引っ張って『あれー』なのを『ええのんかええのんか』、その時美人仲居は見た！って誰が死んだの!?」こそが王道にして鉄板だろう。うん、絶対見るよ!!　そう、それだけは男子高校生として譲れない浪漫とサスペンス溢れる入浴シーンが「くっ、湯煙め！」なのに温泉は未だに見つからないんだよ？

　その下は階段が長いからでっかいのが居るのかと思ったら、高い天井の上に「ジャベリン・バット　Lv83」がうじゃうじゃわらわらと居たから……振動魔法全開で空気を掌握し、超高速振動で激震させたら魔石の雨が降ってきた。うん、ジトの雨も降っている？

「いや、落ちてくるだろうと思ってたけど爆音と超音波くらいで死ぬことはないじゃん？　なんか頑丈そうだったたし？　ほら、不可抗力の中心で俺の無実が冤罪を叫んでるから俺は

悪くないんだよ？　いつも？」（（ジトーーーーー））

　高い天井一面を投槍が所狭しと覆い尽くす鈍銀の天幕、踏み込めば一斉に落下してくる罠部屋みたいなものだった。その鈍い金属色の羽を体に巻き付けたドリル状の蝙蝠。それが一斉に『貫通』と『物理防御無効』の効果で降り注ぐ気満々な罠だったのに爆音に吃驚しすぎてショック死だった……うん、魔物なのに、精神弱っ!?

「いや、これ全滅させとかないと、女子さん達が盾で防いじゃうと貫通される危険性があるんだよ？　うん、Ｌｖ80超えの貫通能力と物理防御無効はヤバいんだよ？　ほら、まだ心臓の強かった蝙蝠さんもあそこら辺に瀕死で……スライムさんが食べちゃった？　うん、全滅だな？」（プルプル♪）

　確かに槍の雨なら時間遅延の練習には良かったかもしれないし、斬り払うのだって楽しかったんだろう。でも、だって蝙蝠見たら「バンッ！」ってやりたいじゃん？　いえ、なんでもありません。はい、すみません。

　ジトられながら84階層の地で剣光が舞う。白銀の細剣が閃き、銀色の曲刀が舞い、バールのようなものが破砕し、ぽよぽよがポヨる悪霊との壮絶な戦い！　試しにお塩撒いてみたら効いてたんだけど、滅茶睨まれたからバールのようなもので絶賛戦闘中だ。

「いや、訓練が必要なんだけど……何かやってみたくなるものなんだよ？　うん、塩水を噴霧とか？」

　触れるものを凍らせ、魂さえ凍える恐怖の悪霊「氷霊　Ｌｖ84」が津波のように襲い来るけど通常以下の時間遅延（スローモーション）で事足りる。さっきの経験で微調整が可能になっている、痛かったが有意義だった。

「氷の津波なら塩を掛けて普通の津波に……いえ、なんでもありません！」

コキュートス（Cocytus）は封印されし氷地獄の名だ。能力（スキル）は『瞬間冷凍（フローズン）』と役に立ちそうな悪霊さんなのに、接触効果（スキル）なので発動も出来ないままに斬り散らかされてかき氷に変わっていく……うん、シロップをかけてみたらスライムさんがお気に入りなんだよ？　塩を入れると怒られそうだ！

「捕まえて封印したら冷凍冷蔵庫になりそうな便利な悪霊さんなのに、呪い持ちでＬｖ84は販売したらヤバいかな？　いや、おっさん限定なら売っても良いかも……呪われても良いし、既におっさんだから呪われてるようなもんだし？」（プルプル）

えっ、シロップチェンジってレモンで良い？　うん、たーんとお食べ？　うん、迷宮踏破って大変なんだよ……主に食事問題（シロップ）とか？

「まあ、女子さん達にはクレープと御饅頭（おまんじゆう）の詰め合わせアイテム袋を渡しておいたけど、まだ足りてるんだろうか。きっと食べすぎて必死にゴーストさん達が大虐殺（わんもあせっと）運動されてそうだけど、毎回余分に詰め込んでるのに毎回空（から）のアイテム袋が即返却されるんだよ？　うん、その中身の行方は聞かないんだよ？」

うん、だって聞こうとすると目が怖いんだよ！

## 115日目　昼過ぎ　教国　大聖堂地下大迷宮85階層

踊り踊る、無限の螺旋を斬り回る。

回る回る、宙を縦横無尽に斬り裂き回る。

「わかりやすく言うと空中戦で暴れ回ってたら、地面がどっちかわからなくって着地できないまま斬撃に踊ってるとも言う？　うん、強いな？」（ポヨポヨ）

謎の植物っぽい何かが階層主で名前も「ネスト・ツリー　Ｌｖ１００」と樹木？

「ネストが英語なら巣で巣な樹木？」

黒い歪に曲がりくねった不気味な樹木。その気色の悪い色々の葉や実を付けた、巨大な異形の樹木と植物の絡み合う異様。だから近附かずに、先ずは軽く飛んで上から見てみようと距離を取って『黒魔の刃翼』で舞い上がった瞬間……樹木が身を捩るように震えながら、葉を宙に撒き散らした。

「うん、ネストで正解で、あの葉の全てが悪霊や怨霊な悪霊達の巣の樹木って……うん、わかり難いよ！」

辺り一面が悪霊や怨霊や霊魂に覆い尽くされ真っ暗だ、宙に飛んだから３６０度全方位から殺到されて逃げ場もない悪霊の渦。それは斬っても飛んでも逃げ場なく躱しきれない大量の悪霊。うん、どうしようもないから全面に塩を散布すると、沸き上がる怨嗟の絶叫と硝子を引っ掻くような悲鳴?

そうして太く長い枝を振り回し、地に張った根を鞭のように振るう「ネスト・ツリー」さんの本体は『制裁の鉄球』の試し打ちにされ、破砕され圧し折られ苦悶に枝を振り回し、暴れ回っているけど甲冑委員長さんと踊りっ娘さんが仲良く交代で叩き潰していく。

その落ちた悪霊達はスライムさんが食べているから、苦しみながらもまだ飛び回る高位の悪霊の残敵を狩る。振るわれる爪は身を捻って躱し、錐揉みで降下しながら掬い上げるように斬り上げる。そして足元から喰らいつく怨霊は『鋲打ちブーツ』で蹴りつけて空に舞い、刃羽の翼を広げ滞空しながら斬り裂き、羽を窄め滑空して突き殺し、群がる悪霊を羽で払いながら羽根の刃で斬り裂き微塵に切り下ろす。

背中を狙われれば蜥蜴さんが喰らい、頭上から襲ってくれれば鶏さんが突く。手が足りなければ羽で斬り、羽も足りなければ百の蛇が噛む。それでも来るなら無限の触手が迎え撃ち、逃げれば肩盾剣が襲いかかる!　うん、圧倒的な手数のモンスターハウスだったけど……手数が全然足りてないんだよ?

「って言うか斧でも良いけど普通に剣で伐採できるのに、何でモーニングスターを念入りに練習してるの!　ネスト・ツリーさんは悪魔の樹だったのに、なんか哀れな気になって気になる樹木でしょうがなかったよ!!　うん、殴殺される悪魔の樹さんと既視感を感じ合ったんだけど、あれって何でなのかなー?」

満足気な笑顔。それは破壊し尽くした巨木を背にした、一仕事を終えた爽快な笑顔。そうして愛でるように鎖付棘鉄球を仕舞う……うん、ちょっと爽やかな笑顔で、お尻でも撫でて男子高校生的な心のＨＰ補給をしようと思っていたが危険なようだ。そう、甲冑臀部の整備行為で痴漢冤罪の鉄球制裁の危機なんだよ？　うん、でも臀部しか整備しないんだよ？

広間中を満たし、数で圧倒した魔物部屋な悪魔の樹は破砕された。その欠片すらも砕かれて粉塵になり、風に俟って魔石とドロップを残して死んでいった。うん、吹き荒れる情け容赦ない鉄球に殴打され、圧し折られ砕け押し潰されて木片すら残さず磨り潰されて消えてしまったんだよ……怖いなー、鉄球!?

（ポヨポヨ♪）

まあ、スライムさんも満足そうだ。ただ、『氷霊』のかき氷の時は頭がキーンってなったみたいで、頭部がどこに有るのかわからないがコロコロ転がってるので撫でてあげたが悪霊さんは消化に問題はなかったようで元気いっぱいだ？

「ふーん、ここかな？」

そして空間探知で見つけた隠し部屋を覗くと、その狭い小部屋に宝箱と「ネスト・グラス　Ｌｖ１００」悪魔の草。

「魔物部屋の次は魔物小部屋ってスケールダウン？　まあ、樹から草で上位化できなくて下がっちゃったの？」

また、わらわらと小部屋に悪霊が充満するので、聖都で売っていた『魔除けの香木』に火を付け投げ込んで扉を閉める。

「まあ、超安かったから効果は期待できないけど、虫系魔物だって煙で燻されて死んでたから悪霊だって効くかもしれないよね？」

みんなで冷たい茸茶でお茶休憩していると、扉から掻き毟る爪音と断末魔の絶叫？

「あれって滅茶安かったのに効いてるよ!?　うん、後で買い占めておこうかな？」（（ズズズズーッ））

そうして扉を開けると、中には大量の魔石とドロップと宝箱。さっきのドロップと膨大な魔石を合わせればボロ儲けの階層だった。ドロップはどちらも『魔樹の実』で木から『魔樹の実　スキル「」習得』が3つで、草からは2つ。

「やっと出たよ、有るとは冒険者ギルドで調べてたけど一挙に5つ！　最低4つは欲しかったから足りないと微妙だったんだけど……1個余るのも微妙だな？」

そう、冒険者ギルドにあった本と呼ぶには微妙な各種情報が雑多に纏められた中に、『魔樹の実』が出ていたのを見つけてからずっと探していた。だから植物系の魔物はちゃんと注視して、注意して鑑定までしていたのに……。

「うん、植物系かと思ってたら悪霊系だったよ！　書いとけよ、そこを詳しく!!」

まあ、正確には文化部は5人いるけど、図書委員ってスキルいらないよね？

「これ文化部の4人にあげても良い？　欲しかったりする？　これって任意のスキルが選

べてスキル付与できるから超レアなんだけど、本人の資質がないと取れないんだよ？」

　まあ、これで職業（ジョブ）縛りで生産系が逆補正の文化部4人が普通に好きな事ができる。そして生産に魔法や効果（スキル）だって使えるようになるはずだ。それは戦闘職になってしまったばかりに、ずっと逆補正されてできなかった大切な過去（おもいで）。

「えっ、図書委員はいらないよ。うん、図書委員って本読んで整理するだけなんだよ？」

　うん、あれは生産関係ないよ。奪い返すものは失われた料理に服飾に裁縫と美術の才能。つまり俺もこれを飲んだら『料理』とか付けられそうだけど、別に今のままでも逆補正受けてないから補正は無くっても良い？　だって無職って補正も逆補正も職業自体がないから無いんだよ？　うん、魔樹の実はスキルだけで職業（JOB）習得はなかったんだよ（泣！）

（プルプル）

　思わずポンポンされてしまったが、文化部っ娘達にあげて良いらしい。これで戦闘職を辞めるかもしれないけど生産系だって大事だ。ずっとずっと好きだった事ができないなんて辛（つら）いに決まっている。異世界（こんなところ）に連れてこられて、好きだった事まで逆補正を掛けられて満足にできないなんて不条理過ぎる。ただ……1個残る？

「女子さん全員が料理洗濯掃除に裁縫が逆補正（かいめってき）な状態って、それは女子力だって破壊力になっちゃうよねー？」（ポヨポヨ）

　だけど魔樹の実が有っても資質がないと駄目らしい。つまり、元々駄目ならスキルは芽生えない。うん、1個残ってるのは教えない方が良いかも？　うん、何故（なぜ）だかとっても悲しい事が起きそうな気がするんだよ？

そして宝箱から出てきたものを鑑定中で、周りは戦闘中。魔物は尖ってるだけの大した素材じゃない「スパイク・ゴーレム　Lv86」だけど、Lv86にもなると純粋に強くて速くて頑丈だからこそ、本当に強い。うん、頑張ってるんだよ？

「ただ、尖っててもモーニングスターには無力なんだよ……って、ついに甲冑委員長さんまで通背モーニングスターを使いだしているだと!?」

鉄球が舞い荒れ、粘球が跳ねまくる狂乱のゴーレム破壊活動。そんな騒がしい中で鑑定した結果『百魔の服：【100の魔法陣が縫い込まれた魔術衣裳。常時3つ発動】InT30%アップ』と、よくわからない服で羅神眼で魔法陣を解析中だが……知らないのも有るんだけど、結構な上位魔法の魔法陣が縫い込まれている。

「これは欲しいかも？　う――ん？」

魔法陣は魔法と違い、媒体として魔法陣が必要な代わりに魔力さえ流せば制御の必要もなく効率的で効果的。なおかつMP消費も低コストな便利装備だけど、専用の魔法陣が常時必要で即応性と利便性に劣るけど装備としては凄く優秀だったりする？

「それが100個入りで多用途に使い分け可能なら……便利そうだな？」

そう、魔法陣の欠点を消し、長所だけを抜き出したお徳用な服。常時3つの魔法効果を発動できて、即時切替可能だけれど錬金を持ってないと切り替えができないらしい？

みんな要らないらしいので俺が貰う事に決まった。うん、甲冑2人と真っ裸のスライムさんなので要らないよね？　今晩の晩御飯にチキンカツとクリームシチューを出すことで交渉は成立し、服を着たまま複合する。

「これで『布の服?』も7つ目か……次から入れ替えだな?」

1『金剛力の服　ViT強化（大）　PoW50%アップ　金剛拳』
2『魔獣の革鎧　SpE50%アップ　ViT30%アップ　斬撃無効　魔法回避　物理回避　スキル　分身』
3『闘士のスケール　ViT・PoW・SpE30%アップ　身体能力上昇（大）　徹甲化』
4『鬼の革鎧　PoW・ViT20%アップ　回復（大）　筋力増強（大）』
5『魔法陣の帷子　物理魔法耐性（大）　魔術制御（大）』
6『魔革の服　ViT20%アップ　剛力』
7『百魔の服：【100の魔法陣が縫い込まれた魔術衣裳。常時3つ発動】　InT30%アップ』

装備に『百魔の服』が加えられて7つ目で、問題は3つの魔法陣を何にするか?

「こういうのが滅茶悩むんだよー、特化機能を選ぶかお得な包括機能を選ぶか……あー、悩ましい！」

先ず最優先は自壊対策と戦闘能力向上に『身体能力強化補正』。後の2つが候補が多く、迷宮皇さんが霊魂の可能性を考えるなら『魔法反射』や『魔法防御補正』が有効だし、この迷宮の性質から言えば『耐状態異常補正』も有用だろう。

「しかし『魔法吸収効果』とか『速度特化補正』とか『瞬間物理装甲化』なんかも楽しそうだけど、『誘惑効果補正』って……これ駄目なやつだ！　それ精神操作系だから、そこは無難に好感度上昇はないの!?」

羅神眼(め)を皿にして探してみたが無い！　既に87階層の悪霊さんも全滅間近だし、パパッと選ぼう。うん、どうせ好感度は上がらないんだし……100個もあるのに。

結果無難に『身体能力強化補正（極大）』と『姿勢制御補正（極大）』と『耐状態異常補正（極大）』の3つにして、攻撃系は自壊が増えるから奥の手で切り替えよう。

そうして、88階層。8割の力で魔纏(まてん)を制御し、3割の時間遅延(スローモーション)で床から湧き出す怨霊の腕を斬り払う。どうやら腕だけの悪霊な「ドラッグハンド・ゴースト　Lv88」が、足を摑(つか)みに湧き出る無限の階層らしい。だから腕を斬り払いながら、地を滑り床を舞って空を踊り地面を埋め尽くす腕を狩り尽くす。うん、身体能力補正が思いの外に効いていて、動きも良いし自壊も少ない——これは当たりだったな？

でも、もう晩御飯のメニューも決まったのに、これ夜までに終わるんだろうか？　うん、昨日から徹夜だし忙しいし長い一日だな？

# 地下大迷宮の深層級の男子高校生に対する精神攻撃は苛烈なようだ。

## 115日目　昼過ぎ　教国　大聖堂地下大迷宮89階層

空を蹴り、踵落としで巨像の頭を踏み付けて宙に舞う。そのまま宙をバールのようなもので薙ぎ払い、翼を広げ風を薙ぎ大気を震わせ滑空する。うん、視えてるんだよ？

89階層はいわゆる罠部屋で、大量のアイアン・ゴーレムが湧いているが本体は1つ。その核を持った1体を羅神眼で見つけた時点で勝利（キリッ！）

「って思ったら強いんじゃん、ボスゴーレム！　そこは普通に隠れてるだけの通常型っていうお約束をちゃんと護ろうよ――っ！　あ――れ――？」（ポヨポヨ！）

殴り飛ばされ、駄目出しされた！　しかも後ろで甲冑委員長さんと踊りっ娘さんのヤレヤレ付きだった!?

「だって、そこはお約束なのにテンプレ契約違反な鉄板遵守法違反の王道無視の空気読まない悪いゴーレムで俺は悪くないいんだよ――！」（プルプル）

うん、死んでたな？　油断――軽気功を覚え、空中機動の翼とスパイクが有ったから空中でも自重を消し去って衝撃を逃し飛び退れた。つまり昨日までの俺ならば確実に死んでいた。新たな力に酔い、新装備に驕り、己を見失った当然の結果だ。

基本は忘れてはならない。どれだけ豪華な装備を身に着け、多種多様な技を会得しようとも己自身を過信し見失えば異世界では簡単に死ぬ。故に基本。

「岩パンチに100倍返しだー！　岩石、岩石、岩石、岩石、岩石、岩石、メテ男ー、ってメテ男って誰っ！　岩石だよ岩石、岩石、岩石、保存版着用済み試作品下着、ちょ、それは駄目ーっ！　それはまだゴーレムには早いんだよ？　うん、見なかったことにしてね？　えっと、もう岩石って死んでるの？　まだ11倍返しなんだけど後の89岩石はどうしよう？　とりあえず収納を整理しないと惨劇が起きるな！」（プルプル）

　死んだらしい。周囲のゴーレム達も彫像のように静止して崩壊を始めている。

「全く俊敏なゴーレムとか反則なんだよ、しかも予備動作なしで最短距離を最速で疾走る左ストレートって異世界は想像を超える脅威だったよ！　うん、ボクサー・ゴーレムさんだったのかな？　罠部屋の仕掛けがボスなのにボスが罠でボクサーだった件？」「油断駄目、です。一瞬の隙でも死んだら……死にます？」「いや、ちょ！　そこ最後を疑問形にしないで最後まで心配しようよ⁉」

　甲冑委員長さんも心配してくれたようだ……そうに違いない！　涙目だしヨシヨシしておこう。

「相手に合わせない　自分に合わせる、です。　命はたった……いくつ？」「1つだよ！　良い話風に持っていって、何で最後が疑問形と見せかけた罵倒なの⁉」

　いや、きっと心配してくれたんだ。なんだか人族としての尊厳に大ダメージだったけど、涙目の踊りっ娘さんもヨシヨシしておこう。勿論どちらも我慢して頭だけのヨシヨシだ……くっ！

だって今のは俺が悪い。普段なら絶対にしなかった愚挙だ。普段ならば絶対にしないが日常的にはちょいちょい愚挙ってるんだけど、通常常時愚挙が列挙されてるけど普段はしていない！　うん、油断だ。やはり、これは俺が常識的で頭が固すぎるが故に常識に囚われ柔軟な思考ができなかったのだろう。これは反省すべき点だ！　そうに違いない、そう決めた！

「ああー、とっても凄く超常識人な俺が憎い！　何でこんなに生真面目な謹厳実直にして謹厳重厚で謹厳温厚な性格の男子高校生さんなんだろう？　よし、ばっちり反省した！うん、元の世界では『失敗は成功の墓場』って言って成功してしまえば、後は失敗を全部埋めたらバレないいんだよっていうありがたい教えが広く布教されてるから大丈夫なんだよ？」（（ジト――――））

だが、気付けてよかった。次は階層主、しかも大迷宮の90階層なんて迷宮王の上位クラス。決して気を抜いていい相手ではない。

そしてマジでヤバかった！　勝てるけど厄介な階層主さんは「カロージョン・レイスLv100」で、腐食させる亡霊さん。

「まあ、正確にはカァロォゥジャンだけど、それを言い出すとキリがないし……それはそれで、なんかムカつくから嫌だな？」（ウンウン！）（コクコク!!）

まあ名前は置いておいて『魔法吸収』と『腐食』に、『武器装備破壊』と『接触腐食』

がヤバい。だって迷宮の深層で武器や装備が壊されるとか、マジ最悪だ。まあ、個人的にはみんなで裸になって戦うのも吝かではないのだが、その場合階層主そっちのけの厳しく激しい戦いが始まって終わらない闘争が艶かしく繰り広げられてMPが毎回枯渇するから考えものだとか思い悩んでたら真っ裸で飛び込んでいったよ！

「うん、甲冑委員長さんや踊りっ娘さんが真っ裸で飛び込んだら、それはもう俺も負けじと脱いで参戦して男子高校生たる所以を思う存分にすっきり発揮で発散するんだけど……スライムさんなんだよ？」（ポヨポヨ!!）（ギョッワアアア――ッ!?）

どうやら『接触腐食』とか『魔法吸収』が食べたかったようだ……うん、レイスが鳴いてるんだよ？

スライムさんには凄く食べたいもの以外は倒してから吸収させている。完全状態の敵を『暴食』すると完全にコピー出来る代わりにスライムさんもダメージを負うのでよっぽどレアじゃない限りは弱らせてから食べさせている。それが飛び出すっていうことは、あの『接触腐食』は相当ヤバい。ミスリル化してない装備以外だと腐りそうだ！

「くっ、偽迷宮にスカウトしたい素敵な人材『カロージョン・レイス』さんだったのに、腐らずに直向きに一生懸命に鳴き喚きながら喰らわれているんだよ？　まあ、人体まで腐食させそうだからいらないけど、これが装備だけとかだったら夢と浪漫溢れる素敵魔物さんだったのに残念だな？」

っていうかそのスキルをスライムさんが食べちゃったんだよ？　うん、いつか美少女魔物っ娘の大群が現れたら是非ともスライムさんに装備破壊をお願いしてみよう！

そんな夢と希望にぽよぽよなスライムさんを頭に乗せて91階層に下りる。今は暴食後の消化吸収しているのか、疲れてお休みモードのようだ。恐らくダメージの回復もしているから絶対無敵の捕食攻撃は案外両刃(もろは)の剣(つるぎ)、だから普段は我慢させてるんだけど幸せそうに頭の上でぽよぽよしてるから美味(おい)しかったのだろう。

だから頭上のスライムさんを揺らさないよう、落とさないように滑るように舞い斬り払う。『鋲打ち(スパイク)ブーツ　PoW・SpE・DeX30％アップ　加速30％アップ　急加速　急停止　吸着　壁面天井歩行』は空中戦だけでなく地上戦においても抜群の効果で、『百魔の服』の『身体能力強化補正（極大）』と『姿勢制御補正（極大）』も加わり武仙術で地を踊るように舞い滑る。うん、御眠(おねむ)のスライムさんの安眠の邪魔をする悪い悪霊さんは撫(な)で斬(ぎ)りだ。

滑るように華麗に舞い、踊るように斬り払う武仙の剣舞！

「って、両隣が流麗過ぎると見較(みくら)べてヘコむんだよ？　うん、頑張ってるのに、神に至る武仙すら遠く及ばぬ天上の神技の剣舞が舞で美の極致が2対で踊る光り輝く白銀の乱舞！って横でやられると俺が可哀想(かわいそう)だし、剣戟(けんげき)なんだから棘々鉄球(モーニングスター)要らないよね!?」

見惚(みと)れながら視る。その技と足捌(さば)きを、必然の体術と呼吸の妙を。視ても見極められない高次元の剣技、それに較べられると最終調整で9割まで高めた魔纏(まてん)でも制御が乱れて見苦しい。そして自壊が多発して軽微だけど連続して起きる破壊に、姿勢が乱れ呼吸が荒れ見苦しく足掻(あが)くような剣舞だ。うん、高みは遠く、問題は山積(さんせき)で日々増加中で……さっきのドロップ品を複合で更に問題追加中だ？

「増やすなって言ってるん、です!!」（ポヨポヨ）

階層主「カロージョン・レイス」さんのドロップは『死霊の黒衣(マント)　ALL30%アップ　魔法吸収（極大）　魔法反射（極大）　魔法制御（極大）　MP吸収　接触効果(スキル)無効化　接触腐食武器装備破壊　+DEF』と、完全に『魔法反射のマント：【魔法を反射する】』の上位互換だった。思い入れが深いというより、『魔法反射のマント』さんは命の恩人と言ってもいい。そう、何とか君との殺し合いで生き延びた魔法反射のマントは、今視たら『魔法反射（極小）』の気休めの装備だったんだけど……その極小の効果に救(たす)けられ、極小の可能性を一緒に生き延びてきたマントさんだ。うん、とびっきり高く売りつけよう！

過剰装備で自壊が増える構成だけれど、防御力は格段に上がる。そして『接触腐食』！　装備が腐り落ちてポロリの誘惑の前には、生命(いのち)の恩人な思い出の『魔法反射のマント』さんさえも太刀打ちできなかったんだよ！　だって男子高校生さんだから仕方がない、ポロリは男子高校生の浪漫なんだよ――――！　しかも接触(タッチ)だし！

スライムさんを頭に乗せ、自重して地上戦だけで悪霊(91F)さんと死霊(92F)さんと亡霊(93F)さんと人魂(94F)さんを甲冑委員長さん達が斬り払って進み、次は95階層。ようやくスライムさんも復活で参戦するようだ。

「しかし、この大迷宮で散々にゴーストさん達と戦ってみたけど結局悪霊さんと死霊さんと亡霊さんと人魂さんの見分けが付かなかったんだよ？　うん、あれってちゃんと分類されてるのかな？　見分けついてる？」（ウンウン、コクコク、ポヨポヨ）「えっ、人形（ひとがた）だったり靄（もや）だったり影だったり物質っぽかったりするけど、全く法則性がない名前以外全く関連性が無い黒い靄とか違いが全くわからなかったのに違いが有ったの、あれって!?」

　お、俺だけだったの！

「ちょ、マジで！　どこが違うのあれって、判別ポイントはどこなの!?　これって試験（テスト）に出るのかなー……まあ、女子さん達もきっとわからないと思うんだけど、何故（なぜ）か莫迦（ばか）達だけ勘で見分けそうな気がしてムカつくんだよ！」

　なんか困ったものだみたいな感じで置いて行かれる。護衛対象な使役主って置いて行かれても良いものなんだろうか？　そう、この感じに懐かしさを感じているのが致命的な気もするけど、だけど大体いつもこんな感じの気がする？　使役には謎が多いようだ……全然待ってくれないんだよ！

　そして95階層の階層主。もう、自壊も厭（いと）わない全力のバールのようなものだ。俺がボコる、絶対に許さない！　その姿を見た瞬間に世界樹（ユグドラシル）の杖（つえ）をバールのようなもの形態へと変えた、その名を見た瞬間に全力で魔纏を纏（まと）い壊れ軋（きし）みをあげ身体（からだ）が悲鳴をあげようと無視して突っ込む！　虚空に浮かぶ深淵（しんえん）の如（ごと）き黒影が揺らめき、邪悪な気配が空間を満たす。強い魔力……うん、どうでも良いんだよ!!

「うりゃあああっ、悪霊退散（バールのようなもの）、邪気殲滅（バールのようなもの）、怨霊除霊（バールのようなもの）、悪鬼撲殺（バールのようなもの）、って言うか撲殺（バールのようなもの）、男子高校生の夢を返せな打撃！」

宙に浮く黒い影は吸血鬼。古より語られる伝説の悪鬼。そう、伝説では女吸血鬼さんは美人でエロい！　それは全男子高校生の憧れにして羨望の吸血鬼さん！

「それが『ヴァンパイア・ゴースト　Lv100』って吸血するだけの悪霊だよ！　飛んでるけど、そんなもん吸血蝙蝠と変わらないじゃん!?　吸血鬼が悪霊とかおっさんとか絶対に許さない、美人女吸血鬼以外は認めないんだよー!!」「どーどー　落ち着く　それもう死んでる！」「ヴァンパイアは悪霊、あれ、普通。です？」（ポムポム）

何とくだらない異世界だ。美人女吸血鬼さんに対する理解がないとは、魔物界の風上にも置けない！　うん、普通に魔物さんがいる世界なら、まず真っ先に美人女吸血鬼さんなんだよ！　蝙蝠とか悪霊とかおっさんとか蚊とかに血を吸われて何が楽しいの！　馬鹿なの？　死ぬの？　もう、殺したよ!!

「くっ、最下層での戦闘に備えて身体の再生とMPの回復を優先してたのに、行き成り男子高校生には寛容できない魔物を出すって恐ろしい迷宮なんだよ？」

ずっと迷宮を巡っていたら、いつかは美人女吸血鬼さんに襲われちゃって吸って吸われて舐めてしゃぶり倒す過酷な戦いがあると信じて戦ってきたのに何たることだ。そう、異世界は無情で残酷で全く空気読めなくて役に立たないらしい!!

# 正々堂々な王道がジトで全否定され、やはり精神攻撃は味方からだった！

## 115日目　夕方　教国　大聖堂地下大迷宮96階層

暗く乾燥した重たい静寂が階層を覆う。淀んだ空気が僅かに揺らめき、魔力が湧き立ち溢れ出してゆく。96階層には広大な広間に無数の棺桶が所狭しと並び、軋む音とともに棺桶の蓋が震えだす。

「ちょ、異世界さんちゃんとわかってるんじゃん!?　上の美人女吸血鬼さんで期待を裏切った分ここで大量の美人女吸血鬼さんが所狭しとキャッキャウフフでチュウチュウと吸って吸われて襲い襲われ組んず解れつのセクシーヴァンパイアさんがあられもない姿でポロリな展開な……先ず油をたっぷり噴霧します？　そして離れて着火して物陰に逃走中？」

豪炎の火柱と、灼熱の熱風が吹き荒れる炎熱地獄。よく乾燥した、乾涸びた木乃伊達が焼け落ちる。

「うん、せめて踊りっ娘さんみたいな美人女木乃伊さん達なら美人女吸血鬼さんの件は水に流しても良かったけど、木乃伊のおっさん軍団とか水に流さず油を散布して着火するよっ！　ムカ着火ファイアーだよ！」（ジトー……）

し、しまった、2階層続けての暴走で、やや怒り気味のジトだ！

「いや、だってこれって男子高校生への悪逆非道な精神攻撃で、幼気な男子高校生心が傷だらけの大ダメージで被弾大破でプンプン丸が大暴走で仕方なき所業で不幸な出来事なんだよ？　まったく困ったものだよ？　みたいな？」（プルプル）

夕食前だが獣人国にお土産屋さんを作って売り出そうと思って開発中の試作品「わくわく獣人饅頭」をあげてみたが、ジト目でモグモグ中だ。95階層の自壊被害も抜けていないし、ジトられてるから97階層はじっとしていよう。

まだ残り火の燻っている蒸し暑い室内を、魔石だけ回収して通り抜ける。棺桶が木製でよく燃えたし、死に掛かっている木乃伊さんにとどめを刺していくと「リバース・ムーミー　Ｌｖ96」と個体ごとに複数の命を持って蘇る蘇生木乃伊さんだったようだ？

「いや、火災現場で何回生き返っても焼け死ぬだけなんだけど、その分魔石が沢山ってお徳用の木乃伊さんだったのかな？」「呪いの伝染と、生命の吸収のスキル。危険な……敵、でした」「触れられればＨＰ奪われる　何度も生き返る　全て無駄だった。全焼です」

結構ヤバい魔物さんだったようだ。90階層台は普通の魔物すら凄まじく凶悪なスキルを持ち、強いくせに搦手が多い。伝染性の呪いとか生命力吸収とか無くっても、ステータスが全て4桁前後。普通に強いのに即死しない……女子さん達が勝てるかといえば勝てる、何故なら更に圧倒的な強さだから。だが絶対に死なないかと言われれば、90階層台は危ない。真っ当な強さを持った最強の相手を殺すための、搦手の深層の魔物達は女子さん達だけでは危険すぎる。うん、だってよく燃える棺桶に入って、中々動けないから楽勝なだけだったんだよ……親切だな？

そして、怒られ中なので見学中。ついでに未だに回復中？　さすが大迷宮の深層は魔力が豊富で再生も回復も早い。そしてさすが大迷宮の深層だけあって「ゴースト・シュヴァリエ　Lv97」は甲冑委員長さんと踊りっ娘さん相手に斬り結び剣を受けている。

それでも1合持つのは僅かで、2合目は受けられない。そして、スライムさんって甲冑とか着てると滅茶見つけにくいんだよ？　うん、小さくって速くて予備動作がなく、床面を不規則に高速移動し突如跳ね回るから連携する騎士だからこそ対応できない。

「あと、何でそこだけ仏語なの！　うん、ナイトでいいじゃん!?　なんか無駄に格好良くてムカつくんだよ、俺だけ無職なのに!!」（プルプル）

そして暇だから、決して断固として男子高校生としては認められない吸血鬼もどきのドロップを鑑定する。その宝具は『紅玉の宝冠：【特殊系統「緋色魔法」使用可】ＭＰ・ＩｎＴ50％アップ　緋盾　緋装　緋眼』と、紅玉なのに緋色押しだ？

「えっと『英知の頭冠』は『5つ入る』で、これで3つ目だからまだ余裕があるな？　うん、前回はミスリルに余裕がなかったけど、もっと突っ込めば『7つ入る』まで行けるかもしれないし、ＭＰとＩｎＴ50％アップは貴重で制御系も上げておきたいし採用だよね？」

「増やすなって言って、ます!!」

そして謎の緋色魔法は緋色の盾と鎧が纏える他に、矢や短剣に投槍まで操作できる特殊物質系魔法だった。だけど、使わないだろう。だって、これ血液を使うんだよ？

「自分の血だと貧血必至だし、魔物を殺してわざわざその血を操作するなんて迂遠(うえん)過ぎるし、それって致命的なまでに見た目が悪役なイメージで爽やかに青春を謳歌(おうか)する純情で純真な男子高校生のイメージに酷(ひど)くそぐわないんだよ？　うん、何故か甲冑委員長さんと踊りっ娘さんが絶賛しているけど、似合わないといったら似合わないんだよ!?」

っていうか悪霊とゴーレムの迷宮って、血液不足で使えないと思う。うん、木乃伊も乾涸びてたし？　そして、緋眼は充血するのかと思ったら魔眼だった。しかも、これ絶対碌(ろく)な事に使われない『誘惑』とか『催眠』とか『催淫』とかの魅了系の詰め合わせだ！　これって好感度さんこそが大量出血のダメージだけど、まだ生きてるかな!?

そして98階層は「ヒュプノス・レイス　Lv98」さん。ヒュプノスさんは希臘(ギリシア)神話の眠りの神で、希臘語で眠りを意味し睡眠を神格化した神様だ。

「うん、ヒュプノスさんじゃなくってよかったよ？　あの、たまに見かけるけどヒュノプスさんは謎に包まれてて、未だ正体不明なんだよ？　うん、ちなみに眠り(ヒュプノス)さんは夜(ニュクス)さんの息子で、死(タナトス)さんや夢(オネイロス)さんの兄弟だったりするんだよ?」（ポヨポヨ）

強力な催眠と睡眠の状態異常効果を波状攻撃でかけてくる亡霊達で、絶対寝たら殺す気満々なのに死のタナトスさんじゃなくて眠りのヒュプノスさんらしい？

「ふっ、眠りの神に逆らい、毎晩毎夜寝るけど眠る暇のないほど頑張ってる男子高校生さんにそんなちゃちな催眠なんて通じないよ？って言うか高校生には無理だよ、あっちの世界にはこんな催眠(ヒュプノ)なんて生温(なまぬる)い、幾多の脅威的な睡眠魔法(じゅぎょう)を受けてきた現代高校生に通用しないって？　うん、アレはマジ眠いんだよ！　あまりの眠さに何の授業だったか未だにわからないままなんだよ？　ヤバい、思い出しただけで催眠効果が!?」

　魔纏（まてん）の切り替え（OnOff）。その一瞬の瞬間的な魔纏のみで自壊を極限まで小さくし、その代わりに無防備な状態が長い瞬く魔纏。だから確実に回避しきらないと掠（かす）っただけで即死の危険（リスキー）な技。その代わりMP消費減に自壊低減なお役立ちな作戦（アイデア）で、耐状態異常だけ選別して智慧（ちえ）さんが制御しているけど後は武仙術だけ。

「だって、催眠のためにぐるぐる回ってるだけの悪霊って……防御いらないよね？」

　緩やかな動作で、素早く振るう一刀を2刀目に繋（つな）げ型にする。軽気功で体重を消すと、武器の重さに振り回される。だから武器の重さで加速し、遠心力で舞う。俺が出来るのはわかっている、確信がある。だって、ずっときりきり舞いでてんてこ舞いなんだから得意分野と言っても過言ではないくらい振り回されるのは得意だ！

「でも、身体（からだ）が軽いけど、これって軽気功がスキル化してるのかな？　まあ、疾（はや）いならそれで良いか？」

　虚空に浮かぶ残像。それを分身を残しながら斬線を刻みつけ、斬り回るけど悪霊さんには分身や幻覚は効いていないっぽいな？

「雷魔法も特に感電効果が感じられないし、温度魔法でも振動魔法でも効果なし？」

　だから斬り裂き斬線を空に描く。弱点でもあれば大助かりだけど、神剣で斬れば世の中の何かわからない謎の物もだいたい斬れる。ただ、迷宮皇が霊魂で、それが悪霊と化して全能力で襲い掛かってくるなら笑うしかない。あれはそういう物で、どうにかしようとか考えるのも烏滸がましい圧倒的を超えた別次元の強さ。それが迷宮皇、だけど逆に甲冑委員長さんや踊りっ娘さんみたいに自我を残し、闇に抗ってくれれば勝機はあるし、神剣なら闇を討てる。だけど……それでは霊体まで斬ってしまうんだよ。

「ふーっ、何とかなってるかはわからないけど、何とか出来る可能性くらいは出来てるのかなー？　まあ、99階層に行こうか？」（ウンウン、コクコク、ポヨポヨ）

心配そうな顔。それは、きっと闇との戦いを心配しているのだろう……うん、頭とか心配されてたらどうしよう!?　それでも、甲冑委員長さんのいた大迷宮と同じなら居る。

苛烈な烈火の如き猛攻。怒濤の剣戟と槍の閃光。疾風怒濤の悪魔の軍勢「イヴィル・レギオン　Ｌｖ99」。その圧倒的な強さと速さと技量は、それはもう迷宮王が団体で攻めて来るようなもの。迷宮皇級3人を押し止め攻め立てる無限の剣尖と槍衾、地獄のような戦場に剣の音が鳴り甲冑が打ち鳴らされる。

悪魔の騎士が犇めき、周囲を覆い殺到する脅威。斬り込む無数の悪魔を、突き出した大盾が阻み……顎を開き齧る。うん、ガジガジだ！

絶叫、悲鳴を上げながら頭を齧られる悪魔が泣き叫ぶ。

「だよね？　うん、頭って齧られると痛いんだよ!!」

練習で『暴食の大盾』を使ってみたら、悪魔より悪辣な悪鬼の如き齧る盾！

「うん、これって対子狸専用装備かと思ったら、悪魔の騎士団も齧るらしいんだよ？」

そして盾越しにバールのようなもので殴る、殴る、殴る。ひゃっは――――っ！

踏み込む。群がる悪魔を百の蛇が咬み千切り、鶏が吹き矢を連射して甲冑の奥の目玉を抉り、蜥蜴の尾が悪魔達の足を砕き、無限の触手が剣を振り槍を掲げ盾を並べる。

「ふっ、そっちが悪魔軍勢なら、こっちはぼっちレギオンだー！　あれ、目から汗が？」

悲鳴と苦鳴が満ち溢れ、イヴィル・レギオンが怯え恐れて後退る。

「いや、悪魔の軍勢がビビってどうするの？」（ウンウン、コクコク！）

力押しは退いたら負け。押し切った方が勝ちで、百の蛇と千の槍衾で押し通る。陣は崩れ、その完璧な布陣と圧倒的な攻撃の手数で押して迷宮皇さん達を抑えていたのに……退いてしまった。だから、布陣が崩れ空隙が生まれる。空けば躍り込む2つの甲冑姿の剣神達と、1つの可愛いぽよぽよ！　そこから湧き上がる恐慌と絶望の叫び、そして吹き上がる悪魔達の血飛沫。その舞い上がる鮮血を緋魔法で矢に変えて降り注がせる！

「って、うわー……緋魔法、MP消費が酷いから止めとこう！」

凄まじく強い悪魔の軍勢の圧倒的な力を、ただ暴力で圧殺する。その圧倒的な兵数を膨大な手数で滅殺し、吠え立てる悪魔を喧しいからバールのようなもので撲殺する。

きっと辺境の大迷宮の99階層に居たミノタウルスさんも、こんなにも強かったのだろう……転落死したけど？　きっと、あのとき俺が戦っていれば何も出来ず殺されるだけだった。だけど今は戦えている、何か悪魔が滅茶ビビって腰抜かしてたりするのが不可解だけど圧している。きっと、ちょっとだけ強くなれた。だから、きっと戦えるんだよ？

「うん、やっぱこの群がる悪鬼羅刹を、男子高校生さんが一生懸命に斬り倒す。これが王道（テンプレ）だね……って、何でジトなの!? ちゃんと正面から正々堂々と押し返して、清廉潔白に立ち向かう王道展開な正統派な戦闘だったじゃん！ ちょ、何で可哀想（かわいそう）なものを見る目なの？ それ、ジトよりダメージが大きいんだよ!?って、何で慰めのぽんぽんが始まってるの、ちゃんと正面から正々堂々と全力を挙げて迎え撃ったのに？ えっ、力対力な至極正当な正統派男子高校生さんが頑張ったんだよ？ 悪い悪魔の大群を、正義の男子高校生が戦うのって王道なんだよ？ ちょ、目を逸（そ）らして涙ぐまないで、って何で泣いてるの！ ぐはっ、精神的ダメージが好感度さんにまで達しただと!? あれっ？ なぜだか致命傷を受けた気がする!? ちゃんとばっちり王道（てっぱん）にして王道（テンプレ）にして王道（キングロード）だったのにーー！」

真面目に真正面から真っ当に真剣に戦ったと言うのに、何故だか全然な評価で心に深い傷を負ったが身体は万全で気合（やつあたり）も十全だ。だから扉を開く。

１００階層の迷宮王。甲冑委員長さんの時も、あそこは実は１０１階層目だった。あの時の１００階層のリビングアーマーはミノタウルスさんの不幸な墜落死で一緒にお亡くなりだったけれど、実はあそこが１００階層目だったはず。だから、扉を開き踏み入る。そこに待っている、迷宮皇を護（まも）る最後の騎士。

## 白と黒のコントラストは大変けしからん素敵なコンビネーションなのだが剥がさないといけないらしい。

### 115日目　夕方　教国　大聖堂地下大迷宮100階層

瞬間に飛ぶように交差して、漆黒の騎士と斬り結ぶ。返す一刀も返されて、お返しにもう一刀浴びせるけど力任せに振り払われる。塩も掛けてみたけど嫌そうな顔をするだけで、身動ぎすらしない暗黒の騎士。

その黒い影が迫る。斬り上げを飛んで躱し、頭上から二刀を時間差で斬り込むけど、剣で受けながら屈んで躱され、振り向きざまに俺の着地点へ向け必殺の斬撃。

「うん、でも斬られるから着地なんてしないんだよ？」

空歩で宙を蹴りつけ、バク宙しながら首を狩りに行くけど巨大な黒い半月刀が円を描いて剣尖が弾かれる。火花――烈火の連撃は疾風の如き連撃で押し返され、剣戟の火花の中を交差しながら鉄火を撒き散らす。うん、俺よりＰｏＷがありながら、互角のＳｐＥとＤｅＸがある。俺はステータスは低いけど、魔纏の効果で基礎ステータスは爆上げで底上げしているけど……この黒騎士さんも装備に仕込んでるな？　だって余りに常軌を逸している。反則だ。お揃いだ？　つまり、黒騎士も自壊の激痛と共に戦い護っている。だから……力を見せなきゃならない、出し惜しみは無しだ！

「魔纏11割！って、10割は安全範囲の限界値で、実はまだ先が有るものなんだよ？だって俺の装備効果って身体が耐えられないだけで、先は果てしないんだよ？」

もう時間なんて無い。流れているのかもしれないが知った事じゃない。その停止しそうな時間の中で、永遠に黒い火花の中を斬り結ぶ。

緩りとしか動けない重たい時間の中で、超加速で身体を強制的に操作し身体が壊れ砕けながら剣閃を刻む。刹那を斬り合い、一瞬の時に千合を撒き散らし、幾万の斬撃で語り合う。幾億の火花で煌々と輝く世界で、黒い甲冑と黒衣の男子高校生が静止した時間の中で殺し合う円舞曲。緩やかに舞い、刹那の時間の狭間で剣戟の狂騒曲を掻き鳴らす。

時間のない世界で踊る狂騒曲、舞う奇想曲、躍る綺思曲。それは、きっと滑稽で無意味で莫迦莫迦しくもお笑いな笑えない悲劇。そう、こんなのただの喜劇だ。

何の意味もなく、限り無く果てしなく何処までも無駄で無意味な荒唐無稽な無残に残酷な喜劇。なのに、そんな残酷な時間の中で、壊れ果てるまで強さを見せつける黒い甲冑。だから限界まで伝える、俺は強いと、だから……もう、良いんだよと。

「うん、絶対に救けるよ……もし、もうどうしようもなくって、どうにも出来ない時は俺がちゃんと終わらせるから。あと、あれ見てみ？　ちゃんとネフェルティリさんは救けてるから、ちゃんと毎日笑ってるから、まあ確かに食べ過ぎのきらいは否めないけど、あの奇跡のクビレも健在なんだよ？　うん、だから俺が最下層に行くんだよ。だからもう良いよ……永い永い間、お疲れ。あとはちゃんとやるから、永眠って良いんだよ……でも、あの題名はないよね!? えっ! 拘りだったの! それ、絶対に拘るところ間違ってるんだよ! うん、全部読んだし、辺境で配布するけど……題名だけ変えちゃ駄目かな? えぇー、マジで駄目なの? まあ、ちゃんと広めるし、最下層の聖女さんも任せてよ——うん、おやすみ」

神剣天叢雲剣、またの名を草薙の剣。そして神剣七支刀の二刀を突き立てて、『浄化』を発動する。黒い呪われた鎧が砕け散り、白骨の眼窩がこっちを見てる……うん、ちゃんと救けるって? うん、マジマジ、マジでマジだからマジなんだよ?

迷宮皇を護る最後の守護者「ブラックナイト・ガーディアン　Ｌｖ１００」が光の粒になり、迷宮の天空に消える。その輝きの中で華麗に荘厳にネフェルティリさんが弔いの舞を踊り、見送られながら永い時間は終焉を告げた。

「全く、大賢者で錬金術師なのに地下第１００階層まで来て、後ちょっとだったのに力尽きて……それでも護りたくって、魂まで錬金術でここに縛り付けるなんてね……全く大莫迦で全然賢くない賢者さんだったんだよ? うん、お疲れ」

そう、大賢者ザッシモフさんは大聖堂を建てた後、地下第１００階層まで来て居た。あと１つ降りられれば聖女に会えたのに、此処で力尽きて此処の守護者になり聖女を救けてくれる誰かを永劫待ち侘びていた。

「だから全力を見せなきゃいけなかったんだよ? うん、ちょっと死にかかってるけど、死んでも頑張ってた相手に手加減なんて失礼なんだって? しかし『呼び寄せの指輪』は便利だったな、捥げても戻ってくるんだよ？　まあ、ちょっと休憩……？」

会えなくって無念だったろうけど、遭えても悲劇しか無かったんだろう。きっと在りと凡ゆる聖遺物を掻き集めて、全身全霊でこの甲冑を造り上げて地下第１００階層まで来た。

「だけど、それでも迷宮皇には届かないんだよ……」

甲冑の残骸が散らばっている。闇は消えて、きっともう無用なものだ。機械仕掛けの絡繰の自動戦闘甲冑。魔導の粋を結集し、錬金の秘術を尽くし、稀代の大賢者の全知全能を凝らした究極の鎧。戦う力無き大賢者が奇跡を求めて造り上げ、己の命までをも動力に変え魂を削られる激痛に耐え最期の瞬間まで命を燃やし尽くした呪いの自動戦闘甲冑。それでも絡繰なんかじゃ迷宮皇には届かない。あれはそういう物じゃない。だって、あれはもっと残酷で冷酷で究極の強さなんだよ？

「はあ――」

唯一の望みは繋がれた。皮肉な喜劇のように俺にまで紡がれた。もし聖女が命まで捨てて救けに来た大賢者を、その手で殺めていれば……きっと悲しみで自我を失い、完全に闇に呑み込まれていただろう。そうすれば、もう救いはなかった。終わらせることしかできなかった。なのに残酷にも可能性が残った、こんなになってまで救けたかったのに届かなかった事が、唯一の可能性だった。

「……うん、やっぱり異世界って最悪だよ。だから、まあちょこっと行ってくるよ？　うん、絶対入っちゃ駄目だし、俺が逃げろって言ったら女子さん達のところまで行って地上

に出て例の鐘を使ってね？　約束なんだよ？」（……ウンウン、……コクコク、……プルプル）

だから、終わらせよう。うん、だって俺は悲劇なんて嫌いなんだよ？

「全く、あんなもの見て何が楽しいんだろうね？　そんなのわざわざ見なくたって、悲劇なんて現実だけで充分だよ？　うん、一体何が悲しくって異世界にまで来て悲劇なんて見なくちゃいけないの？　現実から異世界に来てまで、そんな悲劇は要らないんだよ。うん、徹底却下で断固拒否な絶対反対でだが断る？」

うん、頼まれたし？　蠢く深淵の闇が地底を覆う。大迷宮の最下層に闇に囚われた霊魂、その圧倒的な魔力体の膨大な魔力が闇と一体になり振るわれ荒れ狂う。

その穢れなき純白の魂に、おどろおどろしく暗黒の闇が絡まり付き、純白と漆黒のコントラスト……うん、真っ白な裸体に蠢く闇が絡みついてとってもエロい！

じっくりと観察しようと近付くと、闇の咆哮が大気を震わせ、暗黒の鋒が視界を覆い尽くす。

「いや、無限の槍衾が広がり迫る……って、舐めてんの？」

神剣の二刀流が暗黒の空間ごと薙ぎ払うと、戦慄き蠢く漆黒の闇。うん、御巫山戯過ぎだよね？

「ねえねえ、闇さん。上に居たおっさんだって、もっと真摯で必死で懸命に命を懸けてたのに微温いよ？　闇？　闇だから何？　破滅とか滅亡とか坩堝とか知らないんだよ？　うん、こっちは一寸先は闇って言うくらいに闇(ダーク)な世界から来たんだから、ただの闇なんて知ったこっちゃないんだよ？　全てを奪い呑み込み破壊する闇？　なら、先に奪い尽くして呑み込みまくって、破壊し尽せば良いんだよね？　そんだけじゃん、殺して死ぬんなら殺すんだよ？　うん、だから死ね？」

だって、俺に槍衾の触手戦闘なんて巫山戯(ふざけ)過ぎだ。全く俺がどれだけその道を極めたと思っているのだろう？　そして高速の世界を舞いながら斬り裂き、宙を駆けて削り穿(うが)つ。闇は白い霊魂の発する莫大(ばくだい)な魔力で無限に増殖し、時間(とき)が止まるほどの時間遅延(スローモーション)の世界ですら斬り裂き薙ぎ払っても間に合わないほど増殖が速い。だから防御を限界まで削り、攻撃で圧倒して力業で捩(ね)じ伏せる。だって、その根源から切り離すしかないんだよね？　霊体……闇が最も濃いのはそこなんだから。

薙ぎ払い、斬り込んで突っ込む。闇に腕を貫かれれば、その闇を消し飛ばして斬り裂き、脚を抉(えぐ)られれば、踏み付けそのまま震脚で闇を吹き散らす。もう、綺麗事(きれいごと)なんて何処にも無い、清々(すがすが)しい破壊の応酬。ただ奪い、ただ奪われ、壊し奪い尽くす奪った者勝ちの殺戮(さつりく)の剣戟。神速の智慧(ちえ)による高速思考(アクセラレーション)の世界に、時間なんて無い。次元斬を纏(まと)った神剣を前に空間なんて無い。そう、後は殺(や)った者勝ちの殺し合いだけだ。

速攻で、死なないギリギリまで踏み込み再生で補い潰し合う。それしかできない、だって霊魂(ゴースト)さんは不味(まず)い。闇の中から大量の悪霊達が湧き立つ。

「って、それ(モンスターハウス)はもう視(み)たよ！」

手を翳し、『死霊の指輪　InT40%アップ　魔術制御補正　耐即死　死霊作製操作』を発動する。やっぱり死霊も悪霊もどう違うか知らないけど、操作して集めて一刀の次元斬で闇ごと斬り払う。1回視れば対策はできる、MP消費と好感度的に『死霊の指輪』は使いたくなかったけど、此処は誰も視てないからノーカンだ！　目撃者は消す！　証拠隠滅だ!!

「俺の好感度さんのために、闇は消滅だあああああっ！」

壊し合い、壊れる前にもっと壊し、壊される度にもっと壊す。そう、壊すだけで良い、誰にでもできる簡単なお仕事だ。造るのは果てしないけど、壊すのは簡単。ただ羅神眼でよく視て壊す。しっかり観て壊す。じっくり診て壊し尽くし、ジト目で看て破壊し尽くす。後は結果をご覧じろ？

「ぜえー、ぜえー、ぜえーっ……ほら、来いよ……超凄い、超絶強い超々深遠なる闇なんだろ？　うん、殺すからこっち来てくれる？」

「破壊するんだろ？　俺はまだ生きてるよ？　うん、あんまり生きてそうに見えないかもしれないんだけど、ところがどっこい生きてるんだよ？」

コツは殺されても死なない気分さえ有れば結構何とかなるもんなんだよ、闇と戦うのに理屈とか物理法則とか剣と魔法とか気にしてる時点で負けなんだって。何もかも破壊し尽くす闇と戦うなんて無理に決まってる、絶対に破壊されるんだから至極当然の当然無論な当然の結末だ。

「絶対に不可避に結論として破壊する結果と戦ったらそりゃあ破壊されるんだよ？　うん、先に破壊するんだよ？」

　だって、壊した者勝ちの早い者勝ち。所詮は闇の破壊力なんて武神降臨の悪鬼羅刹に較べるべくもない、黒くて暗いだけのただの闇だ。

「そう、あの魅惑のもにゅもにゅの地獄と、むにゅむにゅの煉獄とむっちむちの天獄の精神破壊効果が素敵に危険な男子高校生危機一髪な破壊力に遠く及んでないんだよ？　だから壊すだけで、そっちはとっても得意でよく褒められるんだよ？」

　斬り刻んで祓い、斬り散らして灼き払う。後に残されたのは穢れなき純白の魂と、そこに暗黒の闇が絡まり付く白と黒のコントラスト。

「うん、真っ白な裸体に蠢く闇が絡みついてすっごくエロい！　まあ、それは最初にも言ったんだけど大事な事なんで2回言ってみた、つまり滅茶苦茶エロいんだよ！」

　無尽の魔力のまま、無限に増え続ける闇を無惨に斬り払う。完全に消滅させ、無にしなければ終焉はない。そして真っ裸のエロい素敵バディーの聖女さんは必死に懇願するように、闇に抗い斬られようとしている。実体のないその魂ごと闇の本体と共に消滅しようと願っている……うん、全くどいつもこいつも我儘放題な異世界だ。

「嫌だよ？　だから断る？　うん、だって長老衆のおっさん達に助けるって約束したし、上まで来ていた大賢者のおっさんにも救けるって言っちゃったんだよ？　いや、男子高校生には二言も三言も言い訳も嘘八百も有るんだけどさー、みんな笑って逝っちゃったんだよ？　うん、約束を反故にするにも、もう相手がどっかに逝っちゃったんだよ？　全くどいつもこいつも大迷惑に願いだけ残して、みんな勝手に笑いながら逝っちゃったよ？」

　本当にみんな我儘で困ったもんなんだよ。

「だから、死にたいなんて認めないから、みんな死に逝く者が祈って願ったんだから、ちゃんと生きて願いやらなんやら聞き届けてね？　うん、俺は丸投げするんだよ？　だから殺しちゃったら丸投げする相手がいなくなるから認めないよ、上でネフェルティリさんも待ってるから？　うん、上で待ってるから。だから……往生せいや――――っ！」

　霊体に神剣は使えない。あれは触れただけで、霊体は消滅してしまう危険。だが闇は神剣でしか祓えず、だからこそ闇は魔力の根源であるエロエロ霊魂にしがみつき絡み付き、締め上げるように純白の裸身に食い込んで霊魂なのに肉感的なエロさが大爆発な食い込みのむっちりのもっちりなダイナマイトだ！

　そう、あれは所謂触るな危険と言われるもので、それは男子高校生的に限界突破で臨界点を超越し欲望と欲情が究極合体で内なる力が目覚める桃……じゃなくて、もの！

　だから、剣を捨てる。二刀とも。マントを脱ぎ、グローブとブーツを投げ捨てる。そしてアクセサリーも外して服を脱ぐ……いや、下着は着てるんだよ？　まあ、男子高校生のぴっちりTシャツとスパッツに需要はないだろう？　あったら嫌だな！

　弱りきった闇が俄にざわめき出す。だって神気を纏った装備品には近づけないけど、外せば俺は無防備。その震える闇が触手を伸ばし恐る恐る俺に触れる、そして危険がないとみるや闇が俺に取り憑き侵食を始める。

「流石に全部はこないかー？　まあ、大部分は俺に来たかな？」

　そこで颯爽と取り出す『闇祓いの聖水：【頑固な闇、汚れだけを根刮ぎ落とし強力洗浄。今なら専用闇祓いハンカチ（使い切りサイズ）付き】』！

　そして目前には吃驚顔の、美人で真っ裸なナイスバディーな霊体さん。

「うん、真実はいつも一つで、男子高校生がすることも大体一つ！　そう、真っ裸な魂を拭き拭き洗浄だー!!」

　呼吸とともに練気し全身の経絡を通じ気功を張り巡らせ闇の侵食を止める、だけど逃さないよ？　武仙術で内気功を高め闇と拮抗する、それだけでは闇は止められない、全てを侵食し浸透し取り込み闇に変える力に抗えるものなど無い……訳がない。だって俺は男子高校生さんなんだよ？　しかも目の前に美人さんがすっぽんぽんだよ！　男子高校生の精神力は尽きない、何故ならそこにエロが有るからだ！

「よし、『闇祓いの聖水』と専用闇祓いハンカチで頑固にこびり付いた闇を懇切丁寧に拭き取って、乾坤一擲と拭い取って、ありったけ献身献上で櫛風沐雨の純白な裸身の『見せられないよ！』って黒塗りになっている闇を徹底的に消し去るんだよ!!」

　濡れ滴る魂を撫で撫でと丹念に闇を祓う。中々に霊魂とは思えない素敵な弾力で艶かしい肌触りがけしからん素晴らしさで、手に吸い付くような柔らかさと押し返す張りのある弾力が滑々のお肌と相俟って隅々まで浸潤と奥の奥まで惑溺と丹精込めて真心と男子高校生心も込め尽くして丹念に塗り時々あらあらまああと手が滑る。イケる、男子高校生が蒼天を穿つように昂ぶり尽くす！

「男子高校生の元気いっぱいな房中術全開！　わかりやすく言うと、ぴったり密着なぴっちりぬるぬるな陰陽混合で強制闇透析なんだよ？」（…………!?）

そう、房中術とは本来男女間で気を巡り合わせ、肌を接触させて練気を巡らせる健康的で健全な技。だから全身を駆け巡る気功と魔力が混じり合い、錬気で闇を洗濯消滅の大激震で……まあ余波でちょっと霊魂さんが見せられないような格好でびくびくと痙攣して、人前でしちゃ駄目なお顔で反り返って震えてるけど？

「うん、これで闇は侵食できないから、もう魔力も奪えない！　まあ、かなり端ない姿形で痙攣してるから、きっと闇も吃驚してるかも？」（ビクビク♥）

これでお互いに千日手。俺も身体が闇に侵食されて動けないけど、闇も魂に取り憑けなくて根源たる魔力源を失った。

「だから、良い加減出て来ようよ？　うん、一々指摘されるまで隠れてないで、もうちょっと空気読もうよ？　うん、まったく『健康』の振りして不健全なんだよ？　あと散々経験値奪ったんだから働こうね――『木偶の坊』さんもさあ！」

全く、職業もない脇役が異世界のスキルにない『杖術』なんて覚えても、いきなり神道夢想流杖術とかできないよ！　うん、習った事ないいんだよ？

「しかも絶対神道夢想流杖術関係者もお怒りなトンデモ杖術だったから、まあそうなんだろうなーって思いながら黙ってたら……SPごっそり使って『武仙術』だよ！　うん、まあ『房中術』は許すんだよ、褒めて遣わします？」

木偶の坊、それは木彫りの操り人形は単独では役に立たない意味の揶揄と言われるけど、それは木偶の棒。そして、木偶の坊は出狂坊、それは繰る方の意味なんだよ？

「ああー、まだ出てこないって言う事は『操身』さんもグルだったの!?　ちょ、散々『体操』とか言って人を騙しておいて、まだ隠してたの!?　おかげで『体操』のスキルだって信じて毎朝毎朝ラジオ体操しちゃって、孤児っ子達まで一緒に覚えちゃって全員健康的になっちゃったんだよ……ありがとう?って、もう良いから出て来てくれる？　うん、身体が壊れたって良いよ、治せるんだろ。空気読めって言ってるじゃん……もう、霊体さんがヤバいんだって。出てこないと……マジ怒るよ？」

全身が脈打ち鼓動が弾ける。ブチブチと筋肉繊維が裂け、バキバキと骨が砕けていく。

「があああっ、って身体が全部壊れてる……いや、まあ分かってたんだけど、これは結構酷いな!?」

きっと『錬金』さんと手を組んで身体錬成なんかやらかして、仙術まで取り入れていたのは基礎を作るため。

「ぐがああっ……って、まだなの？　いや、まあ闇に抗えればなんだって良いよ！」

ステータスを眺めながら、じっと待つ。霊体は闇の力で侵食されていたけど、それ故に消滅もしなかった。だから闇を祓ったら、もう時間がない。兎にも角にも俺が動けないと詰む。そうすれば闇の勝ちだ、『闇祓いの聖水』の効果が切れれば霊魂さんが今度こそ闇に取り込まれる。力量差と条件から言えばそれが当然な事で、必然の結果なんだけど俺は約束したから当然も必然も全然駄目出しで拒否る！

来た。出来る、出操る——だから出狂おう。

「待ってたよ……えっと……『術理』さん？　身体に於ける在らゆる術の理を制するんなら、身体が壊れたって良いよ。この際動けばなんでも良いんだよ？」

闇に覆われ闇に侵食され、血肉は同化された身体を魔力で覆い闇を捉え逃さない。魔力は喰われようと練気で侵食に拮抗しながら、奪われて動かせない身体は外部から魔力で操る。これが『木偶の坊』の力、外から強制的に身体矯正で操作する魔力の絡繰り人形使い。

その相方さんは『健康』さんで、今まで大迷宮ですら毒にも掛からない在り得ないという健康さの秘密。それは等しく、超再生や超回復の正体。

「そして、『体操』さんは正体を明かして『操身』さんになってたけど、それすら偽りだったって……うん、何で俺のスキルって全く信用できないの!?　誰に似たんだろう？」

外の『木偶の坊』と内の『操身』で身体を強制操作して、それで壊れた分を『健康』で無理矢理回復させて生き延びてきた。それでも身体錬成や仙術がなければ保たなくなって、だからまだ使うには危険極まりない身体制御の極致。

「だけどさ……今使わないでどうすんの？　まあ痛いけど約束なんだよ？」

皮膚は裂け肉は千切れて血が噴き出す。骨まで折れ砕けて身体が支えられなくっても魔力で無理矢理に支える。破裂し潰れる内臓を練気で護り、強制的に回復させ呼吸だけは死守する。ただ、もう時間がない。

「このままだと先にMPが尽きちゃうかー……まあ、動けるんだし良いか？」

やっと手を伸ばして、『退魔の光水：【身体に掛けると魔力防御絶大、光る】』を振り掛け、迷宮の最下層で無意味に光りながら完全回復茸も咥えて『世界樹の杖』を手に取る。勿論発動するのは治癒と治療と回復に再生の詰め合わせな、怪我病気状態異常を癒やす『アスクレーピオスの杖』。その力で肉体を無理矢理回復させて、『影王剣』も手にして一挙に強制回復で脱いでいた装備を付け直す。

「うわあっ、危なっ！　意識落ちかけたよ!!　うん、まだ駄目なんだよ？」

後ろから優しく抱きしめられる。温かい魂から優しい魔力が流れ込んで、終わり掛けていた魔力が充塡され身体が癒やされていく。それでも崩壊の方が早いけど、貰った魔力を全て打ち込んで魔纏に再起動を掛ける。

それは透き通った優しい聖女の笑顔。そう、眠りっ娘さんの魂が助けてくれたみたいだ……さっきまでいけないお顔でベロまで出して痙攣してたのに？　いえ、何でもありません！　うん、忘れた忘れた、もう何を忘れたかも忘れたよ？　本当だよ？

「きりがないから一瞬だけで良いから身体は頼むよ『術理』さん。うん、今まで隠れてたんだから頑張ろうね？　じゃあ、『魔纏！』……っがああがっ、ぐぅがをぁあっ！」

術理——凡ゆる武技の根源にして、身体操作と身体の操作まで内包する武の根源。それって結局は元気に健康でボコろうねに行き着くんだけど、取り敢えず今は戦闘の前に健康的なのと元気なのをお願いしよう。

「だから、逃さないって言ってるじゃん？　うりゃ？」

顕現させた神剣で、自らの身体を刺し貫く。すると体内で騒めき暴れ狂う闇、俺の体は再生されるけど闇は侵食しかできないよね？　はい、2本目追加！

「ぐがあぁっ！って、必死に身体を乗っ取って止めようとしてもさ、既に壊れた身体ってもう動かないんだよ？」

神剣は闇の天敵だけど、発現すればそれだけで自壊する凶器。だから身体は神剣で何度も何度も壊れ続けて動かせるはずがない。

「うん、だから術理なんだよ？　そして、俺はそれに合わせて身体が幾度となく修復され錬成された。ならば俺には神気に耐性があり、闇には無いはず——だったら良いな？　みたいな痛いな？」

体中が灼熱し、身体に侵食した闇が藻掻き苦しみ怨嗟の絶叫をあげて激しく震える。身体から影が滴り落ちて地面で震える。

「うん、闇がやっと離れたよ？　まったく今時色黒とか流行らないんだよ？」

だけど、もう身体を貫く剣を抜く力が無いし、剣で支えてるだけだから抜けば倒れる。そして剣を抜く暇もない。逃げ出した闇と霊魂さんの間に身体を滑り込ませるよう、半

歩だけ足を出す。もう、それだけしか動かない。

「うん、充分だよ。ありがとう『術理』さん」

震脚——踏み出した左足が大地を揺るがし、大気を打ち震わせる。残った右足が左足を追い、地を蹴って全身の加重と共に魔力が集約して軽く前に出された左手を滑走するように右手が追い突き出される。

うん、これだけで良い。武仙術の全身全霊全力のたった半歩——崩拳だ。

「だけど、術を極め理を悟った『術理』さんの崩拳なんだよ？　うん、半歩神拳とまで呼ばれた拳聖の技に、死にかけの闇なんかが耐えられるわけがないじゃん？」

崩撃の衝撃が大気を震わせ、闇を粉々に消し飛ばし吹き散らす。その波動が闇に伝播し、その跡形もなく消滅させる気功と魔力の激流が、闇の全てを灼き尽くす。うん、充分だったよ。

術理の崩拳は想像を絶する爆発的な勁力の奔流だった。凄まじいまでの魔力と気功の錬成された衝撃だった。うん、だから俺の身体も、もう駄目みたいだ？

まあ、約束の半分は守れた。ちゃんと眠りっ娘さんの魂は無事だ。ただ、ちゃんと帰るから待っててねって、3人と約束してきたんだけど……今は……ちょっと無理？　みたい……だな？

# 地底であれ地上であれ冤罪とは異世界に満ち溢れているようだ？

## 115日目　夜　教国　大聖堂地下大迷宮100階層

襤褸々々に壊れた身体を担がれ、上の階層まで運び出された。泣きながら怒ってる甲冑委員長さんと、ぽよぽよと怒りながら治癒を掛けてくれるスライムさん。そして眠りっ娘さんの霊魂を抱きしめ声を上げて泣く踊りっ娘さん。うん、あとちょっとだけ頑張らないと……だから、意識を失うにはまだ早い。きっともう残り時間は僅かだ。

アイテム袋から眠りっ娘さんの身体を取り出すけど、霊魂さんは悲しげに首を横に振る……やはりバニーガールさんの格好がまずかったのだろうか？

「いや、嫌々って……ならば男子高校生の夢、合コンだあああっ！」

合コンというか合魂で、『合魂の首飾り：【魂と肉体を引き合わせ一体にする（1回限定）】』を装備させる。恐らくこれで素晴らしいバニースーツなむっちりバディーな肉体と、素敵な純白の真っ裸セクシーバディー霊魂さんは融合するはずだというのに拒む……ただただ悲しげに首を振る。

その瞳は責任を感じ、生き返ることを拒んでいる。自分のために多くの人がその生命を失った責、それなのに自分だけが生き返ることへの良心の呵責。それが精神を融合させずに、頑なに精神が自分だけが救われるのを拒んでいる。それこそが贖罪。

涙を零してポロポロと泣く踊りっ娘さんに優しく触れて、最後のお別れをしているんだろう。魂が天上に帰る今生の別離。泣きながら霊魂を抱きしめようと、決して離すまいとしがみつく踊りっ娘さんの悲しげな顔に優しい顔で悟りきった顔で何か言葉を告げている……もう、心に決めたのだろう。だから精神は肉体には宿らない。

「よいしょっと？」

ごそごそ——っと？　そして、左手で優しく優しく踊りっ娘さんの頭を撫でる。「大丈夫だよ」って言いながら、優しく撫でる。

そして右手を霊魂さんの頭に置く。そう、今着け替えたのは『精神破壊のグローブ　握力増強（特大・頭を摑むと発動、床や壁に叩きつけると効果大）』で、その装備した右手で頭をぎりぎりと締め上げ持ち上げて、壁に叩きつける。まあ、霊魂だから精神体なんだよね？　うん、摑めてよかったよ？

「みんなが死んだ責任を感じてるの？」

更に持ち上げ捻り込むように、頭を壁に叩きつける。悲鳴が上がる。

「みんながそんな事を頼んだの？」

泣いてるけど、踊りっ娘さんが必死に止めてるけど壁に叩きつける。絶叫が上がる。

「みんなが本当に、そんな事を願ってたと思ってるの？」

言い訳は聞かない。御託も聞かない。その想いも決心も知ったこっちゃ無い。壁に叩きつける。号泣し泣き叫んでも許さないし、許せるわけがないんだよ？

「みんな命を懸けて、たったこれだけを願ったんだよ？」

　壁に叩きつける。何度でも何度でも、このわからず屋の精神が壊れるまで叩きつける！

　うん、静かになった？

「人の死を無意味にする娘はお仕置きなんだよ？　うん、ごめんなさいするまでずっと壁に叩きつけるからね？」

　振り上げ垂直に地面に壁に叩きつける。みんな俺が救けるって言ったら笑って逝ったんだよ？　その意味がわからない？

　だから、わかるまで睨みつけて何度だって壁に叩きつける。きっと大賢者のおっさんはもっと沢山叩きつけられて、滅茶苦茶になりながらこの部屋までやって来たはずだから。それでも、きっといつの日にか眠りっ娘さんが目を覚まして幸せに笑うのだけを夢見て、長老衆のおっさん達は永い時を生き抜いていた。それがわからないなら何度でも叩きつける。

　その思いが伝わるまで、ずっと。だって、この部屋にはたったそれだけを夢見て、ずっとずっと護ってたおっさんが居たんだよ？　うん、頼まれたんだよ。

　そして――

「く、空気が重い！」（（ジト――――――））

　ようやく俺の心からの説得に応じてくれて、眠りっ娘さんは泣きながらスーパーセクシーな眠りっ娘バニーボディーと我儘霊魂な精神が合体して永い永い眠りからようやく目を覚えました。もちろんバニースーツな素敵な我儘バディーがダイナマイトでデリシャスだったんだよ？

「いや、時間がなかったんだって！　もう、あのままだと霊体が消滅寸前だったんだよ？　うん、だからちょっとだけ乱暴だったけど、お仕置きは仕方がないんだよ？　だって霊体って物理攻撃効かないし、神剣だと消滅しちゃうし。まあ、ちょびっとオコだったけど？　だから、もう怖くないんだよ。うん、俺って優しくて爽やかで朗らかな男子高校生さんだって超有名なんだよ？　うん、この情報は魂に流布していいんだよ？」

　めっちゃ怯えた目で震えている眠りから覚めた眠りっ娘さん、それを踊りっ娘さんと甲冑委員長さんが抱きしめながらよしよしと撫でてあやし俺をジトってる。俺も抱きしめ合いに参加したいし、いろんな起伏を撫で撫でしたいんだけどめっちゃ睨まれてて近づけない――うん、これは最終手段だな！

「スライムさん、クレープだよー。待っててくれてありがとうねー？」（ポヨポヨ！）

美味しそうにスライムさんがクレープを食べるのをじっと3人が見てる、行けるな。

「甲冑委員長さんも心配かけてごめん、クレープだよ、はい、あーん」（……モグモグ）

踊りっ娘さんのオコの目が、美味しそうの目に変わった！　ふっ、勝ったな。

「はい、踊りっ娘さんも心配だったんだよね？　もう、大丈夫だよー、はいクレープ、あーんなんだよ？」（……ムシャムシャ）

　3人の幸せそうな顔をじっと見る、眠りから覚めた眠りっ娘さん。ってまあ、起きてる眠りっ娘さん？

「怖くないよー？　うん、超甘美味しいんだよー？　ふわふわで甘々なクレープさんっていって、とっても美味しいよー、あ――ん？」（………カプカプ）

怯えながら震えながら、おずおずと食べている。そして頰っぺが緩み、涙目は笑顔に変わり顔に生クリームを付けながら一生懸命に食べている。そう、踊りっ娘さんと笑い合いながら……うん、ちゃんと約束した幸せな笑顔だ。

「うん、それで良いんだよ」（ポヨポヨ♪）

この部屋で逝ったおっさんは、ただその笑顔を見たかっただけなんだよ。たったそれだけを夢見てたんだから、殉死なんておっさん達に失礼極まりない侮辱なんだよ。そう、その笑顔だけで良い……しかし、さっきまで怯えてたのに食べるペース速いな！

（（モグモグ♪））

そして、やっぱり眠りっ娘さんも上手く喋れないようだ。一生懸命踊りっ娘さんが手振り身振りに合わせて話を合わせていて、甲冑委員長さんはウンウンしてるけど……本当にわかってる？　さっきから全部ウンウンだけだよね？

そして上層に向かいながらお説教中だ。そう、眠りっ娘さんにチクられた！

「いや、だって時間がなかったんだよ！　この羅神眼で視た限り本当にギリギリまで魂が消滅しかかっていたんだって!!　それに眠りっ娘さんの膨大な魔力と霊力が、闇に奪われかかってて癒着が酷くて引き剝がすためには無茶も致し方ない所だったんだよ？　うん、ちゃんと削って弱らせたからセーフだったんだよ、マジだって！」「身体、また、全部、壊れてる！」「それ、操ってる、だけ！　死なないって約束、した、のに……」

めちゃオコだ、涙目の本気なオコだった！

「ちゃんと約束は守ってるじゃん、生きてるし？　うん、死んだら死んでて生きてるから生きてるんだから、生き生きと生存中でご存命中なんだよ！　うん、まあちょびっと生き返ったり、巻き戻ったり、残機が有ったりしたかもしれないけど死んでないんだよ？　多分？　みたいな？　無いよね？」（ゴニョゴニョゴニョ）

なんかまた眠りっ娘さんが踊りっ娘さんにチクってる！　クレープが足りなかったらしい、お饅頭食べる？　うん、眠りっ娘さんはモグモグ笑顔だが……甲冑委員長さんと踊りっ娘さんが滅茶ジトだな！

「ぬるぬるローションで、何を、してたんですか！　戦闘中、に!!」

ヤバい、甲冑委員長さんの笑顔のオコだ！　このオコは数あるオコの中でも1、2を争うと謂われる怖いオコなんだよ！

「全身ぬるんぬるん　天国が見えたって　何をしちゃいました!!」

あれ、踊りっ娘さんが流暢だ……オコなの？　違うんだよ？　きっとまだ眠りっ娘さんが上手に喋れないせいで、あらぬ誤解を招く表現があったのだろう。ならば流暢に喋れる俺に説明責任で、俺は悪くないことを識らしめよう！

「違うって、俺は滅茶頑張って『闇祓いの聖水』で濡れ滴る裸体を、ちゃんと付属品の専用闇祓いハンカチで丁寧に丁重に徹底的に拭き取ると言う重大かつ素敵な作業で、それはもう重量感たっぷりな純白な裸身を『見せられないよ！』って邪魔してる闇を強力洗浄でさわさわ磨いて撫で撫でして、拭いてもにゅもにゅと闇と戦いむにゅむにゅと純白な裸身（ダイナマイト）が肉感的な霊魂が生々しく艶（なまめ）かしくぷるぷるの弾力を洗いまわって、柔肌も汚（けが）れを落としつつ弾力を楽しみながらすべすべと手を滑らせながら隅々まで滅茶々々堪能（たんのう）したけど……ちゃんと祓ったんだから俺は悪くないんだよ？　うん、悪いのは頑固な闇（よごれ）で俺は全く悪くないんだよ？」（ジトー……）

　怒られながら歩き、ジトられながら階段を登る。また怒られながらお菓子で応戦し、ぽよぽよと慰められながら歩く。キツい、だけどまだだ。74階層で3人は魔物の残りを掃討中で、俺と眠りっ娘さんは養生中。うん、2人でお菓子を食べながら観戦だ。

「たす、け、て……ありが、とう。うれし、かた、です」「どういたしまして？って、気にしなくって良いんだよ？　うん、こっちの都合で強制的に救けたんだから、恨むんなら勝手に頼んで勝手に逝った我儘なおっさん達に言ってあげてね？　うん、俺は悪くないんだよ？　みたいな？」

　そして怒られては観戦し、歩きながらお説教される。そして応援してはお菓子を配り、ジトられながら72階層の階段を登ると女子さん達が手を振って走ってくる……手にはモーニングスター！　うん、今あれ食らったら死ぬな！！

　女子が30人もいると姦（かしま）しさ10倍な大爆発で、涙目で大騒ぎで大混乱なので急いで扉（ゲート）を開いて地上に出る。

その地上では大迷宮を幾重にも包囲し控える騎士団と、魔術師の部隊。教導騎士団が中心だけど、油断せず世界樹(ユグドラシル)の杖(つえ)に手をかける。と――シスターっ娘が前に進み出て、高らかに迷宮踏破を告げる。

「迷宮は踏破しました。古き因縁は終わりました！　王女としてここに宣言します、ここから腐敗無き新たな教会と民のための国家を造り上げましょう！」「「「わあああああああああ――――っ!!」」」

爆発するように歓声が上がり、人々が沸き立つ。騎士達は剣を掲げ忠誠の誓いを立て、更なる喝采と鳴り止(や)まぬ拍手と歓声。そこへ王様(おっさん)まで現れてシスターっ娘と抱き合い、チラ見の大司教(じいちゃん)も膝を突き忠誠の礼を尽くす。うん、凶暴なおっさんも剣を掲げながらこっちに手を振っている？

終わらない歓声の輪は波紋となって広がり、街中で喝采が鳴り響く……杖から手を離す。うん、終わったんだよね？　ちょっと寝て良い？　うん、マジ疲れたんだよ……永いよ、一日が!!

## マグロさんは一生眠らずに泳ぎ続けると言うのに、男子高校生さんは眠らないけどマグロだった？

### 115日目　深夜　教国　王城　客室

永い永い一日が終焉、深い深い眠りに落ちた。意識まで破壊が進み限界を超えた寝落ち。そして目が覚めると3年の月日が経っていたなんて言う展開はないようで、身体も壊れたままで全然まったく動かない。厳密には動かない事はないのだが、普通には動かない。

「うん、ピクリともしないって言うか、まだ一日が終わってなかったの!?　深夜かな？」

身体が動かない。壊れ果てた先に『術理』まで発現し、限界まで酷使した結果だから致し方ないとは言え指一本動かせない。でも、これって重症過ぎない？

完全に自己崩壊が起きて、再生や錬成では追いつかずに完全回復茸すら焼け石に水な絶望的な状態。なのに、動かないが身体が残っている？って言うことは癒やしの聖女さんが必死に頑張ってくれたのだろう……うん、動かないが修復されている微妙な感覚。

「ああー、これって『術理』さんが発動しちゃってるんだ？」

武術や体術は言うに及ばず、医術や気功術と凡ゆる技術の理にまで至らしめる能力。当然のように身体錬成すらも有していることだろう。

「だから気づかない振りしてたのに……うん、もう術理の名前を見た時点で、手に負えない確信はあったんだけどさー？　うん？」

　これはもう制御は無理だから百術千慮で智慧(ちえ)さんに頑張って貰(もら)うしかない。だけど、組まれると厄介なコンビな気もする？　そこへ羅神眼さんまで飛び入りでトリオを組んだら、それもう手に負えるとか言うレベルじゃない気軽に手とか捥(も)げるレベルだろう。

　感覚的にも再生自体は済んでいるし、感じから言って全快だ。ただ、内部構造が全壊なんだろう。多分、危険な状態で強制的に『智慧』さんあたりが神経を遮断している。おそらくは『術理』さんを制御できずに、現在の壊れ果てた身体では耐えられないと判断されたんだろう……うん、不自然なほど全く動かないんだよ？

　装備は全て外され浴衣姿のようだ。探知系は異常なし。脳も壊れていないみたいで、ちゃんと思考ができている。記憶の混濁もないな。ちゃんと何とか高校の校歌も……？

「えっと……『何か頑張れ何とか高校？　何とか山に日が昇ったら何ちゃら川に流されちゃって、後はどーたらこーたらであーだのこーだのな嗚呼(ああ)何ちゃら高校？　みたいな♪』うん、多分大体合(バッチリ)ってる？」

　そして呼吸は出来ているのだから、声は出る？

「あー、あー、ワレワレハ異星人(イセイジン)ダー、って確かにそうだった⁉　な、なんと異世界転移は宇宙人なSFだったよ！　うん、声は戻ったな？　でも、身体は駄目かー……暇だなー、なななーなななーななー♪」

　声は戻った。呼吸を深く、内勁(ないけい)を練り体の芯を締めるように深い呼吸。全身に酸素と気と魔力を行き渡らせ、隅々まで血液と共に循環させて体内で螺旋(らせん)を描き血と気と魔を混じり合わせていく。すると魔力が肉と骨を満たし、練気で神経が張り巡らされ繋(つな)がっていく。

うん、体内の魔力は扱えるが外部には出せない。どうやらスキルも外には発動しない、寝たきり若者な状態の男子高校生さんのようだ？

つまり、きっとまた新たに身体が錬成されている。極限まで隅々まで壊れた身体が、より強く最適に作り変えられ『術理』さんが適合させようとしている。そこまで徹底的に壊れたから、だから未(いま)だに動かない。

「まあ、今回は条件が悪すぎたんだから俺は悪くないんだよ？　うん、相手が霊魂(ゴースト)さんで神剣が使えないまま闇と戦うなんて、あれはおっさん達(たち)が我儘(わがまま)だったんだよ？」

実際、『闇(?)祓(はら)いの聖水』が有ったから何とかなった。それはもう滑々(ぬるぬる)と素敵な聖水(ローション)で潤滑(ぬらぬら)と霊魂(ボディー)を撫(な)で回し、舐々(ぬめぬめ)と洗浄(クレンジング)な過酷な戦いだった。うん、大変だった！

「って、思い出して(回想シーン)たら身体は動かないのに男子高校生さんは元気に……って、そこが最重要修復箇所で最優先で治されちゃったの!!」

呼吸。正しく意識し制御された横隔膜による深く正しい拍動(リズム)——それを無意識下に落とし込む。常に正しい呼吸が維持されるように、そうして呼吸法で気を生み出した内気を練り上げ全身を巡り練気となるように。その自然な呼吸と血流を気功術の動力(エンジン)にして、魔力の循環する魔法陣と為(な)す。きっと、それが『術理』の求めるもの。

「つまり、術理さんの求める能力値(スペック)が異常なんだよ!?」

凡ゆる術の理を体現する身体と技術なんて、武仙でも辿り着けないであろう究極の極致の境地でとっても遠そうだ！　うん、絶対過剰能力だ!?

「それは隠されてるよねー……日常の生活で使い難い事この上ない能力だから動かないのか、動かせないように管理されているのかどっちだろう？」

　まあ、無意識で息して心臓が鼓動してるだけで気功術と魔力循環ができれば、ずっと身体強化が常時発動みたいなもので合理的と言えば合理的なんだけど……その為に身体を造り変えるってゴリ押し過ぎなんだよ！

「しかし、洞窟に隠居してのんびりできそうにもないし、だったら力は必要そうだし？　はあー、大迷宮は１つだけだと思ってたのに２つ目とか……まだ、ありそうだな？」

　働けど働けどのんびりモブライフが遠い！　うん、最近は森の洞窟に掃除にすら行けてないんだよ？

　まあ、無理しすぎの自業自得なんだけれど、無理でも無茶でもこの大迷宮は絶対に潰すって決めていた。だって踊りっ娘さんのいたのは此処だった。

　それは遠い昔、この国をも救おうとして教会の神人派の罠にかかり、迷宮の底で迷宮皇となった踊りっ娘さんの物語。それを知った眠りっ娘さんが救い出したけど、その最下層で力尽きて踊りっ娘さんの棺だけが持ち去られ今度は眠りっ娘さんが最下層に閉じ込められた……それが壁画に描かれていた２人の聖女の悲劇。うん、破壊するよそんなもの！

　そうして踊りっ娘さんから眠りっ娘さんに迷宮皇が入れ替わり、一時的に迷宮が弱体化た隙に大賢者のおっさん達が必死で助け出しに向かった。だけど魂を闇に囚えられていて身体だけしか救えず、その持ち帰れた身体だけを大聖堂で保管していた。

そして何度も何度も魂を救おうとしたけど、最下層までは届かなかった。だから復活した迷宮の最悪に備えて大聖堂を建立した。そう、つまり最初から大賢者のおっさんの試みは絶望的だったのだろう、それでも魔導甲冑まで造り上げて、最期に挑んだんだろう……そして、100層で力尽きた。

「それを全部勝手に俺に託しちゃって、勝手に逝かれたんだよ。うん、異世界人って我儘すぎなんだよ？　まあ、女子高生さん達も我儘いっぱいで、お腹もいっぱいなんだから世の常な世情なんだろうか？　うん、2名を除いてなかなかの我儘おっぱ……いえ、何でもないです！って言うかなんでまだメモしてるの!?　いや、もう偵察は終わったんだからメモいらないよね!!　クレープ要求がお強請りという名の強請で強要って言うか脅迫だった！って、いつからいたの!?」（モグモグ、ムシャムシャ、ハムハム、ポヨポヨ♪）

凄まじい勢いで食べられてる！　特に眠りっ娘さんは全種類食べる気のようだ!?　強請られても動けないので、アイテム袋を手に持たせてもらい袋の口を開いたら……

「まあ、きっと随分と久しぶりの食事なんだから、美味しいものをいっぱい食べて良いんだけど……お菓子ばっかりで良いのかな？　まあ、やっと食べられるんだし、やっと再会できて笑いながら一緒に食べられるんだから……って、在庫が全て食べられそうだ、ヤバいな！」「お加減は、どう、ですか？　痛い、ない、ですか？」

甲冑委員長さんが優しく撫でてくれる。しかも、３人でミニスカナースさん！　ちょ、身体動こうよ！　大迷宮の最下層で「今が大事な時だ」って言ったな、あれは嘘なんだよ！　うん、絶対にこっちのが大事な重大事の一大事で、一事が万事で超大事なんだよー

(男子高校生の魂の叫び！)

「約束、ありがとう。　ファレリア　救けてくれた」

　甲冑委員長さんのピンクのミニスカナースに白の網タイツこそが脅威かと思っていたが、踊りっ娘さんの白衣のミニスカナースな正統派にして清純な素晴らしさも脅威！　まして黒のガータストッキングが案外とエロい!!　くっ、男子高校生は元気なのに、本体が動かない……って、普通は本体を先に治療しないかな？　ま、まさか男子高校生が本体だと思われているの!?

「習った。痛い、痛い、飛んでいく。痛い、痛い、飛んでいく……飛んでいく」

　どうやら女子さん達に習ったらしい……って、治癒の聖女さんに何を教えてるの!?

　まあ、治癒はもう効かない。構造上は完全に修復されているから、それならこっちの方が良い。うん、何が良いって水色ミニスカナースさんはエロ可愛い！　白ニーソも見事としか言いようのない絶妙な組み合わせで、そしてエロナースさん達が涙目で一生懸命に祈るように願うように詠うように呟きながら撫でてくれる……いや、下腹部は撫でなくって良いんだよ？　うん、そこだけは何故か物凄く元気なんだよ？

　だけど、眠い……そして微睡み抱えられて運ばれる。もう、辺境に帰るのだろうか……

でも、まだ深夜なんだよね？　ああ、目が開いてなかったんだ……まあ、孤児っ子達も待ってるし、尾行っ娘までこっちに来てるから看板娘も寂しがっていることだろう。あっ、獣人国でオタ莫迦(ばか)回収しないと……もうちょっと早く戻る気だったから放置してきたけど、きっと迷惑がられていることだろう。んっ？　部屋……ってお風呂？　ああー、動けないからお風呂に入れようとしてくれてるみたいだ。

「いや、動けないから濡(ぬ)れタオルでゴシゴシだけでも良いんだけど？　いや、だって今の俺の身体って、出来たて新品状態だから襤褸(ぼろ)っちいけど、ばっちくはないんだよ？」

俺が着ている浴衣を脱がされ、そして大変に残念で無念だが名残惜しくもミニスカナース服も、ゆっくりじっくりねっとりと見せつけるように脱がれていく。

それは眼(め)も眩(くら)む絶世の美女さん達の絶景(ストリップ)が、絶妙な湯煙で湯気さんが良い仕事をしてますねーって靄(もや)が邪魔でもやもやしながら良い湯だな？

「ちょ、何事！っていうか何してるの!?」

服をお脱ぎになられあそばされたお3人様が、お抱えあそばされて畏(かしこ)くも艶々(つやつや)で我儘(むっちり)な発育(ぼよんぼよん)であらせられ素肌と素肌の密着感が恐れ多くてヘブンリーでございます？　そして何ということでしょう、お風呂にエアーマットだと！　けしからん、けしからんぞーって俺が作ったんだけど、ビニールがないから布を樹脂でコーティングした苦心のエアーマットさんが準備されている……だとっ！

「約束。お風呂、泡々。密着洗浄を……Wです。ヌルヌルローション付き……です♥」

「そう、ボディーマッサージ　性技の極みの香油トロトロサービス　ねっとり極楽昇天、です♥」「って、ちょ！　ここで動かずしていつ動くの……って、男子高校生だけ動いてどうすんのー!!」

問題は2点。先ず体が動かないから何も出来ない。そして2点目は1人多いよね？　うん、何で眠りっ娘さんまで脱いじゃうのかな？

美しい眠れる美女は純白の汚れなき魂を取り戻して、青白かった肌にも赤味が差している。その美しい彫刻のようだった顔にも表情が生み出されて……なんだか妙に色っぽいんだよ？

「えっと、教会の聖女で純白の淑女な聖なる女神で、幾多の名を持つ元眠りっ娘さんWith霊魂さんの伝説は清楚にして楚々な至純にして清純キャラだったよね!?」

それは小悪魔っぽい魅惑と蠱惑の魅了の踊りっ娘さんとは対照的な、純真無垢で清楚で清麗な美しさだったはず？　そう、問題はその清純で純真な清楚な乙女さんが何で悪い笑顔で真っ裸で御風呂に入ってくるのかで、その清純で純真無垢なお顔が淫らに笑う！

「仕返し……いっぱい、されました、だから、いっぱい、です。お菓子、いっぱい、いっぱい恩返し。そして救けて、貰いました――だ・か・ら・既成事実、です♪」「お風呂で密着泡々洗浄、トリプル……です。ヌルヌルローション特盛り付き、です♥」「ボディーマッサージ　性技の極みの香油サービスで　数は力です♥」

迂闊だった。そう、純真な聖女さんの虚像に騙されていたけど……そう、よく考えたら踊りっ娘さんの親友(どうるい)だったんだよ!!

「ちょ、ねえ智慧さん俺々、今超非常事態なんだけどさ？　うん、神経接続をちょっとだけ繋いでくれない？　いや、まじヤバいんすよ？　なんか凄いことになってて、せめて風呂場から逃げるだけで良いからさ……!!　ちょ、マジ智慧さんヤバいんだよ!!」「「「御奉仕、です♪」」」「うわぁっ、ちょ『性技の極み』にこんな技あったっけ？　ああー、正教では『性女の嗜み(ローションプレイ)』で技が違うのかー、なるほどー……って納得してる場合じゃないんだよ！って、全身ぬるぬるの三重奏(トリプル)——だとおおおっ!?」

そう、正教の聖女さんによる憂い多き潤い(ぬるぬる)展開は男子高校生的な宗教問題が勃発で、既成事実からの使役強要に繋がる知ってるパターンだ！　そう、これは何故だか既成事実を作られて使役を強要されると被害者の俺の好感度さんが大ダメージな展開なんだよ？　ヤバが動けないまま、為すが儘(まま)に我儘バディーに凄い事されちゃってるよ！

四肢が6本の太腿(ふともも)さんで挟まれ洗われる脅威の洗浄力で、頑固な男子高校生さんまで泡々にぬるぬると"@#$%+=¥&*&*!?

「れ、れ、れ、冷静に考えよう！　うん、心頭滅却すれば秘も股ヌルヌルと太桃さんが生柔肉(むにゅんむにゅん)で、6本の手は30本の指先で危険地帯で何か(イケナイコト)をしてるが冷静沈着に考えるんだよ……って、無理だよ!?」

先ず最大の懸案は、俺は現在16歳だが16年間彼女が居ない。つまり数学上では年齢=彼女いない歴を随時記録更新中。なのに行き成りと言うか成り行きで、お妾(めかけ)さんが2人いちゃったりする？　そして常識的に考えてお妾さんがいると彼女の出来る可能性は極めて乏しい、しかも2人となると微粒子レベルで存在した彼女が出来る可能性が素粒子レベルまで下降したと見ていいだろう。そう、なにせ致命的なのが使役しちゃってるという世間体虚無の外聞の極悪さが致命的な風評被害力なんだよ！

「これって以前に全く同じ展開（パターン）で、有耶無耶（うやむや）に無茶苦茶に滅茶滅茶（めちゃめちゃ）に既成事実が作られた件と既視感（デジャビュー）さんが半端ないよ！　うん、前回は強制強請お妾さん使役付きで俺の好感度さんがお空の向こうに逝ってしまって、あれからようやく長い月日を得て塵（ちり）のように小さな好感度さん達が俺の日々の善行に好感度重力で寄り集まり小さな小さな小石になり、ここから徐々に徐々に育っていこうと質量を増大させ引力を得ようかという時に3人目って……超新星爆発（スーパーノヴァ）!?」

　もはや重力場に崩壊をきたしそうな異常事態だが、男子高校生も緊急事態だ。

「ちょ、性女の嗜みって挟んじゃうの！　それ嗜み過ぎ……ぐはあっ！　ま、まさかそこで性技の極みが、恐るべき連携技、ってどんだけローション用意したの！」

　ぬっちょりとねちゃねちゃと音を立てぴちゃぴちゃと舌が舐（な）め取る、その清楚に楚々と笑うお口の端から液（ローション）が糸を引くアンバランスな淫靡（いんび）さが妖艶さを掻（か）き立てるって言うか、うわっ！　ちょ、白い太ももと琥珀（こはく）の太ももが絡み合うように脚を搦（から）め捕り全身を使ってぬるぬると泡々に洗われてゆく……脳裏に閃（ひらめ）き！

「き、来た！　智慧さんからの返信だ!!　なになに、解析の結果局地（ピンポイント）を手とお口で攻める技が主体の『性技の極み』に対して、『性女の嗜み』は全身を使って全体を攻める広範囲攻撃(オールレンジ)が主体と思われる？　うん、なるほどー……って、今その解析必要だったの！　先ず神経を……むぐぐっ!!」

柔らかな女体が縺(もつ)れ絡まる壮観な絶景が凶悪な凶器の感触で、狂喜乱舞にたわわな球体が弾んで歪(ゆが)み暴れ回る男子高校生大虐殺(ジェノサイド)！　動けない。装備もない。唯一の元気な部分は元気一杯にされて集中攻撃を受けて撃沈して逝く。そう、それは起き上がり小法師(こぼし)のように倒れても倒れても不屈の闘志で起き上がる性王の力。だが、それすらも30本のしなやかな指先で撫で擦(さす)られて、3対の唇が喋(ついば)みねっとりと柔らかく濡れた3枚の舌が這(は)い回る。そう、「性女の嗜み」で全身で圧(お)し包まれる絡み合う柔肌を堪能(たんのう)しながらも、「性技の極み」で徹底した局地攻撃能力をも併せ持つ2種混合(ハイブリッド)な御奉仕という名の狂気の坩堝(るつぼ)！　うん、これ無理！

【性王陥落！――新スタッフも一緒に美味しく召し上がりました。】

## おっさんの唾液はばっちいうえに溶けて猛毒で臭いらしい。

### 116日目　朝　教国　王城

目が覚めるとすっきりと……そっちは置いといて、鈍く緩慢にだけど身体が動く。まだ動かすと愚鈍で不自然な動きだけど、自分の身体という感覚は接続されている。

「うわっ……身体が動くのに動くとヤバい？」

身体を魔力で包括的に掌握していき、全体の動作を制御しながら意識と同調させていく。その動きを知覚して徐々に体感覚と一体化させ、常に各部位の状況を把握して連動を掌握していく作業——寝返り。

そう、これは無意識下では動くけど、意識していないと危険過ぎて気軽に身体が動かせない。だから全身の反応に注意しながら、じわじわと最適化を始めていく。

「動かすと攣る！　最悪、千切れそう!?」

発条仕掛けの絡繰り人形を、細糸で操る微細な制御が必要とされる身体。

「全く人の体とは思えない、とてつもない扱いづらさって……これ、無意識に動作させると危ないよ!?」

反応が早いなんてもんじゃない。だって鼻がムズムズするなと意識した時には、もう自分の手に顔面を殴られていた！

「しかも動きが超高速すぎて、顔と手が砕けるって……意識したのと同時に身体が動作し終わってる瞬間反応って、それただの恐怖体験なんだよ!?」

そう、まさかの自傷行為(セルフ・ボコ)だった。うん、普通は自傷行為ってもっと精神(メンタル)な問題で、あんまり交通事故問題みたいに華麗に回避するとか言うものじゃない気がするのだが……避(よ)けないと死ぬ?

「意識と制御を分離……いや感覚と同調が最優先なのかな?」

本来、人の神経伝達には時間差(タイムラグ)が有る。人の中で最も速いのは速度に制限がない思考速度で、知覚が人の意識下の最速で反応っていうのは往復だから案外と遅い。だからスポーツであれ武術であれ、思考し体に覚えさせる。そうして脳と神経を思考と同時に条件反射で動くように最速に最適化するよう鍛錬(プログラミング)していく。

「うん、だから普通は反応の遅さが故に思考が追いつくんだけど、思考と同速度で瞬時に動く身体なんてただの凶器だよね!?」

だって意識した時には既に反応を終えて、動作が終了している。だからとてつもなく速い。その意識と同速度で起きる瞬間動作に、思考が追いつけず、速すぎる反応をまったく制御ができないままだ。だから身体制御(リミッター)を身につける、制限をかけることで制御に変える

――うん、握々(にぎにぎ)は極めた!

「うん、まあ理屈上は出来るはずなんだよ……ずっと近い事をしてたんだから?」

今までは神経伝達の遅さを、『木偶(でく)の坊』の外部操作で強制的に動かして超反応と同じ

身体速度を無理矢理に生み出していた。だけど、超反応を超えた超高速度の瞬間反応は制御なんてできる訳がないから、とりま抑圧する。この超反応と同等の身体速度が「術理」の求める基本性能（スペック）だとすれば隠れていたのも当然で、そんなの人に扱える代物じゃない。

（ポヨポヨポヨ♪）「いや、笑い事じゃないんだよ？　さっきも『あっ、虫だ？』って思った『あ』の瞬間に壁をぶち抜いて激突してたんだよ？　うん、さっきなんて『頭が痒（かゆ）い』って思った瞬間には超高速で俺の手が頭を叩（たた）き潰しに来て、『わっ』て思った瞬間には頭がそれを超高速で避けて勢い余って後頭部から床に激突したんだよ！　うん、命がけでずっと軽気功で誤魔化しながら、時間遅延状態（スローモーション）で自分の手をずっと警戒してるんだよ！」

（ポムポム？）

　慰められた!?　ゆっくりゆったり立ち、ラジオ体操を超スローペースで延々繰り返す。その決まった動作に思考と知覚と反応を馴染（なじ）ませ、同調させて一体化させていく。

「嘗（かつ）て異世界に来てこんなに日々ラジオ体操を頑張る人っていたんだろうか？　いや、滅（め）茶（ちゃ）合理的なんだよ……ラジオ体操って？」（ポヨポヨ）

　うん、これって異世界に来たらありがたみがわかるんだよ？　そう、動くだけでも良い。だって、昨晩は最後まで抗（あらが）い必死に堪え、一矢報いようと最後の最後まで不屈の男子高校生で頑張り抜いたが動けないままに蹂躙（じゅうりん）され尽くしたんだよ？　そして言い逃れすら許されない、凄（すさ）まじく徹底された既成事実の証拠物件を証拠収集と搾り取られて吸われ尽くし、強制的に使役までさせられてしまって……お妾（めかけ）さんが3人。

「うん、お妾さんの人数と比例して幾何級数的に俺の好感度さんの存在確率が削られてる気がしてて、そろそろ絶滅危惧種に乗る危険がありそうなんだよ!?」

その代わりに房中術により一挙に体の内外が回復され、不足していたMPも補充され再生が発動し動けるようになっただけマシなんだけど……それならそれで、昨日の夜の内に指一本でも動かしたかったんだよ！

「うん、お触り禁止状態なのに素敵な肉感的な全身を使った柔肉の密着按摩で、ずっとされるが儘に既成事実を積み重ねられて指一本触れていない無実な男子高校生が冤罪決定な悲劇の夜だったんだよ！」

そう、感覚だけある寝たきり若者で、ずっと指一本触れられない蹂躙だったんだよ!?

「うーん、身体が異様に柔軟になってて、どこまでも反るよ？って、これ新体操っ娘に新体操を習えるレベルの柔軟性だけど、男子高校生の新体操シーンはきっと男子高校生に需要ないんだよ？ うわー、背中がどこからでも掻ける孫の手要らずだ！」（ポヨポヨ）

うん、粘体だからわからないらしい？ 可動範囲まで変わり果ててしまって、だからこそ運動しても感覚が掴みきれない。さっきも軽く勢いをつけて仰け反ったら、立ったまま床に頭打ったんだよ？ うん、普通それは予期できないよね!?

「バランス感覚まで上がってるのか転ばなくなったけど、転ばない代わりに転ばず頭が打てるようになってるんだけど、それは成長と呼んで良いのかな？」（プルプル）

突然に知らない身体になって感覚はおかしいのに、体幹は安定してる変な感じなんだけど慣れるしかない。子供が成長しながら身体制御を覚え、その成長過程と共に調整してゆくように……そして子供には教えられない男子高校生の身体制御能力も必要だ！

「いちにいーさんしっ？　ぐをおおっ……るをおくぅし、し、死ぬー！」（ポヨポヨ）

　見た目は変わっていないが、これはもう別物だと思ったほうが良い。訳がわからないから、先ずはストレッチで可動限界を探る。ゆっくりとゆっくりと伸ばして反らし、そしてゆっくり戻すのも重要だ。うん、油断して無意識に任せると、戻す時の勢いの超加速で自分の体が投げ飛ばされるんだよ……吃驚したよ!?

　いつものこと——ただ、前回は感覚が摑めないから功夫を型重視で調整して、最低限の戦い方を取り戻した。その御蔭で身体感覚の調整ができたけど、今回はもっとヤバい感じのようらしいんだよ？

「うん、思ったように動かないより、思っただけで思いもよらない動きがマジ危ない！」

　実際、王城のお部屋は既に穴だらけで、見付かると滅茶怒られそうだ。だから事前に甲冑委員長さん達にも近付かないように言ってある。特に使役でLv1まで下がりきった眠りっ娘さんは、身体能力的に万が一があり得る。まあ、ないんだけど？

　そう、清楚な深窓の令嬢な見た目に騙されそうになるけど、最強の深層の迷宮皇さんで凄惨な泡々御奉仕を極めし着痩せ詐欺な身体をお持ちの聖女様の皮を被った性女さんだったのだ！　うん、凄かったよ!!

　だが、最も恐るべきは甲冑委員長さんの天与の才。既に性技の極みと性女の嗜みを完全に極め、己のものとして更なる複合進化まで果たし高みに至る境地！　うん、甲冑委員長さんは一体全体何処を目指してるの!?

「まあ、復讐のためにはまず身体の制御なんだよ？」（プルプル）

魔力が身体に内在し複合されたが為に、魔力制御が巧くできなくなっている。だから最初から。全ては身体で呼吸から始まり、それを制すればなんとかなるはず。

だから、五行拳。敢えて扱えないと避けていたけど、『術理』の求める先はそこに有る気がする。どうして剣と魔法の世界でラジオ体操をして、功夫が求められるのかを術理さんに聞いてみたいものなんだけど……まあ、きっとバールのようなもので殴っていた時点で、剣と魔法の要素は遠くに行ってしまったのだろう？

「でも、あのバールって賢者の石製で、鉄板のファンタジー物質なんだよ？」

複雑な思想を体現する武術でありながら、その実もっとも型が少なく単純。ただ5つの型と、半身で半歩進む基本の歩行法だけで最低限の型ができる真理。今はそれすら難題だけど、5つの型を愚直に繰り返し……後は例の如く智慧さんに丸投げる。

「う——ん？」（ポヨポヨ）

問題は五行思想そのもの。だから避けていたけど、こっちも智慧さんに丸投げするしかなさそうだ？

「前から関わると面倒そうで避けていたんだけど、何となく誰も取れない『木魔法』が取れた時からずっと引っ掛かってはいたんだよ？」

そう、異世界魔法は地水火風の四大魔法。それに『白黒雷氷』で8種らしいのに木魔法？　それは、エルフさんの植物魔法とも違う何かで、それは家具作りにとっても便利だった……って、それは今は良くて、五行。五行思想。

それは西洋の四大元素とは異なる古代中国に端を発する万物は木火土金水の5種類の元素からなるという自然哲学の陰陽五行思想。5種の元素は互いに影響を与え合い、その生滅盛衰によって天地万物が変化し循環するという思想で……うん、「木」が有るんだよ？

「えっと五行が混沌から太極を経て生み出されて、順送りに相手を生み出す陽の関係の『相生』と、相手を打ち滅ぼして行く陰の関係の『相剋』に、同じ気が重なれば強くなる『比和』と相剋の反対で反剋し侮る関係な逆相剋の『相侮』で、相剋が過剰な『相乗』もあるんだよ？　まあ、要は相性があって仲良しと仲悪いのが居て、強弱も気を付けないと喧嘩するよという自然界が逆に対人関係に疲れて病みそうな哲学思想だったりするんだよ？」（ポヨポヨ？）

土は木の根が張ることでその流出が防がれるし、水は土に流れを押さえられちゃって川とか谷とかの形を保てる。金は火に熔かされて刀なんかの金属製品になって、木は刃物によって切られるから木工製品に加工できる。火は水によって消されるから一切を燃やし尽くさずにすむって言う桶屋が儲かりそうな自然哲学思想の理論？

「木だって燃え続ければ火はいつか衰えるし、水が溢れ続ければ木は腐っちゃうし、金に水が凝結しすぎると錆びて、土から鉱石を採りすぎると土がその分減るんだよ？　そして物が燃えた時に出る灰が溜まり過ぎると、土に埋めきれなくって大変なんだよねっていう産廃業者さんの悲哀すら感じさせる考え方？　みたいな？」（プルプル！）「面白いの？　なんか喜んでるんだけど、別に五行拳自体は組み合わせ順を覚えれば良いだけで五行説はおまけだし、陰陽五行説まで行くと永いんだよ？」（ポヨポヨ）「結局、森羅万象の象徴である五気の間には相生と相剋の2つの面があって、それで初めて穏当な循環になって五行の循環により宇宙の永遠性が保証されんだよーって言う感じ？　まあ、要はそういう自然の捉え方でそれを気功と武術に応用したのが五行拳の型なんだよ？」（プルプル）

納得したようだ。うん、スライムさんって割と何でも知りたがるんだよ？　まあ、可愛いから良いんだけど、5つの基本の型を相性を合わせる事により、大自然の気の流れを取り入れようという思想の功夫――ただ、異世界では全く意味合いが変わる。

なにせ謎のオタ理論では全く別の意味合いを持ち、五行拳こそが魔法と気功を融合させて扱う究極の技術であり体術らしい？

そう、あっちには無かったけど、こっちの世界には魔法がゴロゴロ有る。だから五行拳は相剋で魔法を打ち消し、相生で魔法を強める事ができる……と、オタ達は信じていた？

「うん、そのわりに異世界行く気満々で準備してたのに、全く身体も鍛えずに武術も学ばずチートを貰う気満々でチートスキルの使い道だけを研究し尽くし万全の準備を整えていたんだよ……その努力をあっちで使えば解決してたんじゃないかなー、虐めとか？」

そして、もう一つはズル。西洋の四大元素に基づく四大魔法の法則を外せる可能性。そのどれも俺の知識と別物なんだけど、通背拳はオタ理論が正しかったのも悲しい事実。うん、俺はあんな通背拳知らないんだよ？

「これに陰陽の方位が組み合わさって、陰陽思想に則った陰陽五行思想まであって、そっちは十干十二支の方位が入り八卦から始まり四神相応まで至り四柱推命から風水にまで行っちゃうんだけど……流石に方位と地形まで考えて戦えないんだよ？　うん、空中戦とかどうすんの!?　まあ、そっちは智慧さんが考えるんだろう？」（ポヨポヨ）

　まあ、訓練。全身の練気と瞬発力を同時に複合し、最短距離を穿つ崩拳こそが五行拳の木行に当たる拳。

「まあ、形意拳の基本が五行拳では有るんだけど、形意拳には応用として十二形拳が有って、寧ろそっちが実戦的な実践編らしいんだけど……頭から鶏さんだしてコケコケ鳴きながら鶏形拳とか、全身から蛇さん生やして齧り付く蛇形拳とか、蜥蜴さんで蜥蜴なんだけど龍形拳とかやるのも流石にどうかと思うんだよ？　うん、世間体的に？」（プルプル？）

　幸いにして未だ子狸形拳が生み出された話は寡聞にして聞かないし、ビッチ形拳も世に出ては居ないようだ。うん、あいつら齧るからきっと違う流派なんだよ？

「う――ん？　ふん？　ふふん？」（プルプル）

　だからする事はたった5つ。劈拳、鑽拳、崩拳、炮拳、横拳の型だけ。金行は金を振り上げ打ち下ろす劈拳、水行は水が一気に噴き出る鑽拳で拳で突き上げ、木行は木が左右に伸縮する崩拳、火行は火が一気に燃え上がる炮拳で攻防同時の形、そして土行は土が全てを集める横拳で半円形に拳で打つたった5つの型。

それをただ繰り返し体に合わせる。今はこれしかできないから、ただ5つを繰り返す。但し、この5つの動作は全ての武技に通じ、全ての武器を操る功夫（クンフー）のすべてを集約した究極系でもあるんだよ？

「うん、やるとは思ってたんだけど、いきなり覚えられちゃうと一生懸命な男子高校生が可哀想（かわいそう）だから苦労してるフリだけでもしてみようよ？」

鋭い甲冑委員長さんの崩拳が空を穿ち、踊りっ娘さんの華麗な横拳が宙を裂き、スライムさんの可愛い鑽拳がぽよぽよとポヨる。そして麗しの聖女と呼ばれる眠りっ娘さんの唸（うな）りをあげる劈拳が轟音（ごうおん）を立てる……うん、膂力（りょりょく）に魔力が加わった世紀末でも覇者っちゃいそうな魔拳にして剛拳！

「一体誰が清楚で美麗な癒やしの聖女とか名付けたの！　そのキャラ設定って見た目で絶対騙されてるよ！　うん、俺も騙されて夜に全く聖夜じゃない性夜の狂宴で強々に享楽的で男子高校生さんすら恟々（きょうきょう）と恐々に凄い事をされて戦々兢々（せんせんきょうきょう）な今日この頃だったんだよ!?」

ただ、迷宮皇さん達が凄まじく興味を示すという事。それこそが五行拳（これ）が術理に適（かな）っていると言う絶対証明。

「でも、眠りっ娘さんまだ無理は駄目だよ？　ちゃんと馴染むまで安静にしないと霊魂が飛び出すっていうのがゴーストさんの鉄板ネタなんだよ？　うん、あれって真っ裸で飛び

出すから、男子高校生さんに大変危険な眼福で戦闘不能の前屈み現象に悩ませられるから気をつけてね？　チラッ？」「飛び、出さない、です！　融合、しました」

ガン見してたんだけど霊体は出ないらしい。だが、やはり伝説の聖女さんだけあってセクシーシスター服とスリットから今日はしている白い太腿さんの黒のガータ網タイツさんも素敵にお似合いで素晴らしく、動く様も素敵な功夫だ！

叩き、打ち、突き、撃ち、払う。ただその動作を繰り返し、身体に型を覚え込ませる。その情報を智慧さんが演算し、制御のための最適値を探し求める。だから俺は愚直に繰り返すだけで良い。半歩歩けて拳が打て、剣が振れればそれだけで良い。

「うーん、って繰り返すしかないんだよ？　なんか手本が3人もいるし……上手いな!?」

空中戦は楽しかったし、舞うように戦えた時は感動だった。だけど、あれはもう過去。もう、できもしないものを追い求めず、ただ今できる事だけを積み重ねる。

辺境にはまだ沢山の迷宮が残り、また新たな迷宮が生まれ続けている。だから戻るまでには戦える状態に戻し、せめて甲冑委員長さん達の足手纏いにならない自分の身を守れる程度に、もう魔力すら操れなくなっている身体で戦う技を身につける。うん、魔物を倒すだけの力は絶対に必要だ。

「うーーん……まあ、後はあれだな？」

そして試す。3割出せば死ぬ。きっと2割でも制御不能だけど、1割以下なら五行拳だけならできるはず。後は実際に1分を積み上げて研ぎ澄ませる。

「って言う訳で調整できなくって危ないから、間違いが起きても惜しくないおっさんで試験しに来たんだよ？　うん、全く事故が起きても惜しい感じがしないから心置きなく間違いを起こせるんだよ？　我ながら良い選択？　みたいな？」「お前、それ滅茶間違い犯す気満々じゃろうが！　せめて取り繕わんかい！　教導騎士団も半数以上はおらぬし、儂等も緊急の為に残っとるんじゃから壊されたらかなわんぞ？」

　凶暴なおっさんと、ナイフを舐めるおっさん達の騎士団の仮の詰め所。うん、教国軍の練習施設に置いてある間違って良い敵達だ。

「怪我したらちゃんと茸もあるし、ちょっと死んだだけなら蘇生もできるし、駄目でもおっさんだから埋めたら生えてくるよ？」「生えんわい！　お前は一体おっさんをなんだと思っとるんじゃい！　その身体でやる気なら何もいわんが武装もせぬのか？」

　この体で武装なんてしたら、それこそ死ぬ。現状は制御もできていないし、身体能力すら把握しきれていない。こんな状況で装備効果で身体能力を累乗させたら、そんなもん崩壊か爆散間違いなしだよ!!　そう、実際問題いつも敵より自前装備こそが危険なんだよ？

「欲しいのは身体の基礎情報で、根本の能力がわからない状態で能力値を累乗に加算していく装備なんか制御できるわけがないんだよ？」

　それに装備してしまうと肝心要の能力は基礎数値が変わって、数値化なんてできないから実戦。この身体で戦えるのか？　何処までなら戦えるのか？　何処までなら壊れないのか？　そして、今はこれしかできない五行拳の剣での戦い方だ。

「動かず瞬間に打つ五行拳が、実戦でどんな問題が出るのかが知りたいんだよ？」

だから手には杖ではなく一刀、銘は……『童子を斬りたくないならおっさんを斬れば良いじゃないの・魔梨威』だったっけ？

「やれやれじゃわい……死ぬでないぞ小僧。儂にはお主相手に手加減する度胸はないからのう！　ずうりゃあああっ!!」

文句言う割には口元が笑っていやがる。更に研ぎ澄まされた剣の振りは、豪剣でありながら流麗な剣の流れ。それより近付いたスカル・ロードの剣術を知っているから、合わせ易いけど間合いが問題。そう、この技は超近接戦闘。

「くっ、満足に脚も動いておらん死に掛けの小僧すら圧しきれぬか。歳はとりたくないもんじゃなああああっ！」

五行拳の跟歩でおっさんの攻勢を半歩ずつ攻め進み、その半歩で打ち崩す。どのみち未だ複雑な歩法なんて使えないし、五行の動き以外は制御できていないけど……功夫は拳と武器が同じ動き。だから、ただ5つの型でただ超反応のまま動き、瞬間速度で剣を見舞う。愚直に踏み込んで間合いを消し去り、おっさんの剣撃を斬り落として防御を突き圧し、剣戟を振り払い、半歩踏み込んで薙ぐ。くっそ、おっさんの癖に逃げるな？

「お前さん、そんな身体で……それなのに、なんでこんなに！」

魔纏も無い状態の、1割にも満たない出力。そんな無謀過ぎる身体能力の差を超反応と反射速度だけで圧倒する。速度の差で全部先手を取られようと、後の先でも超反応で追い付ける。

「ぜんぜん違う戦い方で、此処まで圧せるものなのかよおおおおっ！」

捌き、逸らし、弾く。あるのは5つの型だけ。後は瞬間速度と超反応のみで、剣戟を払い、斬撃を弾き、間合いを殺して追い詰め、剣を封じて鑽拳の型で一刀を突き込む！　距離を殺す。変化を付け緩急を作り、間合いの中だけの瞬間の速さで斬るけど……死なない？　うん、しつこいおっさんだな？

「ちょ、待て！　今の殺す気じゃったじゃろうが！　間違いも何も最速最短の一撃は斬る気満々じゃったじゃろう⁉　くそがあっ‼」「もうちょっとかー？　うん、やっぱりおっさんて中々死なないもんなんだよ？　ほっとくとすぐ増えるし？　うりゃあっ？」

炮拳で詰め、逃げるのを横拳で薙ぎ跟歩で追う。そこへ劈拳を叩き込むが死なない、剣筋が正直な分だけ決めきるのが難しいようだ？

「うりゃあっ？　じゃないわ！　怖っ、今のも死ぬだろうがぁ‼　あと増えねえよ！　てめえ、なんちゅう速度だ、その襤褸襤褸の身体ですら恐ろしいガキだなぁ……どおうりゃあぁぁっ！」「汚い！　おっさん汚い‼　奇襲も汚いけど、唾が飛んできて汚いのに、言葉遣いと顔が汚い！って言うかおっさんがばっちい‼」

下段で足元を牽制し、こっちの動きを掣肘しつつ直線の速度を警戒して正中線に入ってこないが故に殺し難い。五行を速く小さく正確に的確に繋ぎ、その繋ぎを消して連係の速度を高めていく。無駄を削ぎ落とし、無拍子からの瞬間速度だけで斬る！

「おま、ばっちいは関係ないだろうがぁ！　しかも顔はでっかいお世話じゃあああっ！　口が悪いのはお前が相手だからだよ、このくそがあぁっ!!」

その豪剣から力みが徐々に消え、強く激しいが流麗で正確に斬線を描く。この短期間でおっさんはスカル・ロードの剣を引き継げたらしい。うん、一体あれからどんだけ剣を振ったの!?　比較すればまだ天と地で、まだまだ全然駄目だけど……それでも、これはもうスカル・ロードの残した剣だ。うん、吹き矢がないけど？

「ぜーぜーぜー、おっさんがボコれない。ボコれないおっさんなんてただのおっさんなんだよ？　でもおっさんだからボコってるんだから避けないでくれるかな？」

「ゼーハーゼーハー、なんで動けてないガキにここまで圧される。くっそっ、怪我人なら怪我人らしく嘘でも良いから苦戦しやがれええぇーっ！ったく、糞があああっ!!」

終わらない、なにせ体力馬鹿のおっさんだ。瞬速の一刀が馬鹿力と体力で強引に押し返される。しかも段々地が出てきて凶暴化してるし、それでいて隙が無くなってきている。うん、剣技として徐々に纏まり始めて型となっている。

そうして、これが騎士団に伝えられて延々と研鑽されて、そうしてスカル・ロードの残した剣が伝わるんだろう……まあ、吹き矢は途絶えるみたいだけど？

「って言うかやっぱおっさんがスカル・ロードの子孫だよ！　あっちは吹き矢が厄介だったけど、こっちは唾が飛んできて避けるの大変だったんだよ!!　もう、喋るなら吹き矢にしなよ、静かになるし唾も飛ばないし？　毒攻撃!?」「お前、ちょいちょい何か妙な動きを入れると思ったら、唾まで躱しとったんかい！　があああぁーっ、お前ちょっとくらい掠るとか蹌踉めくとかしやがれぇ。最高に剣が振るえてんのに、まともに動けない怪我人に当てられねえとか凄ええぇ心が挫けるだろおぉー！　あと、毒じゃねえよっ！　おっさんと魔物を一緒にすんなっ!!」「いや、おっさんの唾液とか溶けそうだしばっちいし絶対猛毒で臭いんだよ！　うん、避けるよ！　それ、絶対に剣よりヤバい攻撃だよ!!」

残った僅かな力の全てを最後の一刀に込めて、半歩踏み込み斬る！　最高の一刀と最高の一剣が交差して弾き飛ばされる――駄目だったかー。埒が明かないまま体力切れで、もうおっさんも動けないだろう。うん、今なら吹き矢当たるかな？　ふうっ!!

「(ぷすっ！)ぐわあああぁーっ！　むかつくガキがぁああっ！　ぜーぜーぜー……お主らはもう王国に戻るんじゃろう？　世話になったのう、教会のこともじゃが、儂まで遠い先祖共々にのう。そしてレイテシアの件も合わせて礼を言わせて貰う、感謝する」「えっ？　あぁー剣術？　だって後継者なら伝えないと、俺で終わったら意味ないじゃん？　うん、俺は剣士さんじゃない無職さんなのに内職が忙しくて就職する暇もない種類の無職さんなんだよ？　まあ、後は泊めて貰った宿代？　みたいな？」

疲れ果て、身体も壊れて戦闘不能だけどおっさんも疲労困憊でぶっ倒れてる。だけど吹き矢だけは刺さっている、つまり俺の勝ちだ！　しかし1対1の至近距離ならば扱える装備なしで距離を詰める技って……恐らく術理を極めれば縮地法なんかも使えて解決しそうだけど、身体制御が覚束ない現状で術理の探求は自殺行為だろう。

武仙術と術理を極めるのは実際問題として到達不可能だ。それが可能なら世界は剣神だらけのはずなのだから。極みはおそらく『剣神』、だから絶対に無理だという確信がある。だって、それって甲冑委員長さん達な迷宮皇級の高みだから。うん、常識的な普通の男子高校生は、神級になったり迷宮皇級になったりしない。それが良識って言うものなんだよ？　うん、無理？

## どうやら立ち去る前にセクシー修道服の追加生産が必要なようだ！　見たいな。

116日目　夕方　教国　王城

忙しい、忙殺されそうな怒濤の報告と決断しなければならない即時の出来事と、調べなければならない沢山の事柄。「先ず、チームを作れ」、そう教えて頂いた通りに各委員会を設置し、細やかなことは任せ指針となる部分だけを的確に指示を……指示？

「アリアンナ様、報告が」「アリーエール王女、質問が来ておりますが」「アリアンナ大司教に陳情が……」「アリャリャーリュ様、失礼、噛みました（キリッ！）」「……名前は構いません、敬称も称号も不要です。先ずは報告を。でも、遥様がいる時は噛まないようお願いします、あの人はそういうのだけはがっつり覚えちゃうんです！」

教国は再生を目指す。正教と国政を分離した上で、王家の監査機関を置き教会を常に正す。そして教会は真の教義に立ち戻り、獣人を解放し奴隷制度を撤廃する。

　しなければならない事が多過ぎて、出来る事はほんの僅か。だけど、この目で見た事を伝えたい。辺境で魔物と戦う勇敢な子供達を、優しく家族を大切にする獣人族の人達を、そして地の底で迷宮と戦う勇者達の物語を。私はこの目で、それを見てきたのだから。

「すべての街が王家の旗を掲げました、内乱はありません」「現在全兵力を帝国国境に集結中。帝国兵は撤退、交戦は無しとの事です」「司法、行政の施行書の原案が届きました。現在不備の確認作業中であります」

　混乱を起こさず国家の運営形態を変える。細々とした事柄が重なり合い縺れ合う。重複する内容を業務に応じ按分して責任の所在と管轄を明文化する。今まで街単位で慣習で行われて来た事を、国家の規律として統一する。それすらしてこなかった、だから国が乱れた。

「立法院の選出が終わりました。現在ディオレール王国の新法に照らし合わせて現教国の法の見直しから始めるとご報告の事」

　まずは平等で公正な法の整備。税制すら統一されず、各街の教会が取り仕切っていた。その永い慣習で生まれた格差と歪み。

「監察官制度で教会側と取り決めができました、ご確認お願い致します」「大司教様達からは何と？」「書面はまだですが、口頭では了承を頂けました」

現在、大司教と高位の司教は僅か7名。まだ合議制の形が出来ただけで、ここから教会のあり方を抜本から見直し始める段階。悪しき制度を廃止し、新しき法を公布しながら現状の混乱を最小限に抑えつつ、新たな教会と教国のあり方を創り上げる。途方も無い道のり、ですがその先にしか未来はありません。

「戸籍帳に大量の不備が有ったとの事です、至急調査に人材が欲しいとの要請です」「新たに3つの街から二重帳簿が提出されました。調査のうえで会計監査が必要となります」

何一つ真っ当に法に準拠されていなかった、国家の指針は各派閥に捻じ曲げられて国家の統制が取れていなかった。王家の怠慢だ、力無き名だけの王家の指針は国家を導く力がなかった。そう、力無き事こそが最大の怠慢。我等は祈る前に為すべき事が有った。神に乞うのでは無く、王としてなすべき事があった。

「オロンフ派とホデール派の上層部が逃亡、現在憲兵隊が捜索中です」

次々と明らかになる腐敗。横領と犯罪が横行し、その大半が神に仕えし者の所業。

「これこれアリアンナよ、眉間に皺が寄っておるよ。いや、ここではアリーエール王女殿下でしたな。いやはや年をとると中々に頭が付いていきませんな」「お疲れー、茸食べる？あと、書類全部並べて担当者全部ここに呼んでね？」

ステカテル大司教様が図書委員さんと一緒に、その後ろから遥様が現れる。出歩いて良いような身体じゃないはずなのに、起き上がれるような身体じゃなかったのに。あの時、『霊視』で視た遥様の身体は酷かった、残酷なまでに徹底的に破壊し尽くされ微塵に磨り潰されたかのような有様だった。

私は戦場に立ち、人の命をこの手に掛け、幾多の死と喚き泣き叫ぶ残酷な世界を見てきました。痛み苦しむ万の死を見てきた私が、目を逸らしたくなるほどに酷たらしかった。傷付き苦痛に叫ぶ幾多の者達よりも凄惨な身体、死んでいないのがおかしい程の霊体に刻まれた傷痕。生きているからこそ残酷に、その傷の痛みが精神を蝕む。それは外見は綺麗に再生しても治らない治癒ですら届かない、記憶に刻まれる激痛の傷痕。

「遥……様」「おっひさー？　うん、ちょっとおっさんボコってきたんだよ？」

今この人が立って笑っている事。これこそが、どれほどの奇跡なのか皆は知らない。だから私は泣き言なんて言えない。今ならわかります、何故あれほどにディオレールの国王であられるディアルセズ様や、大陸の雄と讃えられる辺境の王メロトーサム様が遥様に礼を尽くされるのかが。

私が見た辺境は、幸せに溢れていました。私が聞いていた残酷な辺境は、そこにはありませんでした。そう、この人が辺境の全ての残酷さをその身に受けて来た、だから残酷さは潰え幸せが溢れていた……世界の残酷さを全て一身に受け、幸せだけをばら撒き続けて来た。だから立っていられる、それがいつもの事だから。

御本人を交えお話し合いをした結果、伝説の聖女ファレリア様のことは伏せられました。真実は明らかにしますが、御本人は世に出ることを拒まれました。その身は亡霊と永遠の死者と成り果てたと、それを救われ人の体となっても、もう人の身ではないのだと。

迷宮皇、人の世には余りにも強大な力、それ故に恐れられ忌まわれるのは必至であろうと。

悲劇――だけど、それは悲しい終わりではなかった。きっと今までの深く苦しい過去なんて軽々と上回る、膨大な幸せにこれから圧し潰される運命なのですから。だって遥様に出会ってしまわれた、それこそが喜劇の始まり。みなさんがそうだったように、私達がそうだったように。きっとファレリア様もそうなるに決まっています。

千のペンが走り、万の紙が舞う。指示書と書類が山となり、図書委員さんが凄まじい速度で読み取り分類し仕分けしていく。設計図や計算表までが書き上げられ積み重なっていき、一体何年掛かるかと途方に暮れるばかりだった問題の山が崩され吹き飛び更地にされ――そこに道が作られる。それが、この国の未来。

「これはディオレール王でも、オムイ伯でも絶対に頭が上がらないですね」

上げられるはずがない。だから涙が溢れるままに頭を垂れる。誰もが驚嘆し感嘆する、その凄まじい速さに目を奪われ唖然としている……でも、今の私はわかってしまう。もう、あの奇跡のようだった精緻な魔力制御は見る影もなく、全神経を集中し必死に魔手を制御して操っている。普段なら図書委員さんにチェックなんて頼まない、昨日までの遥様ならば頼む必要すらなかった。

見慣れた黒いフード姿ではなく服も私服で、あの靴もいつもの装備品とは違う。そしてグローブも嵌めずに、杖も持たない軽装でカチューシャと指輪だけを身に着けている。

そう、装備できない。もう、制御しきれないから最低限の装備。それでも何でもなさそうな顔をされながら無惨に魔力は乱れ、それを必死に制し抑えている。

そして口頭で飄々と指示を出す、時折異論を挟む者もいるが睨まれて黙り怯えるように従う。なのに騎士団や鍛治や採掘ギルドの長は気丈にも異を唱えて歯向かう……なんて愚かな。

会議だと言って皆さんで隣の休憩室に入って行って扉が閉まる。そして硬いものが壁に叩きつけられるような音が鳴り響く。音が止み、その扉が再び開く時にはみなが人が変わったかのように物わかりがよくなり協力的になっていました。ええ、今手から外したの、『精神破壊のグローブ』ですよね？　お話しないで思いっきり壁に頭を『精神破壊』しちゃいましたよね!?　あそこは休憩室なのに、壁にいっぱい血の顔拓が付いてたら気が休まらなくって休憩できませんよ!!

「じゃあ頼まれた分はこれで全部だから、だってチラ見の爺ちゃんに頼まれたんだよ？　うん、その本の交換条件は『マル秘！　教会全派閥厳選シスターさん目録（最新版）』なんだよ！　うん、まさか3サイズまで全て掌握しているとは、チラ見スト恐るべし！　これは観光が必要だな（キリッ！）」

何でもなさそうに、面倒そうに――でも、今まで見たことのない流れる汗が頬を伝っている。この国の未来を、この国にいらっしゃる間に全て伝え、全部を認めようと。

本を捲る、出来たての本。それがこの国の新たな法、生まれ変わったこの国が幸せになるための道筋。そんな本が山積みにされ、法律行政に始まり、戸籍制度の見直しの本から農業改革に区画整備に治水工事。果ては産業の再編成に、工業の新規の製法の教育書。学校の設立に、その教えるべき内容と教科書まで在りと凡ゆる本に埋め尽くされる。

「整理が終わっただけで、基本ができただけですよ？　これ読んで成し遂げてからが本番です。状況も世情も日々変わり、今あるこの本も既に古いんです。これから、これ等に新たに書き足し、削り、書き直し、その都度他と調整しながら連綿と書き込まなければならないんです。そう、これは始まりだけですよ」

そう言って図書委員さんは目録を下さった。私は遥さんをこの目で見てきた、だから泣き言なんて絶対に言わないいけど涙は出ちゃうんです——これ全部読むの!?

——目録には私が読まなきゃいけない本と、当座の必要事項の概要が全て纏められてました。

図書委員さんありがとう（号泣）

## お風呂じゃないのにのぼせたって……遂にわんもあせっとでは足りずに女子高生だらけの熱々我慢大会（ポロリは有るの?）が開催されたのだろうか?

116日目　夜　教国　王城

女子会全員集合……って、多いね？　元々は女子高生20名の転移組に、迷宮皇さんが2

人。そこへ何でだか王国の姫コンビにメイドさんの3人に、エルフな妹さん1名が加わった大所帯。それにシスターと言うか王女というか1人に、獣人姉妹が拾われて2人追加で29人でお部屋が狭いの。そう、なのに迷宮皇さん1名追加で、王城の大きめなお部屋でも30人いると結構狭いの？

「遥君は？」「お風呂にいったよ」

遥君はスライムさんとデモン・サイズちゃん達とお風呂。錆びちゃいそうだけど、ずっと私達と最も危険だったアリアンナさんの護衛をしてくれていた真のMVP。何度も仕掛けられた暗殺や罠を全て斬り裂き、ずっと守り抜いてくれた殊勲者さんなの。だから、きっと今頃はお菓子を貰って、遥君にいっぱい甘えているんだろう。

「終わったんだよね？」「うん、終わったよね」

そう、戦争と言いながら、ずっと私達の勝ちは決まっていた。だって絶対に詰められない王で将棋を指せば、そこに負ける要素なんて無かったから。誰もが王手を狙ったけれど、単体ですら迷宮王級のデモン・サイズちゃん達に一閃の下に刈られていった。だって3人揃えば迷宮皇に最も近いと言われる最強の護衛、その陰の救世主さん達が真の殊勲者だったの。

「きっと遥君も滅茶々々甘やかしているんだろうね？」「うん、だってもう一人の立役者のお馬さんも滅茶撫で回してブラッシングしてたよ？」

そう、デモン・サイズちゃん達に護られて絶対に落とさせない王と、盤上のどこにでも飛び込む無限距離の桂馬(おうまさん)。遥君が私達に全てを任せてくれた理由は、教会軍の持つ切り札の強力な魔道具より凶悪な切り札(ジョーカー)達の存在だった。うん、最初からずっとズルしてたの？

しかし、お風呂でデモン・サイズちゃん達を可愛(かわい)がりまくっているであろう、その遥君は未(ま)だ日常行動も危ないのに教導騎士団の団長さんと実剣で稽古までしていたそうだ。

「「「何であんな身体(からだ)でじっとしてられないのよ!?」」」「ああー、落ち着きの無さが無軌道で超高速だもんね？」「うん、珍しくじっとしてたら内職で大量生産だしね？」

その様子を聞いて溜(た)め息(いき)を漏らす。強くなっても壊れる繰り返し(リピート)。無理矢理限界を先延ばしにしているだけの、強化と自壊の終わりのない繰り返し(リフレイン)。そして完全崩壊までし掛かりながら、全く懲りた様子も反省もない日々是日常(いつもどおり)。

「やっと戻ったのに……あんなに襤褸襤褸(ぼろぼろ)になって、また必死で強くなったのに」「なのに、また全部壊れちゃうなんて酷(ひど)いよ……」「きりが無いよ、残酷だよ……」「あんなに頑張ってたのに、また全部失(な)くして」「少しずつ積み上げる時間もないんです。そして一生懸命に無理矢理に積み上げようと……その重みに耐えられる身体がないんですよ」

強過ぎるスキルで壊れ尽くし、身体まで作り変えられていく。その所為(せい)で全ての技を失いながら、必死でまた強さを取り戻したのに……その全て(これでまた全部やり直し)が壊れて消えた。

「もう、諦めましょう。だって諦めないのを諦めるしかないんだから」「うん、どうせ絶対に諦めないんだもんね？」「なんで異世界って遥君にばっかり意地悪するのよ……って、自業自得？」「「「ああー……神様虐待犯人だったね？」」」

心配しながら自分達の弱さを憎む。弱い自分への自己嫌悪と、無力さへの怒り。誰もが悲しげな溜め息と憂いの表情……しかし、よくもここまで美人さんばっかり拾って救けて餌付けして……なのに、その張本人さんはお妾さん追加で困惑し、3人に改めて彼女交渉を持ち掛けるも頑なに辞退されて凄く落ち込んでいたらしい。女の私が見ても、目が眩みそうな美女を3人も囲っておいて彼女がいないとのの字を書いてイジケていたらしいの？

「実は結構、あれ本気だよね？」「うん、柿崎君達に滅茶僻んでたし？」「まあ、あっちはいきなり婚約で結婚まで見えてるからねー」「でも遥君に『自慢したいし、ちゃんと紹介したいけど会わせるとヤバい気がする！』って警戒してたよ？」

柿崎君達の彼女さん達は全員が第一師団の精鋭にして、大公爵令嬢とその領地の4大貴族のご令嬢さん達。純情で乙女でとっても可愛らしい性格だけど、私達よりお姉さんで背も高いが筋肉が凄い！　腹筋は割れ、力瘤は隆々のアマゾネスな外見と、男性経験どころかまともにお話もできない超純情な奥手で臆病な狂戦士さん達。

「でも……遥君と踊った時は瞳が蕩けてたから……実際危ないよね、性王って？」「性王は普通近付いたり野放しにすると危ないと思うけど……あの性王さん奥手だから？」「うん、エロいけどね？」「今回もまた襲われて、既成事実から押し掛けお妾さん作戦で使役強要で陥落って……全く成長していない？」「「「だね？」」」

まあ、今回は動けなかったから……そう、動けるわけがない。視るスキルや、感知するスキルを持っていれば誰でもわかる。あの身体が、その全てが隅々まで新品の意味を。異世界では再生治療は有っても一般的ではない、普通は治癒か回復魔法。だって再生魔法なんて緊急事態の賭けに等しい、非常手段の窮余の策。

それは高度で使い手が希少なのも有るけど、人体の欠損や破壊部位の再生は危険だから緊急時にしか使われない。治るのを早め補助する『回復』と、傷付いた部位を治療する『治癒』とは別物の聖魔法『再生』。それは、壊れ失くした部位を強制的に魔力で作り上げる、治療とは全く別物のスキル。

「通常、身体の一割を失い再生を掛けるのは危険だと言われて禁止されているそうです」

それは出来ないのではなく、耐えられないから。その激痛に精神が灼き尽くされ、強制的に生み出される肉体の創生の負荷に体が耐えられないから。だから通常は再生を掛けるとしても、少しずつ何度かに分けながら精神と肉体の状態を確認して使用するらしい。そう、再生を気楽にポンポン常時発動なんて人には耐えられない、あまりに強過ぎる魔法。

「でも、自前の『再生』は危険度は低いんですよね？」「委員長も持ってるよね？　持ってるの……そのせいで肉壁委員長とか、生贄委員長とか怖い渾名が増えてるけど！　勿論、戦闘中に肉壁や生贄にされた事はないの。寧ろ戦闘じゃない意味なのが怖いの!!

「うん、でもね『再生』って自動だと凄くゆっくりなの」

そう、て魔力を注ぐと速くなるけど、自分で制御しているから。

「普通は重症状態を再生させるなんてＭＰが足りないもんねー？」「遥君みたいに超高速の再生を延々と掛けるなんて絶対に不可能だし……耐えられないよ、そんなの……」

激痛も有るけど体力の消耗だって物凄い。そして普通使えないスキルだからこそ、そのＬｖの上がりだって異常に遅い。その結果低Ｌｖだから再生力も低いから耐えられる。

「本来は人が持つスキルではありませんから」「再生魔法ですら伝説級で、再生スキルは魔物以外で確認された事がないですし」

そう、強奪を持つ私ならまだしも、遥君は『回復』が上位化する際に『超回復』や『自動回復』にならずに『再生』になった。それは、もう再生じゃないとダメージが回復しきれないレベルで自壊を続けたから。なのに、その驚異的な再生力ですら治しきれなくなっていた。

満身創痍(ズタズタ)の身体が粉骨砕身(バラバラ)に砕け、それを部品のように再生した継(つ)ぎ接(は)ぎの身体。外からは闇に侵食されて破壊し尽くされ、中から自らのスキルに灼き尽くされて崩壊に至った無惨な身体。伝説の癒やしの聖女ファレリアさんがいて、完全回復茸(きのこ)を大量に持ち、本来在り得ないＬｖＭａＸの再生を持っていた。そして身体錬成で作り替えられた強固な身体だったから、ギリギリで完全崩壊を免れた。それは幸運のなせる業。だけど助かったからこそ、致命傷以上の狂気的な激痛を刻み付けられる。

「たすけて、くれました。おこって、くれ、ました。死んだら、駄目だって……」「「「うん、諦めると怒られるからね?」」」「しかも今回は自虐に囚(とら)われて、自殺に近い状況だから……激オコだったんだね?」

睨まれて凄く怖かったって涙目だけど、遥君は沢山の人から想いを託されていたらしい。救けて欲しいと願われ、その結果……ファレリアさんは霊体のまま、泣くまで壁に叩きつけられて、ごめんなさいをして生き返るまで徹底的に怒られたらしいの？　そう、全く同情皆無にボコってお説教をして、そして……頭を撫でてくれたらしい。うん、餌付け付きで？

「そして強行夜這い作戦で吃驚してたと？」「なんで毎回毎回吃驚するんだろうね？」「うん、絶対にそうなるよねー？」「無自覚無節操で何でも他人事で丸投げですから、我が身に降りかかるまで何も考えていないんです。損得も貸し借りもなく、ただやりたい事をしてるだけなんです」「「「ああー、だから毎回『どう思われるか』とか『どうなるか』考えてないから……吃驚？」」」「あれって感謝されようとか、してあげようとか、そういう思考が一切ないの。したいからするし、ムカついたからボコるだけなの？」「だから、感謝されると吃驚して、褒められると困って逃げると!?」

だって、遥君的には好き勝手してるだけだから。なのに感謝されたり褒められたりするのが不可解で、それがとっても居心地が悪いらしいの？

だから偽悪者。悪者のように好き勝手に好き放題の我儘放題のやりたい放題の悪逆三昧、御意見無用で泣こうが喚こうが無理矢理に幸せにしちゃう。だから悪者だけど、偽物さんなの。

「でもでも、彼女は駄目なんだ？」（コクコク）

　そんな救け方されて、あんな襤褸襤褸になって戦う姿を見せられちゃったら……まあ、落ちるよね？　そして、例の如(ごと)く崇拝する。そしてやっぱり当然のようにファレリアさんも古かった。まあ、ネフェルティリさんと同い年の同時代みたいだから、当然同じくらい常識が古い。そうすると古い考えでは「尊敬に値する素晴らしい人＝奥さんとお妾さんいっぱいで沢山子供を作る！」に直結するみたいなの？　そう、これが3人共通の常識、世代格差(ジェネレーションギャップ)とかではない歴史的常識差(ヒストリカルギャップ)なの？　そして魔物になった身体では多分子供はできないだろうと、3人共お妾さんなの？

「でも異世界では現代(いま)でも一夫多妻ＯＫなんでしょ？」「普通は家計的な理由で一夫一妻みたいだけど、戦争とかで男性が多く死んじゃうからねえ」「うん、辺境では一夫多妻の傾向が強いけれど、それでも稀(まれ)に2人で極々稀に3人とかくらいだもんね？」

　未(いま)だに異世界では女性が職を持ち自立することは稀で、辺境以外では見たことがない。だって治安が悪いから女性は外に出てこない。辺境の奥様は治安が悪くても、魔物が出てきても物理的(Lv)に問題がないから出歩き働いていたけれど、それでも若い娘さん達が出歩き始めたのはごく最近で、街が凶悪に平和になってからだったらしい。

「まあ、みんな幸せなら良いのかな」「うん、いじけてるのは遥君だけだしね？」

　ニコニコとネフェとファリと呼び合い、幸せそうにフルーツケーキを食べる2人。きっと遥君はこれを見たかっただけで、きっとそうじゃないと気に入らなくって……だから、ムカついて大迷宮と闇をボコってきただけ。そして襤褸襤褸の動けない身体になり、やっぱり襲われちゃって……美味しく頂かれちゃったらしい？　でも、毎回襲われて負けてる性王って、それ性の王で良いのかな？

幸せそうに喋って笑い合う——この3人はそれがどれだけ幸せな事、この幸せがどれほどの奇蹟かを知っているから。ずっとずっと暗闇の中で一人ぼっちで、会話の仕方も忘れるくらいにずっと独りだった。だから人と触れ合うのも、触れられるのも、すぐそばに誰かいるって言うだけで幸せ。そして遥君がそばにいれば結果なんてわかってるの——うん、性王だし？

「それでもまた諦めずに説得を試みるも？」「やっぱり襲われ既成事実をたてに使役契約を強要されたと？」「そして……きっとまた独りで困ってるんだ？」「「うん、スライムさんにお風呂で相談して、今頃ぽんぽんで慰められてそうだね!!」」

だって無自覚にやってるけど、命を救けられて行動をともにして苦難を共有するって有名な吊り橋効果だし、更に恐怖で追い詰め優しくするってストックホルム症候群なんかで有名な洗脳と同じパターンだったりするの？　そして、とどめの餌付け&よしよし攻撃までしてるし……うん、吃驚しなくても、それ絶対に襲われるからね？

「いっつもフラグが折られたって騒いでるけど、無自覚の大旗さんは高々と掲げられてバッサバッサと靭めいてるよねー？」「「うん、特大旗でね!!」」

そう、智慧まで持ちながら乙女心がわからない。森羅万象が視える羅神眼さんまで有るのに恋する乙女の瞳がわからない。今回で『木偶の坊』さんは上位化して消えたらしいけど、唐変木の朴念仁の人畜無害な乙女と魔物の大敵はなんにも変わっていなかったの？
「永遠の絶望と孤独の暗闇から救ったって時点で、巨大フラグだよね？」「うん、もう大漁旗をバッサバッサ振り回すくらいの豪快なフラグだね！」「しかも命を懸けるどころか、賽子(ダイス)代わりに転がして襤褸襤褸になりながら救けられちゃったら……ねえ？」「「「うん、それはもう巨大フラグが万国旗みたいに連なって、辺り一面を埋め尽くして周囲一帯に並び尽くしてるよね？」」」

　なのに餌付けして頭を撫でておいて、「もう自由だよ」ってほっぽり出しちゃう。お礼も満足に言わせないし、お礼なんて要らないって恩にも着せず感謝も受けず。そうして、まるで無関係みたいな顔をしてるから……その結果が毎回の深夜の襲撃と既成事実からの使役の強要なの？　そして吃驚しながら襲われて、動けないまま吃驚しながらとっても満足気に倒されたらしい。そう、ここからが女子会の主題にして本題な、大問題の無限の復活力を誇る性王を倒したと言う歴史の中に失われし教国王家ですら失伝された幻の正教の秘技「性女の嗜(たしな)み」のお勉強会！

「うわー、ってそこをそんな風に!?」「は、挟んじゃうの！」「い、異世界、深い！」

　あ、危なかった。お風呂女子会だったら溺死者が続出の危機で、それは肉体を武器とし全身を使う変幻自在に脚も身体も手も口も使う制圧攻撃。それを３人掛かりで使役するって言うまで続けたらしい身振り手振りがエロくて妖しいの!!

「うわー、挟んでぺろぺろって……」「ぜ、ぜ、全身を使ってぬるぬる!?」「「ひ、ひ、人

族怖いよ!!」（ポテッ、パタン）

2つの世界で耳年増を極めし女子高生達ですらダウン寸前、ましてや獣人っ娘ちゃん達にはまだ早かったみたい。うん、ケモミミまで真っ赤にして姉妹で抱き合いながら茹で上がって倒れてるの？　茸をどうぞ？（カプ、カプッ）

その後全員が倒れ尽くすまで講習会は続き、3人の勇者様は髪をアップにしてセクシーな肩出しや背中空きのミニドレスで性王討伐に向かった……そして悲鳴と絶叫の嬌声が？

## 体感覚による直感的制御でによろるによろによろ感で3本だけだがによろって見た。

116日目　夜　教国　王城

協議の結果、今日の晩御飯は料理部っ娘達による女子高生の手作り御飯になった。俺が不調なのと料理部っ娘達の生産の試運転。それは男子高校生の夢の女子の手作り料理！　そう、それは「あーん♡」と並ぶ男子高校生の悲願と言っていいだろう!!

女子会での話し合いで『魔樹の実　スキル「」習得』の5個の内の4個は全会一致で文化部に、残る1個も話し合いの末に図書委員に決まって文化部っ娘全員で独占したそうだ。そして図書委員は何に目覚めたかと思えば『整理』で、手芸部っ娘や服飾部は『裁

縫』、美術部っ娘は『芸術』で料理部は当然『調理』だったらしく、だから焼き魚とサラダ以外で初めて本格的な女子さん達の本格手料理。そう、手作り感満載のシチューにハンバーグは懐かしい味で、みんなも涙ぐんでいた。だってそれは家庭の味で、俺には作れない美味(おい)しくて懐かしい御飯だった。

「「「ごちそうさまー」」」「ううぅ……お粗末さまでした。遥(はるか)君ありがとう、ちゃんと御飯が作れました……(泣)」

料理部っ娘の逆補正による生産への干渉(ペナルティー)が消え、身体能力のDeXや『炎魔法』や『斬撃』も料理に使えたらしい。本気で料理に集中して、ちゃんと思うがままに料理が作れた。そう、DeXボーナスも乗って良い出来上がりだったそうだ。

「ごちそうさま、美味しかったよ。拾っただけだから別に良いんだよ? 俺が食べて謎のスキルが増えても困るし、素質や素養を持っていないとスキルとして発現できないから俺だと「『品行方正』とか『清廉潔白』だったり『冤罪被害(えんざいひがい)』とかが発現しそうで全く役に立ちそうにないんだよ?」「「「……それでもありがとう、凄(すご)くうれしいです」」」

満足気な笑顔に涙を滲(にじ)ませる。だけど、これは4ヶ月近くも掛かってやっと取り戻せた当然の権利。だって自分自身でずっと培ってきた能力なんだから、本来できて当たり前なんだよ? そう、これでようやく好きな事が普通にできるようになっただけなんだよ?

「美味しかったよ」「ご馳走様(ちそうさま)」「また作ってね」「「「……はい」」」

だけど、5人全員が戦闘職として残るらしい。スキルさえあれば職(Job)の変更も可能かもしれないのに、それでもみんなと戦い続けるらしい。

そして図書委員に使ったのは意外だったが、文化部繋がりで除け者が可哀想だったのかと思ったら自ら熱望したらしい？　整理がしたいと？

まあ、実際『整理』の能力は凄まじく、片っ端から書き殴った教国用の本を瞬く間に全て精査し確認の上で修正の指示を出しながら目録と手引書本まで書き上げてみせた。うん、あれだけの能力なら5個しかない『魔樹の実』を使う価値はあっただろう、女子さん達は管理職不足だし適任だ。

そして図書委員は今までの知識と経験が全て『整理』されたらしく、戦術や編成なんかを委員長さんと話し合っている。その役割は参謀なのか策士なのかわからないけど、指揮系統が委員長さんたった一人で副官すらいない異常な状態は緩和されるかもしれない。

そして、獣人姉妹も懐いて女子会に参加して人口が増えてるんだけど……漏れ聞こえる会話が肉壁とか囮とか生贄とか物騒だな？　うん、なんか怖いな？

「さて、お風呂にしようか？」（ポヨポヨ♪）（（……♪））

スライムさんとデモン・サイズさん達を連れてお風呂。さっきお馬さんに御褒美の御飯とブラッシングをしてきたから、今度はデモン・サイズさん達の番だろう。錆びないようにしっかりと油で磨き抜き、研磨しながらお菓子を上げる。護衛が必要とは言えデモン・サイズさん達とお馬さんの負担は大きかっただろうに、大人数の女子さん達を守り抜きながら戦闘では三大鎌で八面六臂の大活躍だったそうだ。

「ほーら、いっぱいお食べー？　うん、みんなを守ってくれてありがとうね？　御褒美なんだよ……うん、本当にありがとうな拭き拭き？」「「「……!!」」」

ごく普通の女子高生達が人を殺して平気だった訳がない。気丈に振る舞っていても動揺は生まれ、一瞬の躊躇いが戦場では生死を分かつ。それを誰一人として大きな怪我もさせずに護衛してくれていたんだから、御菓子くらい食べ放題で甘やかそう！　試したい事もあったんだけど、それはまた今度で良いだろう。

「ぷはー、いい湯だねー……昨晩もお風呂に延々と入って超長湯だったはずなのに、全く湯船でくつろいだ記憶が完全にさっぱり皆無なんだよ？　うん、途中から記憶すらないし？って言うか、迷宮皇3人がかりってズルいよね？　一国の軍すら軽く壊滅できる戦力がむっちりむにゅむにゅって反則的な豪華絢爛さで、寝たきり男子高校生の起きてる男子高校生さんを3人で集中波状物量攻撃でマジ凄かったんだよ？」（プルプル）

魔力操作は抑圧で制限すれば充分に制御可能そうだ。3割程度までしか使用できていないけど、その3割で以前と変わりない出力だったし？　そう、魔力効率が上がっている。そして制御がより肉体に根ざし、より体感的に操作が可能になったようだ？　うん、まだ解析に時間が掛かってるけど、五行拳に意味があったんだろうか？

「悩んでもわからないし、結局大体使わないと覚えないものなんだよ？」

曰く「好きこそものの上手なれ」との諺もある。つまり、その真意は「好き者こそ上手になれるんだよ」と言う深い意味を秘めた歴史に裏付けされし玉言。だからお風呂から上がり試験し試行し試運転で復讐戦を頑張ろう！

そして、覚悟も新たにお部屋でミニドレスの美女さん達へ触手で挑む。絶世の美女3人に対して、今制御できるのは僅か3本の触手。美しい貌は侮り、余裕の笑みで近付き接近戦へと変わる……だけど量より質。より深いイメージで体感覚で操作し……捕まえた！

「きゃっ……ひっ、ひいいっ！」「よし、確保だぜ！」

魔力体でありながらも、より生々しく実体化した親指より太い瘤状の突起で覆い尽くされた触手さん。その太さと固さを増しながら、より肉感的に生々しく脈動する生命感まで表現された肉色の触手さん達が甲冑委員長さんの引き締まった足首に巻き付き這い回りながら脚を登っていく。

その何千何百の突起が粘液を滲ませ、ぬらぬらと自在に揉み愛撫しながら絡み付き、しがみつくように白い肉を貪り這い上がっていく。その生肌も露わな太腿さんまで半透明な白濁した粘液にぬめり光り、先端を分裂させて蠢きくねりながら赤黒い肉の紐が白い肉に食い込み探るように身をくねらせて伸縮振動しながら這い上る触手拘束。

「ひゃ、うあっ！」「あぅ……っあ、あぁっ。ひぃっ!!」「んあっ、ああっ……ひっ!?」

蠕動する触手がドレスの中に潜り込み、そのドレスを乱して剝き剝がしていく。白い肌の起伏が零れ出し、賢者の石の効果で大量に重複した『状態異常効果』の『感度上昇』が更なる劇的効果の粘液となって悶え乱れる生肌を縛り上げて濡らし捕らえていくんだよ？

そして汚れなき清楚な聖女の瑞々しい肌は、蠢きながら這い回る、濡れた無数の触手に覆われ嬲られて貪られていく。もはや力尽きて、為すが儘に粘液と汗を滴らせて腰をくねらせ、嬌声をあげて全身をうねらせ淫猥に踊り弄ばれていく。

「うん、癒やしの聖女の名を持つだけあって、最初は17秒で気絶から回復していたのに、次は11秒で今度は7秒で……仰け反り痙攣気絶を16回繰り返して平均3秒まで短縮してるんだよ？」「ひやあっ!!……んあぁ、あうっ、ひぃいいぃっ♥」

徐々に耐久力を増してきたのか、気絶までの間隔も延び、逆に回復は早くなって中々に忙しそうだな？　だけど、好きこそものの上手なれ。時間と共に智慧さんが処理能力を増し、触手も増し増していく。どうやら脳すらも錬成されちゃったのか、魔力と気が額に集中している感じが有る？

清楚な顔立ちと着痩せする姿態が震えて跳ねる。純真可憐を思わせる聖女さんのお顔は、その涼やかで優しげな瞳を見開き涙を湛えながら大きく開いた麗しい唇から涎を溢しびくびくと全身を痙攣させる。

「うん、癒やしの体力と回復力は凄いんだけど、未だ精神耐性がないっぽいな？」

やはり操作が体感と連動され、より直感的により細かく感覚のままに動作する触手が粘液に濡れぐちゅぐちゅと潜り込む淫らな音の三重奏が室内を満たす。そう、制御に余裕が出てきた。やはり深夜の特訓は迷宮皇が相手だけあって、スキルLvの上がりも良いし漲るやる気と集中力が違う！　これこそが戦い、これこそが男子高校生の闘争。それはもう戦いの中に戦いを忘れちゃいそうなほどの官能と淫靡と欲望の戦場なのだ。

「うん、昨晩の仕返しとしては現在2％くらいかな？　いや、折り目正しく律儀で思いやりに溢れる男子高校生さんとしては、しっかり利息を付けてお礼と謝礼と3娘の礼のお返しも増量サービスで、なんと今なら更に2倍に増量の特別感謝触手祭で大盤振る舞いだ！　うん、蛇さん鶏さん蜥蜴さんもお付けして、感度上昇も特盛りで逝ってみよう！」

うん、乙女が昨晩みたいな事しちゃだめなんだよ、せっかく自由になれてみんなが幸せを願ってるのにお妾さんで3人目とか……まあ、お顔は幸せそうだな？

「さて、しっかりしっぽりたっぷりねっちょりと最低あと2時間位は魔力制御の試験で、それが済んだら身体制御の試験と訓練だな？　うん、それこそが男子高校生の真なる戦い、頑張り屋さんの男子高校生さんもずっと準備完了で暴れ狂う時を待ち侘びているんだよ？　うん、がんばろう！」「「「きゃあああああああああーっ！」」」

　うん、頑張った（キリッ！）

## まさかの大量囮空中散布が破られる日が来ようとは……

117日目　朝　教国　王城

　座禅。精神を研ぎ澄まし、身体感覚を掌握していく。細部まで精密に制限を掛けつつ、練気し魔力と血を巡らせる。装備の完全制御が目標だ、武装がないと困る！　くそー、バールのようなものさえ有れば、あのおっさんの剣ごと頭蓋骨までボコれたものをー！

精神を集中し、邪念を消して己が内に意識を向ける。しかし、どうして人が座禅を組んで瞑想し精神集中してるのに、レオタードのわんもあせっとが始まるの！　眼前で生肌が踊り肢体が舞い、柔肉が跳ねてお尻が揺れる肉欲地獄。うん、これってなんの修行なの!?　静寂——己を無にし、心を虚しくせよ。心を揺らさず、虚心坦懐に在るが儘を見て在るが儘を受け入れる。そう、キックバックのヒップアップ運動だとおおおっ！　くっ、肉に食い込むレオタードさんと、柔らかな弾力で跳ね返す丸いお尻の激しい戦いが眼下に広がってるんだよ!!　うん、心が揺れる前にお尻が揺れてるんだよ!?

「「アップ、ダウン！　アップ、ダウン！」」

是空、無と一体となり己の我を空に解き放つ。即ち肉体を離れ、心を解く無に至る無我の境地。うん、この肉感的なサイドのレッグアップのムッチリ感は、男子高校生には試練と言えるだろう！　その大きく惜しげもなく開かれる脚の狭間の無限の境地が無我夢中で、無心で目まで瞑ってるのに羅神眼さんがガン見でむにゅんむにゅんと撓む美肉の饗宴を見詰めているんだよ！　うん、虚心坦懐と興味満載の狭間の境地だな！

無我なのか無我夢中なのか、五里霧中なむちむちむっちりなのか……近い、狭い、眼に毒だ！　きっと監視兼警護で女子さん達が常時周囲にいる。集中だ、集中は忘我に至り無我となって無心へと至る。うん、我を忘れるのは得意なんだけど、邪念を祓うと意識もそっちに付いて行っちゃうんだよ？

「「「ライト、レフト、ライト、レフト！」」」

瞑想の邪魔と言うか、天敵と言うか、瞑想しちゃうと間違ったものが目覚めちゃいそうなむちむちな光景。うん、護衛なんだろうか、暇なんだろうか？

現在は、神職者は全て教会の『制約の石版』で罪状を明らかにし、司法に則り処罰を下すというシスターっ娘の宣誓で神父達の逃亡が相次いで大騒ぎで大混乱が続いているらしい？　うん、でも新婦に逃亡されると大騒ぎだけど、神父っているの？

まあ。未だ混乱の続く教国内は危険が残り、教会の膿を全て出せたとは言えないまま。それ故に警護はわからなくもないんだけど、座禅を組んで無我の境地に至っている男子高校生さんを囲んでレオタードでわんもあせっとは……うん、さっきから無我の境地が理性の窮地に負けそうなんだけど、負けるとそれはそれで即事案発生で案件確定なんだよ？

「「「1・2！　1・2！」」」「「「いち、に―！　いち、に―！」」」

未だ教国内には危険分子がいて、そのせいで妹エルフっ娘がずっと忙しい。その類まれな感情探知能力は人の立派な仮面の下の邪さや偽りを見つける最高の能力で、俺もよく断罪されるからその精度と正確性は実証されている！

だから諦めて意識を逸し、無心で魔力制御に集中だ。そう、昨晩はたった3本の触手で虚を衝き、復讐はすっきり気持ちよくさっぱりと果たせたがもう油断はしないだろう。次は3本の触手さんでは6本の手に対抗できないのだから！

「「「アン・ドゥ・アン・ドゥ!!」」」

だが、まだ魔手さんは無理で、魔糸さんは危険すぎて触手さんが精一杯……って、何故(なぜ)だか超至近距離で行われていたわんもあせっとが逃げた？　あっ、触手出てた？

「いや、触ってないよ！って言うか何で全員が一番極薄のレオタードを着用なの!?　いや、もうちょっと男子の羅神眼(せけんめ)を気にして欲しいもので、淑女の嗜(たしな)みが足りないんだけど性女の嗜みはヤバすぎて淑女感がまったく無いんだよ？　うん、あんまり淑女って全身ぬるぬる香油御奉仕(オイルプレイ)とか嗜まない気がするんだよ？」「「それは良いから、触手仕舞(ハウス)って！」」

現状は使える技は激減し、能力(スキル)も制限されて身体能力は3割も制御しきれていない。まあ、充分だろう。それらと比較しても『術理』の能力は補って余りある。

だって、低Ｌｖの装備頼みで魔纏(まてん)してやっとの俺が、１割の力も出せない装備も魔纏も無い状況下で凶暴なおっさんと五分まで行けている。うん、弱体化していても身体性能が爆発的に上がり、ただそれが制御しきれず制限しないと使えないだけだ。

ならば基礎能力(スペック)の数字の低さを補って余りある。既に毎秒毎秒解析の結果が出され、それらをもとに超高速で演算が進んでいる。どうせ強い相手の攻撃ならば当たれば死ぬ、ならば回避するしか無い。速度と反射だけが命綱で、まあ今はその綱が太くなり過ぎて摑(つか)めないんだけど丈夫なのは良いことだ？

「「シェイク、ホップ！　シェイク、ホップ！」」

昨晩の死闘(リハビリ)で魔力制御と身体制御の感覚がようやく摑めた。それはもう摑めるまで何度も何度も徹底的に反復し、念の為(ため)に延々と往復しピストンし尽くして徹頭徹尾に摑みまくった！　いや、マジで超たっぷり摑んで揉(も)んで撫(な)で回して魔力制御(しょくしゅ)を鍛えまくってみたんだよ？　うん、厳しい修行だった……大変に良かったし！

想像(Imagine)——ただ思い浮かべてもなんの意味もない、全ての魔法現象を完璧に描き出す。指先で弾(はじ)き上げ、空中をくるくると回り放物線を描き出すファイアーバレット用の弾丸。精神と思考が一体化して重ね合わされ、一枚の騙(だま)し絵(え)のように身体(からだ)の中に魔法陣が現れる。経絡と血管が描き出し、血と気と魔力が流れ紋様を描き出す。そんな人体の隠し絵(トリックアート)が精神と意志と一致して映像化されて発動する心技体が完全に整合した血と魔と気が三位一体の魔術。うん、これヤバいやつ!?

「あっ？（ドガアア————ンッ！）」「「「な、なん、な、なにをしてるのーっ！　危ないじゃないの——っ！」」」「いや、うん……うわー？」

　ただの単発の火炎弾(ファイアーバレット)。今は飛ばす事すら出来ないままに、指で弾き上げながらボーッと見詰めていたら——突如わかった。全てが脳内で嚙(か)み合い、隠された紋様の設計図が脳裏に閃(ひらめ)き全てが一致した。

　それはただの炎弾(ファイアーバレット)。火魔法を纏(まと)い、目標を穿(うが)つだけの物理弾頭を用いた所謂(いわゆる)ただの実弾付きのファイアーボールの小型版。なのに術理さんが「こんな事もあろうかと」って魔改造した術式で、魔弾が波動砲のような火炎弾(ファイアーバレット)になって分厚い石造りの城壁を貫通して空の彼方(かなた)に消えていった……うん、俺のMPと共に虚空に消え去ったよ……何あれ!?

「うん……吃驚(びっくり)したな？」「「「こっちが吃驚なのよ!!」」」「何、今の!?」「えっ、魔弾!?」

「でも、大穴だよ？」「凄い速度‼」「いや、何か……閃いたら飛んでった？」

そして始まる無限地獄のようなお説教と言う名の暴風雨が、大小言洪水注意報で落雷は絶賛直撃中で雷とお小言が雨霰。嵐時々お説教の荒れ模様の天変地異だった？ うん、だって目のやり場に困って、壁見てたのはムチムチ極薄レオタードさんの所為だと思うんだよ？

「どうして静かに瞑想できないの！ 何で座禅でじっとしてられないのよ⁉」

やはりお菓子を切らして、禁断症状の発作なのだろう。だから舞うように撒き散らされた、宙に浮かぶ御饅頭を60の瞳の視線が追う。そう、座禅しながら迷走中に試作した新製品、「教国名物　大聖堂饅頭」の囮がお説教暴風雨を吹き飛ばして天に舞う——勝ったな。

「「「うほっ！」」」「な、なんだってー！って、まさかの大量囮が空中で全て掴み取られ頰張られるだと！ リバウンドを制するものは御饅頭も制するの⁉ でも体重のリバウンドが全く抑制で……いや、何にも言っておりませんですよで御座いますですなんだよ‼」

完璧な計画の脱出劇はまさかの超高度での超長滞空時間の女子さん達の御饅頭掴み取りで、「うほっ！」の掛け声とともに全滅だったんだよ？ だが、御饅頭の追加投入、行けっ、御饅頭乱射！

「「「きゃーっ！ 御饅頭撒きだーっ♪」」」「ゴール下、腰を落としてボックスアウト！」「なっ！ ス、スクリーンアウト‼」「に、逃がさない！ 御饅頭眼発動！」「誰よ、私の御饅頭盗ったの！ ス、ステルス⁉ 影薄いの誰⁉」「足りないよ！ 右舷御饅頭不足だよ、何やってんの!!」「美味しい、です!?」

怒られた！　時として最良の策が失策で愚策と化し、策士策に溺れずに女子高生大暴走を誘発して溺死の危機だ!?　そう、御菓子で失策を犯して暴徒と化し、暴走する御饅頭による女子高生むちむち押し競饅頭Ver.薄々レオタード。その驚異的破壊力を前に、男子高校生の男子高校生的な男子高校生が大暴走寸前のむにゅむにゅの大海原！

「ちょ、海は広くて大きくて柔らかいぽよんぽよんの荒波が前後左右から押し寄せては返す、ぷるんぷるんの波状攻撃で男子高校生さんが本当にヤバいんだよ!?って、何でその太腿で挟み込む性女の嗜みの技を会得してるの!!」「「「御饅頭♪　御饅頭♪」」」

大事な事だから2度言ったのか、2つの御饅頭が揺れ跳ねる波濤にひねもす女子高生大暴走の押し競饅頭に押し潰されていく。

その全身を使う性女の嗜みが融合され、合体された圧し潰される男子高校生さんの大混乱で誤射が危ない暴発魔さんな男子高校生という名のミサイルは発射準備が完了されてしまっているんだよ!?

「ぬ、抜け出せない！」「「「御饅頭♪　御饅頭♪」」」

今は身体能力自体に制限をかけ、装備をしていない軽装状態。

「だから薄着でレオタードさんに密着されると男子高校生的化学反応が膨張反応の臨界突破が限界突破で、だけど破れて突き出し発射したら事案で、それって社会的に抹殺間違い無しで隠者の称号も取れちゃいそうだけど、変質者の称号だと好感度さんに大変危険な劇物なんだよ!?」「「「御饅頭♪　御饅頭♪」」」

　要望は受けていたが、微差だろうと甘く見て放置していた事案は真実だった。そう、Lv100を超えて姿態がさらなる進化で、甲冑委員長さんや踊りっ娘さんに眠りっ娘さんといった西洋系の超絶バディーと比肩しうるレベル！　その、くいっと持ち上がって、くっきりレオタードの食い込みそうなキュッと引き締まった魅惑の健康的肢体が大変健やかに御成長の事で大変に見事に御壮健のようだな！

　そう、なんともう前回作製した下着と誤差が出てきだしている！　成長が止まっているはずなのに、進化は止まらないらしい！って、太腿が太腿様が――……がふっ！

【性王成敗完了！　その後女子全員でしっかり看病しました!!】

　気怠い倦怠感に包まれながら、服を見ると変わっている？　押し競饅頭で汗を掻いてたから、甲冑委員長さん達が着替えさせてくれたのだろうか……うん、なんでトランクスまで？

　気怠い疲労感と妙な爽快感。これは突発性押し競饅頭被害による疲労感と、その解放感からのものなのだろうか……うん、疲れたな？

……「あの火炎弾の予想外で予定外な想定外の誤射暴発でMPは枯渇してたはずなんだけど……押し競饅頭さんのあまりのエロさに、房中術さんが勘違いして発動しちゃったのか満タンに戻ってる？」

名誉のために言っておくと誤射暴発はあくまでも火炎弾の件で、男子高校生さんは誤射暴発していないんだよ？　うん、意識が落ちる瞬間にも最後の時まで耐え……なんでトランクスが替えられてるんだろう？

「「「おはよう♪」」」「お、おはよう……みたいな？」

お説教は御機嫌が治り、オコは治まったみたいだ？　やはり御饅頭中毒による御饅頭欠乏症のための押し競饅頭大暴走だったらしい……御饅頭怖いな？

そして、にこやかで艶々なお顔で裁判が始まった……って、これ何の弾劾？　いくら聞いても身に覚えがない。何故ならば俺は悪い事してないからだ？

「違うんだって！　あれは清らかな心で撫で撫でと撫で回して、誠心誠意身も心も清らかな男子高校生的な思いも込めて丁重に親切丁寧な魂を洗い清める滅茶神聖な薄布1枚で拭き拭きで、頑固な汚れも揉み洗いで揉み出す揉み揉みな強力洗浄で清廉潔白にナイスバディーな霊魂さんをトロトロに蕩けるまで白く染め上げる魂の漂白洗浄効果ももっと評価されるべきだよね！」「「「何で必死の言い訳に全く無罪性が欠片も無いの!?」」」

どうも眠りっ娘さん救出の一件が誤って伝わっているようで、まるで俺が半裸で無理矢理エロいローションプレイをお愉しみしたような身に覚えが欠片もない不埒な事案になっていて言い掛かりも甚だしいとはこの事だろう？　うん、だってハンカチ1枚しかついてなかったんだよ？　ペラペラだったんだからしょうがないんだよ？

「闇祓いの聖水が2人分有れば、あそこまでの無茶は必要なかったんだけど1本だと眠りっ娘さんの莫大な（グラマラス）魔力（デンジャラス）の霊体（バディー）を洗い切るだけの容量はなかったんだよ？　うん、せめてお徳用か詰め替えセットもドロップされていれば展開は違ったのに、ちょっと闇（黒塗り）が濃すぎて邪魔だったんだよ？」

　そう、今までの闇より濃い闇だった。霊体だったが故に魔力を奪われ易（やす）く、その魔力で強力になっていて……超邪魔だったんだよ？

　予想通り魔力体は闇の餌食になりやすい。そのせいで魔力体の触手さんや3蛇トリオが使えなくて闇の手数で押されてしまい、眠りっ娘さんは救（たす）けにくかったんだよ？

「戦闘中に『顔がエロかった罪』で有罪（ギルティー）！」「うん、判決は下着上下再注文決定だね？」

「「「異議なし！　注文はあり!!」」」

　考え事していたら有罪判決！　しかも顔がエロかったからという悪辣な冤罪（えんざい）理由で、一体何処（どこ）に素敵グラマラス霊魂ボディーを薄いハンカチ1枚で拭き拭きして顔がエロくならない男子高校生さんがいるというのだろう!!　うん、闇が攻撃してくれなかったら我を忘れるところだったよ？　まあ、下着のサイズの誤差（ズレ）は擦れると痛いらしいし、最優先な最先端の問題と言えるだろう……先っちょだし？

　しかし前回は意を決して、好感度さんを尊い犠牲にしてまで女子高生の下着を男子高校生が手（触手）作りと言う頑張りを見せたのに……まさかの、もう成長!?　既にLvは１００を超え老化は著しく遅くなり、だからサイズは普遍と思い込んでいたら成長はしなくても進化するらしい？　うん、心なしか全員モデルのような日本人離れしたスタイルの良さに変わりつつある（約2名のお胸を除く）。

「また、採寸するの……試練だな!?」

まさか今時の男子高校生さんが異世界にまで来て切腹2連発は予想外だったし痛かったが、試練とはもっと過酷なようだ!?

「うん、辺境に戻ってからで良いよね？」「「「うん、お願い♪」」」

まあ、酷い冤罪だが、切腹が不味かったようだ？　まあ、冤罪問題は、その根源な某自称報道機関の総意的論調から裁判制度の判例を見ても被害者として自殺するのは悪で、加害者は守られるべきものらしい。その理論の解は加害されたら加害者として復讐するのが正しい良い子という事。なにせ死なせた加害者は保護されて、死んだら被害者は悪とされるんだから現代高校生としては自称偉くて立派な大人（笑）の意見を尊重し日々復讐にこそ励むべきなのだろう！

そう、早朝の3人掛かりの狂瀾乱舞な男子高校生ちゅぱちゅぱ蹂躙劇の復讐の為には、身体と魔力を制御し一体とする必要がある！　負けられない戦いが毎晩毎朝あるんだよ！

そして日々の戦いの被害に応じ強化されたのならば、最も最適化された能力は『性王』のはず！　うん、それこそが異世界で一番一生懸命に一事が万事一切合切を一心不乱で一男子高校生として頑張ってるんだよ。

さて、使い方が理解できてきたし、イメージは摑めた。動きが変化する戦闘では無理だけど、生産なら行けるだろう？　うん、論理は推測され実証を積み重ね確定に近づいている、理論上行けるのだが実験と言うにはちょっと大きいんだけど……いけるかな？

## 男子高校生の弱点は女教師で天敵とも言える男子高校生大蹂躙力で3交代制でズルかった！

117日目　昼　教国　王城

夕方には王国へ出発する、解放された獣人さん達を獣人国まで送り届けるのだから急いだ方が良いし、だからその前に最後のお仕事だ。
今は無人の廃墟。永き歴史を大迷宮と戦う為だけに大賢者によって造られた大聖堂と呼ばれていた要塞は、その役割を終えて朽ち果てた。そして今にも崩れそうな巨大な石塊の聖堂は聖都の中心にあり、崩壊すれば大惨事になる。これは賢者のおっさんが護るために造り上げた物がそれでは、余りに報われないだろう……まあ、壊したの俺だし？
「全装備は流石に危険かもとか思いながらも、錬金と魔法だけならいけそうな気もするんだけど……ヤバいかな？　まあ、キツかったらいっぺんに造らなくってもいいし、俺のいた世界でもこれは超気長に造られてたんだよ？　そう、完成が見られなかったのが心残りなら、異世界に建設しちゃえば良いじゃないの？　読み人知らず？」（プルプル）
スライムさんだけ連れて、他は解体工事で危ないからと遠くで結界で覆って貰っている。

解体までは自信があるんだけど、その後はやってみないとわからない。だがファイアーバレットの時に感じは摑(つか)んで、今までとは違う体内で魔法と気功と錬成と魔法陣の組み合わされた魔術。あれなら行ける気がするんだよ？　求められるのは集中力とイメージのみ。ただしそのイメージこそが完璧にして完全でなければ大惨事になる。

スペイン・カタルーニャ出身の天才建築家アントニオ・ガウディが手掛けた未完成の巨大教会「聖家族教会(サグラダ・ファミリア)」は完成までに３００年くらいはかかるんじゃね？　とか言われていたけど一気に１５０年位短縮できそうな見通しになった。その秘密は３Ｄプリンタやコンピューター制御(CNC)の石材加工機といった最先端情報技術(IT)の登場で、コンピューターでバーチャル空間内に建物を構築し、その情報から逆算的に設計から施工と管理までの過程(プロセス)を活用する手法で一気に合理化し、ＣＮＣ石材加工機と３Ｄプリンターでの大量高速生産で工期が一挙に激減された。

「って言うか、工作機械もなかった19世紀から手作業でよく巨大で複雑な建物を１００年以上も造ってきたもんだよね？　３００年計画で造るやつも造るやつなら、設計したやつも設計したやつでサグラダ・ファミリアって直線も直角も水平もほとんどない曲面構造なうえに凄(すご)い数の彫刻が全体を網羅して建物と一体化されちゃっている面倒な外観で、設計上は製作可能だが制作期間度外視のとんでも建築物だったんだよ？」（ポヨポヨ？）

設計できたのも凄いけど、造ろうとするのが凄い。だって３００年後を夢見ながら百数十年造り続けてきた、生涯完成の見られない未来を造り続けた職人達が凄いんだよ。そう、その奇跡の建築物が異世界転移で見られなくなってしまったのだ！
「うん、ここは大聖堂で、責任は全部神に押し付けられる！」
そして異世界だったらパクってもバレないからきっと怒られない！　完成のCGも見たし、図面も見たことが有る。材料の石材は大聖堂の瓦礫を再加工して使用し、重機は世界樹の杖さんの梃子の原理で物理無双だ。VR設計は智慧さんに丸投げし、ついでに魔糸さんのCNC石材加工機と3Dプリンター係も制御してもらおう。全てを思い浮かべ深く呼吸をする。精神と身体を同化させて体内に魔法陣を描き出す。脳裏に設計図と、完成した教会を正確無比に再現する。
想造――意識と精神と身体が一致し、体内に描かれた経絡の魔法陣を血と気と魔力が混じり合いながら辿り合わさり描き合う。全ての複雑にして膨大な作業をたったひとつの大魔法に圧縮し思考し設計し施行する。そう、精神上の完成図を逆算して巻き戻し現実に再現する、心にできたものは実現する。ただし、彼女は無理らしい（泣）
「ちょ、集中……いや、彼女がいないなら造ればいいじゃないのって、その『造る』の字がそれだと不味いんだよ？　うん、それって彼女は抱き枕とかいう悲しいフラグしか見えなくて、そのフラグすら涙で目が曇って見えないくらいの全俺が泣いたっていう悲しみの結末しかない男子高校生的な青春の心の痛みなんだよー！　だって異世界だと抱き枕さんが擬人化しちゃいそうで痛さ倍増なんだよ!?」（プルプル）
いくら彼女がいないとは言え彼女が抱き枕（擬人化）は痛い――まあ、出来た？　いや、抱き枕じゃなくって教会なんだよ？

「ふうぅーっ、何とか一瞬でできたけど大丈夫なの、これって？」（ポムポム）

完璧にして精緻な魔法と呼ぶには余りにも異質な何かだった魔術。そして全部丸投げした智慧さんがオコなのか頭が滅茶痛い！　後頭部をぐちゃぐちゃにされながら、前頭葉を灼熱の焼串で針供養されるような斬新な痛みだ？　うん、異世界って自壊にバリエーションを揃え過ぎなんだよ!!

「まあ、完璧に見えるんだけど、敢えて難を言うならば『大聖堂』の看板が『大性堂』になっているくらいかな？」（ポヨポヨ）

だがMP切れで直す余裕がない。まあ、チラ見の大司教の爺ちゃんには、新作エロシスター服を「マル秘！　教会全派閥厳選シスターさん目録（最新版）」に掲載のシスターさんの分だけ作って渡したから「大性堂」でも強ち間違いとは言い切れないだろう。うん、エロ良いんだよ？

「こ、これは！」「だ、大聖堂が……大性堂？」「凄い……けど大聖堂？」

周囲からもお喜びの声だし、これでやっと獣人国と教国への親善は終わった。そう、国家間の親善とは暗闘だとは聞き及んでいたが、中々に派手で激しい暗闘だったんだけど全部親しく善し善しと撫でたから親善だ。

「うん、どっちの国とも仲良くなってるんだから、完璧な親善活動と言っていいだろう。だって国家間の問題も完全に破壊し尽くしたし、ちゃんと懸案も全て殲滅して仲良し小好しだったから全て良しだし？　うん、壊した大聖堂だってちゃんと直したんだから……まあ、大性堂だけど？　でも、これはこれで勘違いした信者(エロいひと)がエロシスター服と看板に勘違いして殺到で大繁盛しそうだからきっと問題はないんだよ？　うん、本当にエロいサービスを始めたら視察に来なければ（キリッ！）」

救助し解放された沢山の獣人さん達が怯(おび)え警戒するから、大仰な見送りも式典もなしで見知った顔だけが手を振っている……でもシスターっ娘(こ)達と凶暴なおっさんの部隊は迷宮攻略師団として辺境に来るらしい、からわざわざ見送らなくて良いと思うんだよ？

そしてMP枯渇で寝込んだまま馬車に運び込まれる。未(いま)だ大規模建築は厳しく、装飾が複雑で予想外に術式が複雑化したのが計算外だったんだよ？

この新しい大聖堂は「ザッシモフ大聖堂」と名付けられる予定らしい。それは大賢者のおっさんの墓標であり、誰をも救う事だけを目指し守り抜いてきたものを受け継ぐんだと……でも「ザッシモフ大性堂」になってるんだよ？　うん、何故(なぜ)だか全部誤字ったらしいけど、それはきっと某性女さんのせいで智慧さんが間違って覚えてしまったのだから俺は悪くない。

そうして賢者のおっさんは正式に聖人認定され、過去の偉業を語り継いでいくらしい……うん、きっと性者ザッシモフとか呼ばれちゃいそうだな？

そして久々の「美人女騎士さん歓迎号なのに実は美人女騎士さんが全く一度も乗ってないよね？　みたいな号」に運び込まれると、そこには舌舐(したな)め摺(ず)りする野獣の目をした美女が3人でタイトでストレッチなミニスカスーツに身を包み、眼は滅茶良いはずなのにスクエアフレームな伊達眼鏡で待ち構えている！

「それって男子高校生さんに対抗するための女教師さんコスなの!?　でも、そんな女教師さんいたら、世の中の男子高校生さんって誰も高校を卒業しないんだよ!!」

しかもガーターベルトのストッキングが艶かしいのに、ぴっちりとお尻の肉感的曲線に張り付くタイトミニが男子高校生無限留年確実なエロさで突き出されている。その仕立て生地のようで在りながら、薄手のジャージー素材並みの収縮感が全身の曲線に食い込むように張り付く素晴らしさ。この3人はヤバい、教育崩壊間違いなしだよ！　きっと毎年入学者殺到なのに、卒業生皆無の男子高校生のブラックホールのような高校になること間違いなしだろう。

ネイビーとチャコールのピンストライプにベージュのミニスカスーツがむっちりとセクシー女教師達が悩殺な我儘女教師で、結構3人とも伊達眼鏡がお似合いだった!?　まあ、あの何とか高校にはおっさんと男子高校生が夢見ないタイプの女教師しかいなかったから、女教師対決は異世界の圧勝と言って良いだろう！　うん、これ見たら男子中学生は全員異世界に進学する。間違いないよ！

「また、魔力切れ。お説教、です♥」「先生が、教えてあげます♥」

素肌を艶かしく彩る黒のストッキングが美脚を包み、太腿の絶妙な透け感と怪しく見え隠れする魅惑のガーターのレースの縁取りが……あ、あの先に絶対領域だと！

その6本の長い美脚が伸びやかに突き出されて踏まれ……お、恐るべし「聖女の嗜み」!その全身を武器にした恐ろしい秘伝の技には脚技まで含まれていたようだ!!

「くっ、ストッキングのすべすべ感までが武器にされている恐るべき攻撃……っていつの間に武装解除されてたの? うん、なんか懐かしい感触だと思ったら、お久しぶりのプロメテウスさんの出番だったんだ!?」「「「教育の時間、です♥」」」

女子高生もにゅもにゅ押し競饅頭むちむち女体レオタード地獄で男子高校生さんは危険状態だったのに、生女子高生の後はセクシー女教師さんの波状攻撃だった! こ、これは罠だ! うん、バッチリ全部掛かってるんだよ!!

真紅の口紅で艶かしく彩られた3対の唇が口撃を付けながら啄み始め、その真紅の唇の隙間からちらちらと見え隠れする濡れた舌が妖艶に……ヤバい、それマジで超ヤバいやつ………ぐはあああぁ!

「「「悪い男子高校生は、先生がオ・シ・オ・キ、しちゃいます♥ ちゅ♥」」」

馬車は静かに静かに揺れる。俺は揺られて激震だ? ゆっさゆっさと揺られるタイトスカートはたくし上げられ、綺麗な脚の黒いガーターストッキングの先の豪華なレースがあしらわれた妖艶なガーターベルトの先にある白と琥珀の絶対領域がうねうねと踊るように交代で揺れ回る異世界の車壮!

そう、ちょっと昨晩10倍返しされたからって、大人気ない復讐がはしたない格好で無限循環攻撃な帰りの道中。

うん、ステータスを見ながらゆっくりスキル調整でもしようかと思ってたのに……揺れないはずの馬車が大激震中なんだよ？

「うん、今度は縄抜けの術でも勉強したら『術理』さんが解明してくれないかな？」

うん、既にもう房中術は極められているようで、耐久力と回復力も絶大となり反撃能力すら強大なのにプロメテウスの神鎖で動けないしスキルも使えない？

揺れる車窓から見える大性堂は徐々に小さくなっていき、大きくてたわわな大激震が満載な馬車の旅路。

「ちょ、修学旅行でも男子高校生1人に超絶美人女教師さん3人はおかしいよね!?」

異世界の伝説の性女。それは最強にして至上。それが2人相手で日々苦戦の末に戦い抜いてたのに……3人なんだよ？　うん、酷いんだよ？

「うん、普通って戦って倒して救けると味方になるはずなのに、救けて使役すると襲われるって、異世界はもっと空気読もうよ!?」「「「女教師、です♥」」」

そう、異世界の戦いに終わりはないらしい。うん、また交代なんだ？

「こ、これが噂に聞く異世界の鉄板な3輪皇な3交代性!?」

うん、異世界ってズルいんだよ？　あと、滅茶エロいんだよ？　いや、マジで!!

# あとがき

きっともう誰も編集さんを信じず、きっとどうせまた絶対最後にあとがきあるんでしょとか思っていそうですが——寸分違わず全くその通りにあとがきです。

はい、今巻も削りに削って詰めに詰めてから5頁余ったと書き足し、更には1頁のプロローグも入れたらはみ出したと2頁にまで加筆し、これで今巻こそピッタリと……思うことなく疑っていたら、あとがきに2頁も頂けました。はい、お手に取って頂きありがとうございます。

さて、この12巻はあのラノベでタブーな新ヒロインさんにDVな主人公の活躍となります。まあ、元々がやったら駄目と言われる事を全部やるお話なので、それもこれも全部編集Y田さんのせいだと感謝御礼を申しあげさせて頂きます（笑）

そして今巻も素敵な画を付けて頂き榎丸さく先生に御礼を、そして同時発売のびび先生にも素敵な漫画をありがとうございますと感謝を。そしてコミック新編集のタカマサさん、宜しくお願い致します。

そしてなんとなんと、水鏡子様のなろうお勧め作家１００人に入れてもらえました。

(https://www.thatta-online.com/thatta01/that420/midare.htm)。

はい、他の方々の名前を見て、そのあまりの分不相応さにドン引きでした。本当にありがとうございます。

そして9巻あたりで立ち退(の)き&引っ越しのことを書いたんですが、結局全然全く片付くこともないままに12巻で……近況報告もなにもない今日此(こ)の頃です？　はい、あとがきに2頁も貰(もら)っても私生活(プライベート)ネタがないんですよ（笑）

ちなみに以前にはあとがき5頁というのがありましたが、その時に「次こんなに余ったら、あとがきに「異世界Y堕物語」を載せる！」と言ってからは2頁以内に収まりつつ……なのに無くならないあとがきでした。はい、憎しみの余りなろうのR18版のノクターンにて超不定期で掲載していますw

そしてWEBで読んでくださっている方々に、そしてそしてあの誤字の塊に誤字修正を送ってくださる皆様にも感謝を。いや、あれだけ直して貰っても、校正の際には原稿が真っ赤になるのは何故(なぜ)なんだろうと？　はい、鷗来堂(おうらいどう)の担当者の方にもいつもすみませんと（汗）

ちなみに今巻で遂(つい)にWEB版で異常な人気でビビった、あの兎(うさぎ)ママンさん登場です。はい、榎丸先生に絵も付けて頂けて、いつもSNSの告知等でお世話になっている鷹王(たかお)さん(https://twitter.com/HawkTail01）にもようやく恩返しをw

そんなこんなで今巻も皆々様に多大なご迷惑をおかけしながらも、某編集者さん以外無事に発刊できました。もう、毎巻毎巻になりますが本当にありがとうございます。

五示正司